21

世纪文学之星

丛书

2020年卷

短篇小说集

我一生的风景

顾拜妮⊙著

作家出版社

作者简介：

顾拜妮，生于 1994 年，14 岁开始发表小说，20 岁时小说《请你掀我裙摆》在《收获》杂志刊发，其后作品见于《山花》《中国作家》《钟山》《花城》等。2018 年起在《山西文学》策划并主持新锐栏目"步履"，编辑作品多次被《小说月报》《小说选刊》《新华文摘》《中华文学选刊》等权威选刊转载，荣获多个奖项。现居北京，从事图书策划。

目录

总　序

袁　鹰

中国现代文学发轫于本世纪初叶，同我们多灾多难的民族共命运，在内忧外患，雷电风霜，刀兵血火中写下完全不同于过去的崭新篇章。现代文学继承了具有五千年文明的民族悠长丰厚的文学遗产，顺乎 20 世纪的历史潮流和时代需要，以全新的生命，全新的内涵和全新的文体（无论是小说、散文、诗歌、剧本以至评论）建立起全新的文学。将近一百年来，经由几代作家挥洒心血，胼手胝足，前赴后继，披荆斩棘，以艰难的实践辛勤浇灌、耕耘、开拓、奉献，文学的万里苍穹中繁星熠熠，云蒸霞蔚，名家辈出，佳作如潮，构成前所未有的世纪辉煌，并且跻身于世界文学之林。80 年代以来，以改革开放为主要标志的历史新时期，推动文学又一次春潮汹涌，骏马奔腾。一大批中青年作家以自己色彩斑斓的新作，为 20 世纪的中国文学画廊最后增添了浓笔重彩的画卷。当此即将告别本世纪跨入新世纪之时，回首百年，不免五味杂陈，万感交集，却也从内心涌起一阵阵欣喜和自豪。我们的文学事业在历经风雨坎坷之后，终于进入呈露无限生机、无穷希望的天地，尽管它的前途未必全是铺满鲜花的康庄大道。

绿茵茵的新苗破土而出，带着满身朝露的新人崭露头角，自然是我们希冀而且高兴的景象。然而，我们也看到，由于种种未曾预料而且主要并非来自作者本身的因由，还有为数不少的年轻作者不一定都有顺利地脱颖而出的机缘。其中一个重要的原因，乃是为出书艰难所阻滞。出版渠道不顺，文化市场不善，使他们失去许多机遇。尽管他们发表过引人注目的作品，有的还获了奖，显示了自己的文学才能和创作潜力，却仍然无缘出第一本书。也许这是市场经济发展和体制转换期中不可避免的暂时缺陷，却也不能不对文学事业的健康发展产生一定程度的消极影响，因而也不能不使许多关怀文学的有志之士为之扼腕叹息，焦虑不安。固然，出第一本书时间的迟早，对一位青年作家的成长不会也不应该成为关键的或决定性的一步，大器晚成的现象也屡见不鲜，但是我们为什么不在力所能及的范围内尽力及早地跨过这一步呢？

于是，遂有这套"21世纪文学之星丛书"的设想和举措。

中华文学基金会有志于发展文学事业、为青年作者服务，已有多时。如今幸有热心人士赞助，得以圆了这个梦。瞻望21世纪，漫漫长途，上下求索，路还得一步一步地走。"21世纪文学之星丛书"，也许可以看作是文学上的"希望工程"。但它与教育方面的"希望工程"有所不同，它不是扶贫济困，也并非照顾"老少边穷"地区，而是着眼于为取得优异成绩的青年文学作者搭桥铺路，有助于他们顺利前行，在未来的岁月中写出更多的好作品，我们想起本世纪20年代和30年代期间，鲁迅先生先后编印《未名丛刊》和"奴隶丛书"，扶携一些青年小说家和翻译家登上文坛；巴金先生主持的《文学丛刊》，更是不间断地连续出了一百余本，其中相当一部分是当时青年作家的处女作，而他们在其后数十年中都成为文学大军中的中坚人物；茅盾、叶圣陶等先生，都曾为青年作者的出现和成长花费心血，不遗余力。前辈们关怀培育文坛新人为促进现代文学的繁荣所作出的业绩，是永远不能抹煞的。当年得到过他们雨露恩泽的后辈作家，直到鬓发苍苍，还深深铭记着难忘的隆情厚谊。六十年后，我们今天依然以他们为光辉的楷模，努力遵循他们的脚印往前走去。

开始为丛书定名的时候，我们再三斟酌过。我们明确地认识到这项文学事业的"希望工程"是属于未来世纪的。它也许还显稚嫩，却是前程无限。但是不是称之为"文学之星"，且是"21世纪文学之星"？不免有些踌躇。近些年来，明星太多太滥，影星、歌星、舞星、球星、棋星……无一不可称星。星光闪烁，五彩缤纷，变幻莫测，目不暇接。星空中自然不乏真星，任凭风翻云卷，光芒依旧；但也有为时不久，便黯然失色，一闪即逝，或许原本就不是星，硬是被捧起来、炒出来的。在人们心目中，明星渐渐跌价，以至成为嘲讽调侃的对象。我们这项严肃认真的事业是否还要挤进繁杂的星空去占一席之地？或者，这一批青年作家，他们真能成为名副其实的星吗？

当我们陆续读完一大批由各地作协及其他方面推荐的新人作品，反复阅读、酝酿、评议、争论，最后从中慎重遴选出丛书入选作品之后，忐忑的心终于为欣喜慰藉之情所取代，油然浮起轻快愉悦之感。"他们真能成为名副其实的星吗？"能的！我们可以肯定地、并不夸张地回答：这些作者，尽管有的目前还处在走向成熟的阶段，但他们完全可以接受文学之星的称号而无愧色。他们有的来自市井，有的来自乡村，有的来自边陲山野，有的来自城市底层。他们的笔下，荡漾着多姿多彩、云谲波诡的现实浪潮，涌动着新时期芸芸众生的喜怒哀伤，也流淌着作者自己的心灵悸动、幻梦、烦恼和憧憬。他们都不曾出过书，但是他们的生活底蕴、文学才华和写作功力，可以媲美当年"奴隶丛书"的年轻小说家和《文学丛刊》的不少青年作者，更未必在当今某些已经出书成名甚至出了不止一本两本的作者以下。

　　是的，他们是文学之星。这一批青年作家，同当代不少杰出的青年作家一样，都可能成为21世纪文学的启明星，升起在世纪之初。启明星，也就是金星，黎明之前在东方天空出现时，人们称它为启明星，黄昏时候在西方天空出现时，人们称它为长庚星。两者都是好名字。世人对遥远的天体赋予美好的传说，寄托绮思遐想，但对现实中的星，却是完全可以预期洞见的。本丛书将一年一套地出下去，十年二十年三十年五十年之后，一批又一批、一代又一代作家如长江潮涌，奔流不息。其中出现赶上并且超过前人的文学巨星，不也是必然的吗？

　　岁月悠悠，银河灿灿。仰望星空，心绪难平！

1994 年初秋

序

人的一切都应该是美的
——序顾拜妮《我一生的风景》

梁鸿鹰

　　写下这个题目，是寄希望从年轻人的作品中看到更多的美，我想，由顾拜妮的小说，我看到了，因此是有所收获的。

　　人的一切都应该是美的，对年轻人来说，美才刚刚开始，无论是文字的美，还是思想的美，可要与时间一同，永远存在下去。

　　美是年轻人的专属。顾拜妮是个爱美好文字的年轻人。年轻人爱美有自己的视角，有自己的方式，能够一眼望到最美最动心的地方——他们享受时间之美，观赏所处大千世界之美，以及一切生活里的绚烂灵动之美。况且，我发现，时间在顾拜妮那里，还不是一个被流逝的存在，而是一个可以在其中不停欢乐嬉戏、不停流连忘返的美的河流。

　　一个年轻人眼里的世界，应该不同于儿童和年长者的世界。在孩童那里，一切美该是模糊、懵懂、奇幻的吧，他们看到的一切有着特殊的图案、特殊的节奏、特殊的光亮；而年长者们眼里的世界则可能是刺眼的，是蒙上了一层层灰尘的美，很可能还是不如从前图景的美。而年轻人眼里世界的美则有一种喧闹感，也该是明媚的，是由明媚的阳光、明媚的气氛，以及明媚的青春底色构成的无尽的美。不过，这种明媚之美，尚不能完全掩盖青春期的正在经历的那些苦涩、彷徨和苦闷。在属于身体、心理的那个特定转型期里，顾拜妮和所有曾经处于青春期的孩子们一样，有过波折、坎坷和苦痛，她把这短短的一切里蕴藏的美，经过观察、提炼、书写出来，呈现在大家面前。重要的是，我们不难发现，她的眼睛是诚实的，我手写我心，去除了习见的伪饰，这本身是很可贵的。

不过，我手写我心并非轻而易举。我们看到，顾拜妮所具有的创作功力的长处与短处，几乎可以一目了然，是属于她那个年龄的优长及不足，也只和她的经历、率性和思考能力有关。她在写作上的进步要归于她自己一步步消耗和增大的年龄，而年龄在青春飞扬的岁月里不单纯是一个个数字的延续，而是在不断加厚的、变化着的人生之美。经由她的文字，我们看到一个个富于成长特色的关键词：求学、青春、懵懂、反叛甚至迷茫。显现在她文字里的，是以巨大的异质感展现在青春女性眼里的那个世界，需要她去认知的，则是应接不暇的变化、不断膨胀的陌生等等。伴随她成长的，恰恰是那需要及时加以安顿的疑惑、不满足，而另类的、不协调的美，恰恰适于文学表达。

青春书写中同样会密布不统一，不安分，这是顾拜妮作品的重要底色。我们的判断无法离开叙述者所代表的一切，既然通过作者笔下那些人物的视线看世界，不自觉地会被其态度所牵引，无论我们决定将如何认识叙述者所写的东西，如何将作者笔下的一切世相分类，还是要依靠叙述者做出的肯定或否定。顾拜妮的书写，有情绪的激扬，有感性的突围，她将初涉写作时必然外溢的种种迹象——好奇、躁动、天真，都表露无遗了。她想把自己的心掏出来，亮给这个世界，生怕自己的文字不能及物、不能尽意。直至一切不成熟的想法，哪怕是粗糙的感觉和幼稚的思想，她也不做隐藏。

6

当然，这倒不意味着率性的文字就是随意的，缺乏对现实认识能力的支撑。不是的，现实投射于这个年轻女性的，不单有她经历过往之后的心灵印记，更有流淌其中的情感律动。那淡淡的感伤，那了然于心的痛楚，都具有自身的意义。比如，我发现她在《奇怪的人》这篇小说里有这样一段话："这时，我有了一种人生如梦的感觉，想起马媛媛。有一天，她对我说，我发现我们做的很多事情都没什么意思，人不应该只为了这些看得见的桌椅板凳而存在，还应该为了那些看不见的东西活着，不是吗？太阳照在马媛媛的脸上，眼睛比任何时候都更明亮，她微笑地看着我，我发誓那一刻她像个天使。"

　　"那些看不见的东西"，我想，应该是心灵的波动之美，是暗流，是主观对世界认知或拒斥之后的清醒，是对一些价值观的认同或排斥之后的重新认知。难道，这些不比"看得见的桌椅板凳"更重要吗？青春写作大多与故乡、亲人、同学有关。想迫不及待地离开家乡，而且希望离得越远越好，大概是青春期的一个典型症候，但这并不意味着可以忘却家乡赐予的一切。我们看到，当顾拜妮坐上离乡的火车时，心里涌起的感受异常复杂，那些看不见的东西，可能恰恰是美的雏形。

　　在一篇题为《被忽视与被忘却的》创作谈里，顾拜妮说过："第一次觉得离开家不再让我感到兴奋，未来和远方也没有那么迷人，而窗外那些千篇一律的山脉，不再是乏善可陈。这种感受让我觉得新鲜和惶恐，甚至有点伤感。在这列乘坐过无数次的火车上，往事逐渐变得清晰，我知道这条路未来我还会走很多遍。"是的，每个写作者都不可避免地触及往事，不管有多年轻，不管愿意不愿意，我们每个人注定生活于往事的河流之中，一切的记忆终将成为最好的素材，而更多的"看不见的东西"，很有可能是最美的。

　　美在现实性颇强的《我一生的风景》里，表现为她对现实感的逐步首肯。我好奇顾拜妮何以为作品起了这样一个老气横秋的题目。因为，她的"一生"，目前还只是一个微不足道的开头啊。但她似乎已经有了对生活、对人生，乃至对未来的小小的把握。她强调过，人生或许就是一个不停被打断的过程，诸多的"打断"，其实能给写作带来更多的可能，之后再通往下一个可能。她对现实的观察研究，她之走进人的心灵的努力，都是对现实之美的叩问。"那些生活在我身边的人，他们的内心深处回荡着怎样的声音，他们如何看待自己的人生。现实中的他们不会想这些，而我感兴趣的，正是这些被忽视与被忘却的内心世界。"而这里的"内心世界"，不正是可以投射现实之美的所在吗？

而且，顾拜妮的作品还试图通过人物的眼睛看向更远处，看见自己以外的人，她经由一部作品，踏入生活的深处，"一层层拨开自我的迷雾，去触摸那个更真实广阔的世界以及他人"。生活使她比过去任何时候都清楚，"自己与一些人的生命紧紧相连，与身后的这片土地紧紧相连"。这种对生活的珍视，对渐次到来的与别人生活息息相关的认识，是成长的隐秘的关键，同时也是对内心一次丰富的正视。"离开陈旧起初是一种喜悦，却渐渐呈现更多东西，这纷杂的感受中包含着责任和爱，以及自我发现后的触目惊心和内疚。"这是否说明她已经走出了"不想长大联盟"的怪圈，开始走向更为精彩的别处呢？

"人的一切都应该是美的——面容、衣裳、心灵、思想"，哦，想起来了，这些话是契诃夫说的。任何形式的文学创作，都是带来美、提高美的活动，创作的目的在于升华审美体验，越年轻，越有审美的渴望，都有能力去陶冶灵魂，给人以更纯粹的美的氛围、美的享受。愿顾拜妮在寻找美、创造美的道路上，脚步永不停歇。

是为序。

2021 年 8 月 8 日，北京西坝河

奇怪的人

1. 媛媛便利店

夏天最热的时候，我终于毕业，被分到离家很近的一所中学，曾经一度非常羡慕从这所学校里走出来的人，终于也要穿上和他们一样蓝白相间的校服。那些人在校服里面穿着时尚的衣服，放学成群结队地骑着自行车，比我们看起来更自由，像一群自在的孤儿。

我的同桌是个高个儿女生，皮肤比较黑，齐耳短发，睫毛又密又长，有着性感的嘴唇，样子像安吉丽娜·朱莉。她主动开口和我说话，她说，我叫马媛媛，你叫什么？我告诉她我叫方婕。

第一天升国旗，校长在主席台上讲话，梁主任巡视四周，想要抓"典型"。校长讲完话，我就成了那个"典型"，梁主任说，来来，你过来。我走上主席台，一起的还有另外两位同学，梁主任指着我们的刘海说，看见了吗，像这种发型在这里是绝对不允许的，跟门帘似的，成何体统？学生要有学生的样子，心思别都放在这些没用的东西上面，所有的刘海，回去都给我卡起来！听梁主任的语气，刘海罪孽深重。接下来一个月，都在开展关于头发衣着的整风运动，男同学的头发不能超过两毫米，扎辫子的女生不准留刘海，短发不允许超过下巴。原以为升入初中，一切会更加自由，结果刚来就吃了人家的下马威。

为了能保住刘海，不将脑门裸露出来——青春期始终非常抗拒露出额头，仿佛那是一个人的屁股，不可以随便光着——我索性把头发剪短，上面短下面长，一层一层的，头顶像刺猬一样，一根根竖着。这样的发型很快在班里流行起来，其他班里的同学也开始效仿。至于校服，我发明了不同的穿法。在肥大宽松的裤脚里缝一圈细细的松紧，窝起来穿，看起来有点接近后来的哈伦裤，长袖外套改造成蝙蝠袖，领子往后穿，前短后长。梁主任看不惯，有一天在校门口拦住我，说我不好好穿校服，但老老实实穿确实太难看了。梁主任说，你是哪个班的？叫什么名字？183班，方婕，我说。他恶狠狠地看着我说，你最好老实些，我会记住你的。记不记住这回我都不算典型，像我这么穿的还有一大堆，这种穿法早已经像病毒一样迅速蔓延。原本一个月的整风运动，延长为一个学期，一部分学生最先放弃了新的发型和穿法，紧接着陆陆续续都放弃了，于是我又成典型了。终于明白，很多时候倒霉不是自己往前迈了一步，而是别人集体后退一步。每当我兴致勃勃地想要对抗生活里的无聊和权威时，总会发现无聊和权威太强大了。我不得已只好把头发剪得更短，拆掉裤脚的松紧，回归稀松无趣的日常。

同桌马媛媛的日常则是，一打下课铃，像头野兽飞奔出教室，每次离开座位，总能带起一阵风，头发呼啦啦飞起，随着她的步幅一跳一跳。没见过谁像马媛媛一样酷爱打架了，她的力气很大，有亡命徒的潜质。有一次打得眼泪快出来了，泪水在马媛媛的眼眶里打转，两个人摔倒，按在教室地板上继续朝对方的脸猛挥拳头，他们紧紧挨着垃圾桶，搂在一起，流着鼻血，像两个亲密的人。马媛媛的江湖地位就是这么赤手空拳打出来的，先在本校打，一对一，到后来带着同学出去打群架，在附近几所中学出了名。

课间休息，狭长的走道被各种人占据。二楼只有一扇窗户，光线昏暗，四周弥漫着荷尔蒙，像个地下交易市场。如果这个时候梁主任出现，人们就会一哄而散。我嚼着口香糖，靠在刷着碧绿色油漆的墙上，听对面的几个男生交流性经验（也许是吹牛）。还晕着呢，马媛媛跟我打了一声招呼，然后去走廊尽头的厕所里吸烟。不一会儿，远处冒出一个影子，近了才看清楚她的脸，是我们班上一个学习很好的女生，她跑过来说，杨老师叫你去办公室。我说，做什么？她说，估计是叫你抱作业吧（我是课代表）。

我把口香糖吐掉，衣服的拉链拉好。走进办公室，杨老师正在浇花，见我进来也不说话，一直摆弄窗台上的几盆花。我翻了翻桌子上的作业本，都判好了，准备抱回去。杨老师说，方婕，你等一下。我又把作业本放回桌子上，心里有些不妙，等她开口。她转过身，看了我几眼，说道，你很聪明，也有很好的前途，不要总和那些奇怪的人在一起玩。我看你入学成绩不错，这次测验又有进步，多和上进的同学交流。我知道她指的是马媛媛，我说，杨老师，我知道了。她说，好了，这些作业我已经批改完，你抱回班里给大家发下去。

我曾经做过一个很古怪的梦，梦见所有人穿着一模一样的衣服，站在一个巨大的广场上面，天空灰蒙蒙的。广场中央有一辆高高的军用车，一个男人站在车里，手中拿着喇叭，说前言不搭后语的话，下面的人跟着重复，大家高呼，我感到呼吸困难，几只乌鸦在头顶盘旋，天空仿佛随时塌下来。军用车开动，所有人举起右手的拳头，朝同一个方向走去。我试图穿过拥挤的人群，非常想吸一口新鲜的空气，但是人太多，被人群推来操去。我一直挣扎，寻找机会，终于人群出现松动，我挤了出去，或者说他们把我挤出去了。我不敢停下来，一直跑，穿过建筑，爬过一座山，又穿过树林，来到一条小河边，周围的景色很美。我听见有人在哭泣，不一会儿那人又放声大笑，哭泣和笑声都无比真实，看见河边坐着一个老人。我说，你为什么哭？他说，因为生而为人。我感到奇怪，遂又问，那为什么笑？他说，也是生而为人。

马媛媛家里开便利店，名字就叫"媛媛便利店"。我问她，是先有的便利店还是先有的你？她说，你能不能问点高级的，当然是先有的我。离过去的小学不算远，我在这里买过几次东西，那会儿不认识她。但若仔细回想，还真见过一个小女孩。我问她有没有蓝黑墨水，她头也不抬，我甚至没有看清楚对方的脸，只见一只很白很细的手伸出来，敲了敲陈列墨水的柜台——咚咚咚。还有一次开运动会，我和同学买零食，门口的小卖部挤满人，我们只好去稍远一点的便利店。她爸坐在收银台后面看电视剧，一边吸烟。她跷着腿，坐在人字梯上面吹泡泡糖，两只手抓住两侧，像坐秋千，也没有人告诉她危险。我用手触动一串毛球挂饰，她俯视着告诉我，不买就别乱动。她爸爸伸长了脖子说道，警告过你多少回，赶紧给我下来，小心摔死你个小兔崽子。转过脸又对我们几个小孩笑着说，没事，随便看吧。马媛媛翻了个白眼，撅着屁股从梯子上面爬下来。便利店楼上就是她家，两层楼人为打通，修了一截楼梯，她上楼去了。

我说，你过去脾气很坏。她说，现在也好不到哪去。我说，那倒是。她扭过脸看我，我说，怎么，我说错啦？她说，没有，比过去强一丢丢吧。

和马叔打过招呼，我们上楼去了。她爸不认识我，每天顾客那么多，总共来过两次，不可能记住我。马叔爱看电视连续剧，我们进来的时候，他正在看一部谍战剧。楼梯是木头做的，时间久了，踩得吱嘎吱嘎响。为了少制造些噪音，我特别小心翼翼，有种做贼的感觉。马媛媛完全不在乎，跑上去说，别磨叽了，快点上来，带你参观一下我的窝。

　　一上去是仓库，囤满货物：卫生纸、整箱的方便面、饮料、乱七八糟各种物品……整整齐齐码在角落。还有一台硕大的冰柜，发出嗡鸣声。马媛媛拧动钥匙，一扇防盗门打开，家里没什么特别的，明亮干净。马媛媛的卧室里有一股婴儿的气味，仔细闻，又说不清楚那是什么味道，桌上是一盒没有吃完的奥利奥饼干。房间里摆着旧的台式电脑，一张单人床，格子沙发与客厅的沙发明显是一套，窗外是小区的绿化带。马媛媛有非常多的化妆品，她带我参观，我对化妆一窍不通，看着五颜六色的眼影，如同打开魔法宝盒。马媛媛走在了许多人前面，过着没妈的自由生活，我有些嫉妒，不是嫉妒她没有妈，而是嫉妒这种无拘的自由。

　　我们将在这间屋子里度过许多青春的时光，或许也是最好的时光。

2. 美杜莎发廊

　　屏幕上是一大堆火星文字——由繁体字、日文、英文、通假字、同音字和各种奇怪的符号表情组合而成，我父母看不大懂这些文字，这让我感到安全。很多人不接受火星文，我爸说，你们年轻人怎么不好好写字呢？这类文字能在一部分人中流行，可能就是不希望被另一部分人看懂，而要被能看懂的人看懂，这么说有些绕，总之是正常使用语言的人不容易搞懂的加密文字。马媛媛在留言板里问我，你听说过美杜莎吗？

　　据说美杜莎原本是个漂亮的小姑娘，她作为祭司需保持处女之身，和波赛冬偷情激怒雅典娜，遭受惩罚变成一个蛇发女妖怪。美杜莎浑身金色鳞片，头发是一只只扭动着吐着芯子的蛇，与她对视的人将会变成一尊没有灵魂的石像。神话故事总是试图告诫人们，生活里充满禁忌和界限，不想变成怪物就要学会压抑自己的天性和欲望。这样的故事叫人难过。

马媛媛便把头像换成美杜莎，一个满头蛇的女人，眼神低垂、哀伤。有一天马媛媛突然发来消息，说她谈恋爱了，还发了一个很可爱的猫脸表情。马媛媛在空间里上传了一张新的照片，照片中这些穿着怪异的人，他们戴着鼻钉，留着夸张的发型，我怀疑大概用掉一整瓶发胶才能把头发堆砌成这样，染成红的、黄的、蓝的，马媛媛站在这群人的中间，俨然走进了一家猎奇博物馆。我问她这些人是谁？马媛媛回复我说，杀马特，他们是杀马特。你想见见吗？语气仿佛在说一群消失了的猛犸象。

马媛媛说，那天和朋友去看演出，我们在那儿认识的，他在一家理发店里做学徒。他看起来真是太怪了，我还没见过生活中会有谁把自己打扮成那样。我说，多怪？马媛媛说，非常怪，他的耳朵上有个巨大的洞，可以塞进去一支香烟，或者放一枚五角钱的硬币。我觉得有些毛骨悚然。她说，行为艺术？反正类似人体改造这种，你听说过吗？我摇摇头。马媛媛说，他不算最奇怪的，听说国外有个男孩在自己的脑袋里装了一根天线，都上新闻了。

从光明小区的侧门出来，我们坐上 56 路公交车，经过四站地后下车。马路对面是一排发廊，靠近角落的一家叫"美杜莎"。门口挂着的这些旋转的 LED 灯，到了晚上会集体亮起来，一个黄头发的胖女孩正弯腰清扫地上的碎头发，上衣非常短，牛仔裤松松垮垮，屁股沟若隐若现，她本人似乎对此毫无察觉，或者已经习惯了这种凉飕飕。见我们进来，她直起腰身，拽了拽自个儿的衣裳，把遮在眼前的头发甩了甩，问我们打算剪发还是烫发？马媛媛说，我们找人，宋小龙在不在？女孩一脸陌生地说道，我们这里没有这个人。马媛媛翻了下白眼，Tony 在不在啊？女孩扑哧笑了，这里有两个 Tony 呢，你问哪个？Tony 老师正在给人理发，喏。她用胖嘟嘟的下巴指了指一个挺着啤酒肚的男人，其衬衣上的扣子随时有可能被肚子上的肉给撑开，接近三十岁的样子，正在给一个女孩剪波波头。马媛媛摇头，不是他，是一个瘦男孩，红色的头发，耳朵上有个大洞。女孩又说，你说的那是小 Tony，刚才他还在这儿。女孩扭着脖子，朝店里搜寻一圈，说，估计是给客人洗头去了，你们等会儿吧。

女孩帮我们倒了两杯水，又给了一本造型书让我俩打发无聊。造型书里的女人都长一个模样，小鼻子小嘴，描着黑色的眼线，目光标准化。看不太出来这些发型究竟有什么分别，波浪头和波浪头之间感觉差不多。

宋小龙或者说小 Tony 从里面走出来，他和照片里看起来不大一样，除了耳垂上的怪洞以外，基本上就是一个普普通通的男孩，甚至连点痞气都没有。看样子撑死十七岁，甚至只有十五六岁。男孩的头很圆，看着有点呆萌，扎了一个小辫儿，说起话来有轻微的大舌头。他看着马媛媛问道，你怎么跑这儿来了？马媛媛绕到身后，玩了会儿他的小辫子说，头发为什么不弄起来？他说，现在属于上班时间，店长不让弄成杀马特的样子，顾客们会有意见。我有些扫兴，不过那个洞确实够怪的，也算没白来。

我们去发廊外面聊，里面太热了。宋小龙说，这是你同学？他指的是我。马媛媛说，这是我的同桌，想来看杀马特。我感到有些不好意思，毕竟抱着这样的心态来看人家是不礼貌的，不过宋小龙貌似完全不介意。他说，我有很多杀马特朋友，回头可以介绍你们认识，他们一个比一个怪，怕到时候你们受不了。他恶作剧得逞式地笑了笑，笑起来给人感觉年龄更小了，或许和我们同岁？他"噗"地划亮一根火柴，挡着风，把嘴凑到掌心里，给自己点了一支烟。学着大人的模样，把一只手插在牛仔裤的口袋里，大街上冷得很，他缩着脖子补充道，不过我的这些朋友们人都很好，没有看起来那么生人勿近，其中有一个在做义工，难以想象吧？烟雾从他的鼻子和嘴巴里冒出来，烟卷粘在两片嘴唇之间，他讲话的时候我总担心烟卷会掉下去，但事实上烟卷一直没有掉下去。他的一系列行为动作看起来很娴熟，这让我觉得他不可能与我们同龄，但撑死十七岁，不会比这个数字更大。

那位啤酒肚的Tony老师推开玻璃门，探出半个脑袋大声说道，小Tony，快点进来！给这位客人洗一下头。宋小龙比了一个OK的手势说，好的，我马上进来。他猛吸一口香烟，将烟蒂扔在地上，一边用他的小牛皮靴踩熄，一边飞快地吻了马媛媛。他俩就在离我不足十厘米的地方接吻了，我还从没有如此近距离地观摩过一个吻，也从来没有吻过任何一个男孩以及被一个男孩吻过，我被他们的荷尔蒙灼烧了。彻底看清楚那个耳垂上的怪洞，他的耳垂仿佛是我的两倍大，耳垂中央这个圆形的洞与耳垂浑然天成，似乎一出生便是如此。很难想象，他是如何忍住疼痛，把自个儿改造了的。马媛媛的两只脸蛋儿通红，我望着灰白的马路，心里产生了一种类似自由的错觉。这种感觉很好。

马媛媛心情不错，我们回去的路上，她一直在跟我谈论各种不重要的事情，她都没有发现自己和平时不太一样。马媛媛说，你知道英语老师后来为什么换掉吗？我耸耸肩说，是我们抗议她教得不好，才换的。马媛媛说，不是这样，她不教我们之后就从学校里消失了。

如果不是马媛媛提醒，我甚至忘记我们中途换过一次英文老师。原来的老师姓叶，不算漂亮，但很年轻，总穿一件黑色的皮夹克。叶老师总共教了我们一个半月，是个热爱朋克的女青年，喜欢骂人和写诗，倒不是骂我们中间具体的某个人，而是泛指，有时也骂校长骂学校。或许这就是他们朋克的说话方式？叶老师给人的感觉仿佛被这份工作给耽误了，许多同学不太喜欢她，也不理解她，甚至恶作剧整蛊她，她也不在乎。她写的诗我没有读过，只知道她写的诗在报纸杂志上发表过。后来换成一个更年期的老师来教我们英文，情况并不比过去好，我有点怀念叶老师，想起她不少好来。我说，那到底是因为什么？

马媛媛说，叶老师和别人私奔了。

我非常惊讶地问她，你是怎么知道的？

马媛媛说，有一次在政教处里罚站，我听他们说叶老师不顾家里反对，和一个男青年逃到大城市去了。

我说，如果真是这样，叶老师很酷。

她说，对。

我说，我们不该讨厌她。

马媛媛把脸转过来，对我说道，我从来没有讨厌过叶老师。说完她迈着大步走到前面去，我突然意识到自己并不了解马媛媛，就像不了解所有人那样，包括叶老师。在寒冷的冬天我快跑了几步，重新跟上她。我问马媛媛，你有自己的梦想吗？她说，为什么问这个？我说，我想当一个有梦想的人，可我不知道我的梦想是什么。她说，有梦想会痛苦。我说，没有梦想人也会痛苦。她说，那倒也是。

宋小龙很遵守承诺，一周后他真的带我们去看杀马特，在美杜莎发廊附近的一家旱冰场，叫"星火"。阳光从狭窄的窗户照进来，滑轮在绿色光滑的地板上留下无数灰烬和痕迹，音箱里放着快节奏的音乐。小 Tony 宋小龙站在阳光底下，已经扮上杀马特的造型，头发像《火影忍者》中的鸣人，与理发店里那个给别人洗头的小 Tony 判若两人。他眯着小眼睛，靠在铁栏杆上，摆出一个自认为很酷很转的 pose，让我们叫他托尼·宋。他十分入戏，我觉得很好笑，一直忍着。冰池里全是不良少年和杀马特，好孩子不来这里，一切都太新奇了。杀马特们化着浓妆，很难看清楚真实的面目，染着红红绿绿的头发，发型稀奇古怪，衣服搭配得一塌糊涂。倒是有个不良少年五官清秀，寸头，穿一身白运动衣，带些痞气，正在和旁边的几个人说笑。

我的注意力被打断，宋小龙给我们介绍说，这是张伟，我最好的哥们。我看着眼前这个黄头发的男孩，想要捕捉他妆容之下的面貌，头发遮住了他的一只眼睛，另一只眼睛画着黑色的眼影。宋小龙对张伟说，快给她们看看你的舌头，她们保证会吓一跳的。说完又转过来对我们说，他的舌头太有意思了，你们一定没见过。张伟毫不介意展示自己的舌头，张大嘴巴给我们看，说实话，他的舌头确实吓到我了。一开始我以为他有两只舌头，后来看清楚，那个粉红色的舌头从舌尖的位置一分为二。他很得意地扭动自己的舌头，像一条蛇一样来回吐着芯子，两只舌头一会儿缠绕一起，一会儿张开，十分灵活。我发誓自己从来没有在人类的口腔内见到过如此古怪的舌头了，我感到一阵恶心。

看到我扭曲变形了的表情，宋小龙哈哈大笑。男孩把舌头伸回去，轻轻一跃坐在栏杆上，也不觉得被冒犯到，倒是我有些难为情。马媛媛说，他的舌头怎么回事啊？宋小龙说，分舌手术你们听过吗？他用打工赚来的第一笔钱做了手术，起初感染差点死掉，发了好久的高烧。当时我们劝他不要做，玩些简单保险的就行了，但他觉得不够。别看张伟这个人不爱说话，他人很善良，只是比较内向而已，你们不用感到害怕。

穿白运动衣的叛逆少年换上旱冰鞋，在场子里滑了两圈，然后滑向冰池中央，做出几个带花样的高难度动作，惹得周围的人们为他鼓掌叫好，旁边几个女孩发出尖叫。我问马媛媛，他是谁啊？马媛媛说，南仔。我说，南仔是很厉害的人吗？马媛媛说，废话，他可是王雁南。他又滑了一会儿，把冰池让出来，去边上喝水，马媛媛和宋小龙进去滑，旁边几个女孩也去滑了。我不会滑旱冰，只能扶着栏杆缓缓挪动，稍微滑远一点都会担心被撞飞。我站在角落，望着这个喝脉动饮料的男孩，新世界的大门正在为我敞开。

我对马媛媛说，你能带我滑一圈吗？她拉着我，将我带离安全地带（有栏杆的地方），我紧紧抓住马媛媛。马媛媛说，你的身体要稍微前倾一些，仰着滑会摔成傻子的。而且你太紧张了，这么紧张是滑不好的，放松点儿。她说。稍稍放松之后的确比之前要更顺利，我仿佛受到鼓励，于是胆子大起来。马媛媛拉着我滑了两圈之后，放手让我自己滑，我慢慢滑动脚下的轮子，尝试着加点速度，感觉还不错。这种好的感觉没有维持太久，当发现王雁南正在朝这里看时，我浑身的肌肉感到紧张，突然失去平衡，导致摔得异常惨烈。

世界在我的眼前倒下去，我的脸冲着天花板，四肢张开躺在脏兮兮的地板上。前方是一只硕大的球形灯，可以想象出来它在夜晚绽放出的光芒，与KTV里的如出一辙，五颜六色，闪啊闪的。人们将在它的光影下滑向一个新世纪，像我这样的笨蛋似乎是不配进入新世纪的，只能眼睁睁看着别人发光发热，而我永远是个该死的白痴初中生。一双双溜冰鞋从我的耳边呼啸而过，我感到眩晕，大概再也站不起来了，我想，或许我摔成了一个真正的傻子？尾巴骨传来阵阵刺痛，我想以后可能都要坐着轮椅去上学了，坐轮椅是不是就不用上学啦？我被一圈好奇的脑袋围住，他们想看看这个人到底怎么回事。马媛媛拨开人群，在我的脸颊附近蹲下来说，操，你怎么还一摔不起了呢？没事吧？

我说，我会不会变成残废或者傻子？马媛媛说，你要一直这么躺着就像个傻子。我扶着地板坐起来，发现好像除了屁股疼以外，也没什么，没有我想象中严重。我说，这儿的地板可真暖和呀。她说，废话，有地暖，既然没事就快点儿站起来吧。马媛媛把我搀起来，送我去旁边的座位上休息。王雁南已经在我刚才摔倒的地方自如地滑走了，马媛媛递给我一瓶矿泉水说，你不会喜欢上他了吧，两只眼睛都快看直了。马媛媛说，我不管你了，你乖乖在这里休息会儿，等到五点钟的时候我们走。说完，马媛媛滑走了。在这个空间内，我当真像个残废一样哪里也去不了，看了看表，距离五点还有二十分钟。舌头分成两半的杀马特张伟也显得有些过分安静，他在另一个角落独自发呆，不久便离开了。马媛媛和宋小龙牵着手，从我的面前一次次经过，王雁南也从我的面前滑过，身上有烟草和洗发香波混合的气味。我与王雁南之间阻隔的不只是这根铁栏杆，似乎这是一条银河，我们如同两颗永远不会相聚的星球，只能站在自己的轨道上观望另一条轨道，而我还要在这把绿色的破椅子上再坐二十分钟。

时间过得太慢了，我有些不耐烦，扶着栏杆重新站起来，钻过另外一侧，想再试试看。这时王雁南正在朝我滑过来，他马上就要靠近我了，还有半圈，剩下最后一百米，五十米，二十米……我期待闻到烟草和洗发香波混合的气味，期待他像一阵风一样从我的面前拂过。然而这阵风久久没有到来，我睁开眼睛，看见他站在距离我五米的位置，不，是三米或者两米半的位置。他就这样望着我，我确定他没有看别处，他正在对我说话。他说，你好些了吗？我浑身的血停止流动，说不出话，他说，你是第一次来"星火"吧？我点点头，他说，多来几次就会滑了。然后笑着滑走了，像彩虹消失于天际。

3. 不想长大联盟

寒假里出于好奇，加入一个奇怪的同城群，群名叫"不想长大联盟"，群简介里赫然写着：永远不要变成泯然众人的大人。

人和人确实不大一样，我挺想长大的，对我来说长大属于彼岸。但从聊天的内容来看，每个人的生活差别并不是很大，我们又成为无分别的人，而且有一个共同的特点：我们都有着看似用不完的荷尔蒙。大家热火朝天地探讨一切有趣的事情：新晋偶像团体到底有什么好的？私下都阅读怎样的课外书？外星人究竟是否存在？有时也聊聊游戏。那段时间我正在痴迷玩泡泡堂，是一款特别可爱的游戏，其他人都是什么穿越火线啦、跑跑卡丁车啦、魔兽世界这类。

除了做作业，有时会去楼下练习轮滑，但我根本不喜欢滑什么轮滑，目的很明确，只是不希望再在王雁南的面前摔倒。我坐在台阶上换好旱冰鞋，扶着墙壁站起来，一时间，两条腿不知道该如何自处，甚至有些颤抖，我的上半身也随之晃动起来。上次摔倒给我留下阴影，我总害怕再次摔个跟头，结果越担心晃得越厉害。小区里开进来一辆银色的小汽车，即将再次摔倒时，银灰色小汽车突然停下来，副驾驶里的人伸出脑袋问我，你没事吧？这个脑袋不是普通的脑袋，不是世界上大部分的脑袋，而是王雁南的。他戴了一副近视眼镜，居然有些像好学生，或许他真的是好学生也说不准，但好学生这个时候应该在家里学习才对。

有些惊讶王雁南怎么会出现在我的生活空间内，像电影一样，据一本不靠谱的书里介绍，只要每天在心里大声疾呼一个人的名字，他就会出现在你的周围。由于惊讶，忘记回应他。他说，怎么是你？语气像是老朋友，好像我们认识很久一样。他说，你住在这里吗？我点点头，他说他来找一个同学。我的左手牢牢握住小区公告栏的铁栏杆，公告栏里放着当天的报纸，没什么大新闻。他说，你是哪个学校的？我说，六中，初一183班。说完我有些后悔，交代太仔细了他会起疑心的，如果他发现这个连旱冰都滑不好的女孩暗恋他，一定会逃走或者不屑一顾的，没有人希望自己变成别人生活里的笑话。他说，六中啊，对了，周日下午我要去"星火"，可以一起来玩喔。他对我发出了邀请，虽说是随意讲的话，还是觉得太不可思议了。如果不是脚下的旱冰鞋限制了我，我准会高兴得跳起来，但表面上还要努力保持镇静。

后面开进来一辆黑色的车，汽车后盖翘起来，翻着嘴唇，里面塞着一辆粉红色的脚踏车，看起来像一个人伸出了自己的舌头。我想到张伟，他在旱冰场对我和马媛媛亮出分成两半的舌头，就是这样，我再次感到一阵恶心。司机是个没什么耐心和素质的家伙，一直在不停地狂按喇叭。王雁南把头伸回车窗里，银灰色的小汽车不得不开走，把不怎么宽阔的道路让出来。等到银灰色小汽车和黑色的小汽车都不见了，我又跟跟跄跄地绕着枯黄的草地滑了会儿。

整个夜晚都沉浸于互联网营造的虚拟世界中，这里酷似一片大海，远离陆地，月光从海面上渗透进来。我渐渐游到深沉的海底，稀奇古怪的深水鱼在周围游来游去。我看过动物世界，那些生活在深处的鱼通常会发光，因为四周的一切实在太暗了。

"不想长大联盟"的群主是个叫"犀牛精神"的女生，打开她的资料，个性签名里写了四个字：一往无前。她正在策划一次城市涂鸦，在群里发起报名，群里没有人响应，因为大家不了解城市涂鸦到底是个什么玩意儿。她解释说，城市涂鸦是一种艺术，可以表达我们的态度和思想，大家不是有很多不满和声音需要表达吗，学习过书法或者有美术功底的同学欢迎加入，具体计划会与选定的成员仔细沟通。听起来非常有趣，在我表姐就读的美术大学里见过类似的涂鸦，不过那些涂鸦不够叛逆和有思想，只是一些漂亮的小人儿，还不如我们学校厕所墙上的有意思。我本来想参与，连写什么我大致都想好了，就写"去他妈的世界，自由万岁"之类的吧，然后比一个大大的中指。

想到梁主任骑着那辆女式自行车下班回家，我也不知道他为什么总要骑那辆破自行车，说不准还能看见我写的字。但很快遭到了犀牛女孩的强烈拒绝，她问我多大了，我说等到暑假的时候我就十四周岁啦，她说他们只要高中生，还说初中生屁都干不了，连技校生都不如。我不知道她哪里来的这种偏见。我作为初中生被排斥了，城市涂鸦日定在了周末晚上，我安慰自己周末有更重要的事情要做，我要去星火旱冰场。

周末出门的时候被我妈叫住训话，她说，你作业做完了吗？成天往外头跑。你们杨老师给我打电话了，说你期末考试排名退步了五名，你不是跟我讲名次开学才公布吗？为了能够愉快地度过寒假迎接春节，我对母亲大人撒谎说，学校的名次还没有排出来，要等到开学才能知道。而且班主任要求与家长通电话，我也隐瞒了，以为时间久了她会忘记这件事情，谁知都快开学了，杨老师居然亲自打电话来"问候"。

我狡辩说，名单在老师的手里面，只是没公开而已。我妈说，即使杨老师不打电话，我也早就想和你谈谈了。我随手拿起一本寒假作业说，晚点再谈吧老妈，我要去找张晶问作业，有很多题不会做呢。张晶是班上学习最好的女生，不太爱洗头或者没有时间洗头，反正她的头发总是黏黏的，毕竟好孩子的时间都是金子。张晶的性格很好，乐于助人的那种，她问我借过几册漫画书，我以为像她这样的人根本瞧不起漫画，只会看《中学生作文选》。我妈说，你就知道玩了，怎么可能会做，你要会做狗都能上天了。我说，所以现在要加紧学习啊。我并不擅长撒谎，也不关心狗能不能上天，此时此刻我的脑子里只有一件事情——去星火旱冰场。如果不找一个借口开溜，我妈可以拽着我促膝长谈一个下午。我妈说，不是去找马媛媛吧？听杨老师的话，别老跟上马媛媛瞎混。我急着穿鞋，一边敷衍地回应。

我妈将信将疑地放过我，我一直很担心她会来查看我的书包，因为书包里背着马媛媛替下来不穿免费赠送给我的旱冰鞋。我的胳肢窝下面夹着一本印有"快乐寒假"的数学练习册出门了，上面画着几个笑嘻嘻的小孩在堆雪人。像这样的"快乐寒假"还有六本，每门课都有一本练习题，当它们分发下来，像一堵墙一样摆在我面前时，就完全快乐不起来了。人生中大概所谓的幸福时刻也都属于"该幸福仅供参考，请以具体人生为准"吧。

快过年，旱冰场里没什么人，来的都是一些像我一样不务正业的面孔。四下寻找，没有看到王雁南，我安慰自己可能他一会儿就来了。我可以不用扶着栏杆滑了，慢慢绕着椭圆形的冰池移动，脚下的轮子渐渐被驯服，不能再随随便便把我扔个人仰马翻了。不过吸取之前的经验教训，一切尚且不要高兴得太早，我平静地滑了四五圈之后，感到无聊。

张伟也来了，可能他一直都在这里，只是我没有注意到。有些人的气场真的很弱，即使他拥有一张与众不同的舌头。张伟今天没有在脸上涂那些乱七八糟的东西，看清楚了他的真实容貌，是一个腼腆的男孩，黄色的头发像一把干草。他与我对视，又飞快地把目光缩回，一个人自得其乐地从旱冰场的一头穿梭到另外一头。我滑到他的身边，与他打招呼。张伟有点不知所措，他说，你自己吗？我说，对，我在等一个朋友。我没有说那个朋友是谁。我说，你还在念书吗？他说，早就不念了。想想也是，哪个学生如果打扮成这样走进教室，恐怕会被老师轰出来吧。不过挺好玩的，如果遇到不喜欢的老师恰好背过身去写板书，就可以吐出自己别样的舌头表示反抗。

他说，你呢？我说，我还在念书，是一个无聊的中学生。他说，没有，我觉得你挺有意思的。也许他只是想客气客气才这么说的，我鼓起勇气说道，可以再让我看一下你的舌头吗？张伟想了想，决定再度展示自己的舌头，直到又准备表演他的"双舌杂技"时，我赶紧说，好啦，可以了。他又腼腆地把舌头收回去。我说，你的舌头有思想吗？他被我问蒙了，舌头？思想？什么意思？我说，就是你为什么要这么做？我是指分舌手术，总要有动机吧。他摇摇头说，也没什么动机和思想，年轻人就是爱搞事情。说完他又继续去滑了，我有些不满足，或者我只是想听到一个肯定的回答。

看了看墙上的表，一个小时过去了，王雁南还没有来。或许他的确只是随口一说，再或者他看穿了我的心思，就是想要戏弄一个不自量力的平庸女孩而已。我对自己嗤之以鼻，看着椅子上的寒假作业，心里委屈极了。

我不再滑，坐在椅子上面发呆，音箱里放着粗制滥造的音乐。张伟准备走了，我说，你怎么不滑了？他说，没什么意思，今天是我妹妹的生日，我和家里吵架了才出来的。我说，你为什么吵架？张伟说，因为我把生日蛋糕上用奶油做的兔子都揩下来吃了，一只都没给她留，我妹妹属兔，她说我吃光了她的兔宝宝。她一直哭一直哭，我有些心烦，又把她揍了一顿。我没有接话，他看起来像是在说别人的事情。他说，我早就不过生日了，他们已经彻底放弃我，我妹妹不是我妈生的，是我后妈生的，现在她是我们家里的希望。其实我妹妹挺可爱的，她会跳小熊舞，总是想要讨好我，但是哭起来就很烦。你应该知道，小女孩哭起来简直是灾难。提起妹妹，张伟突然变得不那么腼腆，有些温情，似乎还有很多迫不及待想要说的话。他说，但是没有人希望自己被忽视对不对？他望着地板，动了动嘴皮，不再继续讲下去，整个人又蔫巴下来。

张伟走后不久，我趴在椅子上写了会儿寒假作业，也准备走了。把旱冰鞋脱下来收拾好，放进书包，在楼梯口的小超市里买了一根台湾烤香肠。下到一楼的时候，王雁南从大门口走进来，有一种梦想成真的幻觉。我不确定还要不要走，如果离开了等于白白浪费掉一个下午，若真的折返回去又显得太奇怪了。我像个白痴一样手里握着烤香肠，嘴巴里还有一块没有彻底咀嚼完毕的。很不自然，看起来一定非常愚蠢，我恨不得把自己连同烤香肠一起藏起来。过去教我们英文的叶老师，就是和别人私奔到大城市的那位叶老师，她曾经对我们说，理论上如果有足够多的三棱镜穿在身上，通过光的折射，人就可以消失在空气中，仿佛穿上一件隐身衣。听起来很酷。或许叶老师并没有和人私奔，而是找到了一件三棱镜的外套，她就生活在我们的周围，安然地行走在任何一条路上。我也希望可以拥有一件隐身衣，特别是在此时此刻。

王雁南又穿着上次那身运动衣，洁白无瑕。他说，你好。我说，你好啊。我奋力咽下喉咙里的烤香肠，噎得开始打嗝。他说，你要走了吗？我屏住呼吸点了点头，忍住打嗝发出的奇怪声音。他说，上次和你一起的那个女孩没有来吗？他是指马媛媛，我说，那是我最好的朋友，叫马媛媛，今天没来。王雁南仿佛明白似的点点头，掏出一个蓝色丝绒的长方形盒子，递到我手里时，浑身的血管收缩，整个人僵掉了。他或许是想送给我定情信物之类的东西，电视里都这么演，如果是的话我应该收下吗？从盒子来看里面应该是很贵重的东西，充满诚意。王雁南感到不好意思地说，可以帮我把它转交给那个女孩吗？我一时没反应过来，他说，想请你帮忙，把这个盒子交给你的朋友。我自暴自弃地点头，他说，谢谢你呀，你真是个热心的人。

我打开盒子看了一眼，是一条米老鼠的项链，米妮的头上戴着粉红色的蝴蝶结，正在咧着大嘴对我微笑。与其说微笑，倒更像是嘲弄。暗恋的人喜欢上我最好的朋友，没有比这更狗血的事情，世界上或许有无数条米老鼠项链，但没有一条属于我。在很多方面，马媛媛都走在我的前面，有那么多人喜欢她，我总是那个有些迟钝并且落后的人。一个被压抑了的嗝，在我的身体里剧烈上升，沿着喉咙不可遏制地迸发出来，热心人的世界已然塌缩。

犀牛女孩在群里说道，城市涂鸦计划临时取消了，她被家里禁足，计划无限期延期。整个群里鸦雀无声。

4. 城市涂鸦

在十四岁到来前，我体会到什么叫作"人生不如意十有八九"，开学不久，马媛媛就把自个儿的腿给弄断了。据目击者说，她是从学校后面一座废弃的围墙上跳下去的，那围墙有两层楼高。于是大家都在猜测她为什么自杀。有人说，马媛媛一定是因为失恋，所以才不想活了。那些平日里对她有意见的人，或多或少有些幸灾乐祸，说什么的人都有。马媛媛的手机一直是关机状态，我给马媛媛留言，她也不回，她的头像始终是灰色的。这种情况在过去还没有发生过，她大概真的遇到了什么困难。老师说马媛媛因为受伤休学，这个学期都不会来了，杨老师让大家专心学习不要胡乱猜测，这只是一次意外。

某天一下课，杨老师便让我去她的办公室，她正在给窗台上的花喷水，我走进来，她放下喷壶，用桌子上有些发黄的白毛巾擦了擦手。她很含蓄地向我打听马媛媛在受伤前说什么话，她说，你好好回忆下，有没有说过那类悲观厌世的话？我想了想，使劲摇头。杨老师两只手握在一起，像在沉思什么。

在一个周末我终于憋不住，去媛媛便利店找马媛媛，她爸照旧坐在收银台前吸烟、看电视剧。我说，叔叔好，马媛媛在不在？她爸看了看，似乎想起来我是谁，他说，好久不见你了，马媛媛在楼上呢。她爸冲着楼梯喊了一声，没有回音。他大声喊道，别睡了，快点儿起来，你同学来找你。隔了会儿，马媛媛不耐烦地说，谁啊？她爸说，一个女孩，之前来过。马媛媛说，门开着呢，你让她自己上来吧。他们父女俩对话的声音震荡着我的耳膜，到底是遗传，嗓门都比较大。我准备从吱嘎吱嘎的木楼梯上去，她爸说，她妈去世得早，小时候老怕她吃苦，这孩子从小被我惯出很多毛病来。自从受伤之后马媛媛变得比较自闭，她有什么想法也不跟我说，你替叔叔多和她聊聊。储藏室囤满货品，我真好奇它们是怎么从那么窄的楼梯运上来的？

马媛媛穿着一身海鸥睡衣，一条腿上打着石膏，正靠在枕头上看书，我瞅了一眼封面，是本崭新的《少年维特之烦恼》。见我进来，她把书合上，我有些惊讶，她居然在读书。马媛媛说，你说人怎么这么奇怪，如果一辈子不思考好像也不对，但思考的话就会发现自己很愚蠢，我近期经常陷入思考带来的烦恼。我漫无目的地翻了翻说，你不会是因为读了这本书想要自杀的吧？马媛媛很吃惊地反问道，谁自杀？我说，你不是从围墙上跳下去的吗？她说，纯属造谣，我那是不小心掉下去的。我说，你没事上围墙做什么？她说，那天很寸，正好有人在旁边放了一架梯子，我就想上去看看，从另外一个角度欣赏一下我们每天上学的地方。我说，你真有闲情，看出什么不同来了吗？她说，本来打算上去看一眼就下来的，后来起风，我有种飞在风里的感觉，临时决定绕着围墙走走。你知道吗，那种感受非常奇妙，就好像那些平时压在你胸口的压力和生活的烦恼都在你的脚下，非常轻松自由，仿佛是一种理想生活的样子。结果脚底的一块砖松动了，我就掉下来，感觉这条腿废了。我说，可别乱讲，肯定会好起

我一生的风景 ∣

来的。

马媛媛说，忽然发现，我们大概都逃不出生活的掌心。我有些不理解，一直认为像马媛媛这样的人早就游到了生活的另一面，摆脱了地心引力，灵魂遨游在外太空。但目前看起来她的困惑不比我的少，她说，过去我以为自己明白，但其实我什么都不明白，我不明白人一天天这么过下去有什么意义。折腾得越多越虚无。我说，你确定只有一条腿受伤了吗？马媛媛没听出来我是在开玩笑，她举起自己的右手说，我这只手也不太得劲。我说，不是这个意思，我是说你怎么如此密集地思考起人生了呢，没事吧？她说，我和宋小龙分手了，好像这么一摔把我给摔醒了。我说，不会吧，你这么快就移情别恋了。马媛媛说，我只是纯粹不想谈了，觉得没意思，小 Tony 要去北京学理发了。我觉得谈恋爱非常有趣啊，我都没谈过，马媛媛居然说没意思。我说，你别气人好不好，难道王雁南那样的你都可以拒绝？我看见蓝色丝绒盒子安静地放在电脑桌的角落。马媛媛拿起书说，我想给你读一段话。我说，好啊。

"在我的感官面前一切都变得朦胧和恍惚，我也梦幻似的含笑进入这个世界。满腹经纶的各级教师都一致认为，孩子们并不懂得他们所欲为何；成人也同孩子一样在这个地球上到处磕磕绊绊，劳碌奔忙，既不知道自己来自何处，欲往何方，办事也无真正的意向，只好成为饼干、糕点和桦树条的奴隶；这些谁也不愿相信，然而我却觉得，这是一目了然的。"

"不想长大联盟"已经很久都没有消息，人们似乎忘记有这样一块阵地存在，群里很冷清。直到一个礼拜六的上午，群里突然有人喊道：快看电视，我们上《城市新闻》了。《城市新闻》是地方频道的新闻节目，我不知道发生了什么，于是打开我们市的电视台，一位穿粉红色防晒衣的女记者正举着毛茸茸的话筒，站在镜头前面，刘海不断地遮住她的眼睛，又被风掀开。她的身后是一堵五颜六色的墙，上面绘满图案，她对着镜头介绍说，早上接到热心市民来电，一夜之间，一座彩绘墙降落在这里。说得好像真的有一座墙壁从天而降一样，他们做新闻的都爱使用这种夸张的修辞。那应该是在一座桥下面，光线比较暗，通道两侧都被涂鸦占据。女记者的头顶上方是一个酷青年的漫画形象，戴着鸭舌帽，旁边的对话泡泡里写了一句话：用力掠过所有人的回忆。紧挨着还有一个骷髅头，也有对话泡泡，骷髅头说：不想被残酷的成人世界淹没，但我又无力追赶。一些和政治相关以及过激的内容被打上马赛克，女记者显得很专业，脸上看不出一丝动容。

群里掀起一片狂欢，赞美的、担忧的话语充斥着屏幕，"犀牛精神"始终没有发言，头像是灰扑扑的。她像地下组织的创始人一样神秘，我有些好奇犀牛女孩是一个怎样的人，她也会做那些看起来永远都做不完的作业吗？媒体说它们是垃圾，很多市民也在反对，他们说这些涂鸦污染了这座城市。周一召开班级例会，杨老师语重心长地提起这件事，她说，在座的各位，你们的任务就是好好学习，考重点高中考大学，不要参与外面那些乱七八糟的事情。你们以为自己懂，想叛逆想搞特殊，你们懂什么？班里没有一个人说话，沉默极了。听说"犀牛精神"是一名美术专业的大二学生，参与这次涂鸦计划的还有一位是我们学校高中部的学长，他们在城市的东西南北各涂鸦了一面墙，学长正在被主任谈话。没有人知道，我也在群里。

那些墙壁上的声音，很快被雪白的涂料覆盖，这条新闻，也很快被新的新闻覆盖。短短几天，不断有人从"不想长大联盟"里退出，直到"犀牛精神"将这个群彻底解散，意味着某种东西的终结。"犀牛精神"从我的生活里面消失了，那些不想长大的人也消失了，我感到一种莫名的压抑与彷徨，它们正在朝我的胸口猛烈袭来。

不相信一切可以被涂抹得毫无痕迹，在一个周末的上午，我决定去看那堵曾经发出过声音的墙壁。等车时天色暗得如同傍晚，风越来越大，吹得广告牌发出哗啦哗啦的声音。车站里还有一个女孩也在等车，看起来像高中生或者大学生，是犀牛女孩也说不定。等了很长时间，车还没有来，女孩失去耐心，裹紧外套上了一辆出租车。车站只剩下我一个人，她刚走不久，公交车来了。车里空空荡荡，没什么人，我投了一块钱，随便找一个位置坐下来。

汽车缓慢地开着，我不知不觉睡着了，做了一个过去做过的梦。梦里所有人穿着一样的衣服，站在一个巨大的广场上面。广场中央有一辆高高的军用车，所有人举起右手的拳头，朝同一个方向走去。我试图穿过拥挤的人群，非常想吸一口新鲜的空气。我一直挣扎，寻找机会，终于人群出现松动，我挤了出去，或者说他们把我挤出去了。我不敢停下来，一直跑，忽然听见有人在哭泣，不一会儿那人又放声大笑，哭泣和笑声都无比真实。那人渐渐把脸转过来，我发现是自己，或者说是一个和我长得一模一样的人，我们望着彼此。我突然醒来，车窗外下起很大的雨，一条条细长的雨水在玻璃上滑落，像无数条河流，也像一个人的哭泣。

不小心坐过站，下车后找不到一处可以完美避雨的地方。我把书包举在头顶，加快步伐，后来干脆跑起来，没跑多久浑身便被雨水打湿。没有人可以告诉我明天在哪里，只能用自己的双手双脚拨开和穿越这令人窒息的生活，明天或许才会真的降临在一个人的身上。

　　这时，我有了一种人生如梦的感觉，想起马媛媛。有一天，她对我说，我发现我们做的很多事情都没什么意思，人不应该只为了这些看得见的桌椅板凳而存在，还应该为了那些看不见的东西活着，不是吗？太阳照在马媛媛的脸上，眼睛比任何时候都更明亮，她微笑地看着我，我发誓那一刻她像个天使。

宁静的夏天，悠长的午后

1

五年级的时候，我们班转来一个叫夏帆的女孩。她来自某个南方的乡村，记不清是在江苏还是在浙江。她父母在这边做水产生意，她和妹妹跟过来上学，她的身上永远有一股淡淡的河流或者鱼的腥味，但她很干净。她来的第一个学期，我其实没怎么注意过她，因为她的身体不太好，不能做剧烈运动，又不太讲话，所以从不参加我们的任何游戏或者活动。她几乎像个透明人一样，在我们的身边生活了几个月。

我对夏帆唯一的印象就是，她的皮肤太白了，白得十分不健康，有一种很脆的感觉，仿佛只要对她大喊一声，她就会像摔落的石膏雕像那样碎成片，或者脸上出现一道道黑色的小裂纹。她的胸部已经开始发育，但她甚至不知道应该去买件裹胸小背心穿，那种带两片海绵垫的小背心。男孩子经常会趁女生不注意，飞快地解开她们脖子后面五颜六色的蝴蝶结，让他们遗憾的是，那不过是种装饰，什么意外都不会发生，但这个小游戏仍然让男孩、女孩们感到兴味盎然。

冬天还好，大家都穿得比较多，秋衣、毛衣，有人还穿着毛背心，每个人看起来似乎都差不多，没什么特别。直到今年夏天，我们开始注意到夏帆，是因为她的胸部总是在雪白的校服短袖里荡来荡去的。我们的夏季校服是那种很透的材质，硬咔咔的，因此经常能隐约看到夏帆胸前那两块椭圆形的突起，以及当她运动时它们涌动的样子，像灌了水的气球。如果突然紧张或者吹来一阵冷风，会让她的乳头更明显。男孩们总是忍不住想去看她，连平时最正经的男老师也会偶尔瞟上一眼。尽管夏帆长得并不好看，因为过分安静和内向，她的行为和表情总是显得有些呆板和拘谨。

女孩们私下里开始对她议论纷纷，后来演变成，谁如果敢公开讨厌她，谁就能在女孩堆里获得更多信任。我其实不讨厌夏帆，但也并不想得罪其他人，尤其是以吴娜为核心的那一小撮人。吴娜是纪律委员，在女生群里很有地位，她爸爸是税务局的什么官员，连老师对她都比较纵容。这个莫名其妙的职务，主要负责记录自习课上谁不好好做作业，谁上课吃东西了，谁在讲话。她如果看你不顺眼，就会把你的名字大大地写在黑板右下角那块该死的"说话栏"里，接着老师就会来找你的麻烦，而你根本无从辩驳。

2

这学期，我们原来的班主任突然离职，由新来的英文老师担任临时班主任。她叫费丹妮，研究生刚毕业，语气里还带着浓浓的学生腔，时常露出一副不知所措的表情。椭圆形的脸上有些咖啡色的小雀斑，齐肩的长直发，戴着那种老气的无框近视眼镜，与她的学生腔搭配起来有一种戏剧的张力。她的动作优雅，像一匹经过训练的马，但又有些做作。

看得出来，她想成为那种受孩子们喜爱的老师，很希望能在班主任这个位置上做出点儿什么成绩，却又总是弄巧成拙。像这样的年轻老师，我们通常不会太放在眼里，我们只会畏惧那种严肃、古板、有丰富教学经验的老老师。

不得不说，费丹妮老师是个尽职的人，她希望让每位同学都能参与到她的课程中。同时，她想熟悉一下我们，这有助于她开展新工作。

她说："我们来玩个'击鼓传花'的游戏吧，你们过去应该都玩过，没有人不知道游戏规则对吧？有吗？没有吧？"

有男同学故意捣蛋，说自己没玩过，她只好耐心地再说一遍游戏规则。她把脖子上的紫色丝巾解下来，编成一个小球："我用黑板擦敲讲桌，你们来传这个丝巾球，当我的黑板擦停下来，球在谁的手里，谁就要大大方方地站起来做自我介绍，并给自己取一个英文名字。"

这种游戏非常无聊，没人愿意站起来傻乎乎地做自我介绍，而且担心她会突然别出心裁地让你唱首歌、跳支舞什么的，他们经常这么做，以为这样就可以让我们的关系变得更好，简直傻透了。如果轮到我非要唱歌的话，我就唱梁静茹的《宁夏》，只有唱这首歌时我不跑调，歌词也比较好记——

宁静的夏天，天空中繁星点点，心里头有些思念，思念着你的脸，我可以假装看不见，也可以偷偷地想念……

大家总是等到敲击声快要停止时，故意把球丢给夏帆。于是那节课上，夏帆做了三遍自我介绍。等到第三遍站起来的时候，我觉得他们的玩笑开过头了，有些过分，夏帆窘迫得几乎要哭出来。老师也很尴尬，不知道这究竟是怎么回事，只好提前终止了游戏。

宁静的夏天，悠长的午后

有一天，好心的费丹妮老师似乎意识到了什么，想要善意地提醒夏帆关于衣着的事情，但又不知道这种话该怎么说。她试图在课堂上暗示她："同学们要注意自己的仪表，你们已经不是完完全全的小孩儿了，尤其是女孩子。"她既想表现得更有亲和力，又担心失去作为老师的威严，最终使她的语气听起来更像是指责或者说教，但我相信这不是她的本意。

　　夏帆没有意识到这些话是说给她听的，原本老师不强调还好，这样等于把一个秘密放在公开的语境里了。不知道哪个坏男孩突然从角落里吹了一声口哨，大家都忍不住哧哧地偷笑。但我们已经习以为常，这件事情不能再激起什么话题。

　　那节课之后，夏帆变成一个另类，我们甚至不再愿意谈论起她，我们组团做游戏、跳皮筋、丢沙包，从来都不带她，上厕所也没有人叫她一起去，我们有了更有趣的新话题。而她，永远孤零零地坐在教室里，或者像个树桩似的站在旁边，也没有想要融入我们的意思。体育课解散后我们总是成群结队，只有夏帆一个人坐在龙爪槐下，样子有些呆。男孩们把软软的淡绿色的毛虫往她身上丢，她总会吓得尖叫起来，这让他们非常满意，像是发现了新大陆。

　　当她从我们身边经过时，大家会故意笑得浮夸而大声，像是在炫耀我们的快乐。或者玩追逐游戏时，非要撞一下她不可，每次成功撞到，都像是触碰到游戏的开关或者精髓，我们兴奋不已。有一次，我差点儿把夏帆撞个跟头。她太瘦了，我并不是故意非要把她撞个跟头什么的，只是没想到她会那么轻，瘦得有点儿不健康。我有些自责，但令人没想到的是，那些女孩竟然因此突然变得很尊重我，眼神里甚至有些崇拜，连"母牛"吴娜都愿意主动找我玩。对夏帆的那一丁点儿自责，很快就荡然无存，我开始享受这种变化。

28　　　　　　　　　　　　　　　　　　　　　　我一生的风景　|

3

星期六下午，我和姐姐出门逛街，在商场的屈臣氏里碰到夏帆，她妈妈带着她和妹妹。夏帆正在挑选润唇膏，最终决定留下那支印有草莓图案的唇膏。我们看见彼此时，都有些不太自然，她依然拘谨、害羞，我表现得更为慌张一些。

她愣在那里，紧紧地握着自己选好的唇膏。我不确定是否要和夏帆打声招呼，想起自己在学校里的行为，如果这时表现得过于热情，会显得很虚伪，甚至有一种背叛的感觉，而事实上我又想不出来这么做究竟是背叛了谁。

"怎么，遇到同学了吗？"我没想到姐姐会突然问道，她推推我的胳膊，"为啥不打招呼？"

"你好，"我从干涩的嘴唇里挤出两个字，然后向姐姐介绍道，"她是夏帆，上学期我们班新转来的女孩，我跟你说过的，她的名字很有趣对吗？夏天的帆船。你好，夏帆。"

说完，我被自己的语调恶心到了，夏帆应该也是。我比自己想象中表现得还要主动、积极和多嘴，我希望她能把今天的事全部忘掉。

夏帆点点头，她说："你好，穆兰，真高兴啊，能在这儿碰到你。"

夏帆十分有礼貌，语气也比我更真诚，她竟然记得我的名字，这也让我有点儿没想到。她的皮肤还是那么白，不过比在学校里看起来要好许多。她穿了一条过于松垮的格子连衣裙，像是把床单直接套在了身上，白袜子，黑色的凉鞋。过去我从来没有仔细打量过她，甚至没有好好地和她说过一句话。一直以为她挺丑的，但现在，我发现她很耐看。娃娃头，鹅蛋脸，眼神明亮而天真，总是由于敏感和自尊而紧紧抿住嘴唇，过去都被我曲解为迟钝和傻气。

"你看人家多瘦啊，你每天少吃点儿，"姐姐说，"你们是同桌吗？"

"不是同桌，我的位置靠窗，她在中间。"我赶紧说，像是害怕与夏帆产生更亲密的关系。

她妹妹的头发有些凌乱，像只小老鼠一样躲在妈妈的身后，不敢出来，抱紧妈妈的大腿惊恐地望着我们。仿佛我是一个可怕的人，我猜，夏帆肯定把学校里面那些糟糕的情况全都如实告诉她妈妈了，我不敢看她妈妈的眼睛。

"这是你妹妹吗？"我姐姐低头看着那个脏兮兮的小姑娘说。

"对，她很害羞，害怕和别人打招呼。"夏帆说。

"这两个孩子的性格都很内向，夏帆回家也很少讲学校里面的事情，我对班上同学的名字都不太熟悉，真不好意思。你叫穆兰对吗？"她妈妈说。

我缓缓抬起头来，她妈妈憨厚地微笑着，看起来温柔而有礼貌，我想她们应该来自那种淳朴善良的家庭。

"让我想起花木兰来了。希望你能和夏帆成为好朋友，有空去我们家玩。"她继续说。

我有些难为情，总觉得应该做点儿什么，她妈妈一定以为我们在学校里的关系还不赖。我甚至产生了假扮好朋友的冲动，仅仅是因为我不想伤害她妈妈的一片好意，想到这里，我竟然有些难过起来。

我说："夏帆的作文非常出色，语文老师还当成范文念给我们全班听。"这是真的，夏帆似乎天生擅长写作文，而我对咬文嚼字的东西通常都没耐心。

"真的吗，夏帆？"她妈妈的眼睛忽然亮起来，"老师念了你的作文？"

我一生的风景　|

"嗯，老师每个月都会选出一篇作文来读，我的只是恰好被选到而已，没有穆兰说得那么好。"夏帆嘴上虽然这么说，但她苍白的脸颊还是变得稍微有些红润，她大概没想到我会在她妈妈的面前称赞她。我为这种自以为善良的举动感到愉快和激动，仿佛我真像自己以为的那样——是一个好人。

"你买了什么？"我愉快地问。

"一支唇膏。你呢？"夏帆的语气听起来也挺开心，她还把唇膏拿起来给我看。

"我什么也没买，我陪我姐姐来买洗面奶，你的裙子真漂亮。"我说。

"谢谢，你的凉鞋也不错。"她说。

我低头看了看自己脚上天蓝色的细带凉鞋，这是我妈妈买的，我一度觉得它不好看。但听到夏帆这么说，我觉得有些开心。

在我们分开之前，我偷偷告诉夏帆，女孩穿胸衣会更好看，我们都穿。我告诉她，商场二楼的内衣店里有少女专用的小背心，我就是在那里买的，各种图案都有，不过最好买纯色，穿白色T恤才不会透。她有些懵懂地看着我，可能没明白我的意思，我没再说什么。

分开后，我和姐姐去五楼的美食城吃旋转小火锅。

"你刚才的样子，看起来有些假惺惺。你其实不喜欢她对吗？我一眼就能看出来，你不喜欢她。"姐姐毫不留情地拆穿我时，我的脸唰地红了，愣在那里，因为我自认为刚才的表现已经足够完美。

"前面有免费冰激凌，你要不要来一个？"我说。

"你刚才太热情了，这不像你，我从来没见过你对谁那么热情。"她说。

"她是个挺不错的人。"我有点儿恼羞成怒地说。

"我又没说她不好，她们看起来是挺不错的，不过她妈妈身上怎么一股臭鱼味儿啊。"她用筷子搛起一片辣牛肉说。

4

星期一，夏帆是在上完第二节数学课后才来学校的。

她看起来和平时没什么太大的不同，忧郁、安静，除了她胸前那两个突起的小点消失了之外。两根薄荷绿的细带从夏帆洁白的领口里伸出，在脖子后面打了一个蝴蝶结。女孩们似乎也注意到这点变化，她像是突然成为我们之中的一员，虽然我知道本质上并不会改变什么，但我仍为此感到有些欣慰。

夏帆手里拿了一只用碎花布做的长颈鹿，手掌那么大。她把它放在自己的课桌上，被语文老师说了一通，老师不允许我们带玩具来学校，她把它藏进书包里。

中午放学后，我是最后一个离开教室的。我在做晚上的作业，想中午就提前把数学题先做完，晚上留着时间回家看动画片《麻辣女孩》。夏帆也一直坐在座位上没有走，独自玩那只花哨的长颈鹿，直到我要锁门了，她才一起出来。

走在校园时，我始终与她保持一段距离，我能感觉到她似乎有话想要对我说。她抓着长颈鹿的两条腿，那只可怜的长颈鹿头朝下，我觉得它有可能要吐出来了。等彻底离开学校后，夏帆逐渐追上我的脚步。

我终于停下，忍不住转过身来问道："为什么要跟着我？你有什么事吗？"

夏帆被问蒙了，显得有些不知所措，这种表情也会经常出现在费丹妮老师的脸上。"我想给你这个。"说着，她把那只制作粗糙的长颈鹿唐突地举到我面前，它的头快要伸到我嘴巴里了，我仔细看了看，居然还有眼睫毛。

"你这是干吗？"我看了看周围，确认没有我们共同认识的人之后，我不理解地问道。

"送给你，这是我自己做的，用我妹妹的旧裙子剪的。"夏帆天真地看着我说，露出那种善意讨好的微笑。

"为什么要送给我？这么个丑东西。"我想最好表现得愤怒一点儿，好让她自动和我保持距离，不再继续把它送给我。

"我想尽快把它做好，有些仓促，所以只做了两条腿，对不起……"微笑僵在她的脸上，她像犯错的小孩一样，委屈地低下头。她为什么要向我道歉？

"你难道以为我们是朋友吗？如果那样想你就太傻了，请把上次的事忘掉吧。"我的语气冰冷，甚至还有些不耐烦，仿佛星期六的那个人不是我，那些友好和热情都是幻觉。我害怕夏帆会真的把我当成朋友，那我该怎么办呢？其他人会怎么想？

夏帆大概没料到我会有如此反应，我也没想到自己竟然这样决绝和冷酷无情。她愣在原地，像是受到巨大的打击，眼睛里闪烁着泪光。

我心里有种说不出来的味道，突然不知道该怎么办。于是一把抢过来那只长颈鹿，扭头跑了，甚至没敢再回头看她一眼。

回家后，我把长颈鹿丢进写字桌最下面的抽屉里，我觉得自己永远不会再打开这只抽屉了，可是我为什么要把它带回来？我把抽屉锁好，防止有人问起来。然后像什么事都没发生过一样，去和家人一起吃午饭。

下午，夏帆没有来学校，她的书包还在课桌里，座位却是空的。整个下午我过得无比煎熬，一直在猜测她不来学校的原因，或许她家里有什么事情。我一节课一节课地焦急地等待着，直到放学，夏帆的座位一直都是空的。我有些后悔中午的行为，我担心她是因为我才不来学校,我为什么要伤害她呢。愧疚感刺痛着我的神经末梢,胃里像是有一根刺正在扎我。

第二天,夏帆还是没有来学校,课桌上摊开的书本始终保持着那天中午离开时的模样。没有人问她去哪里了,也没人关心,大家该干吗干吗,没有夏帆,我们的生活并没有什么不同。

整整两周,夏帆都没再来学校。有一天,她妈妈突然来到学校,和我上次见到她时相比,她疲惫、苍老了许多。她走进来帮夏帆把书包收拾好,她的文具盒、胶带纸、课本、美少女贴纸,全都装进那只脏兮兮的维尼熊书包里,带走了。我坐在角落的位置,她妈妈没有看见我,准确地说,是我没敢抬头去看她。

大家开始好奇夏帆究竟出了什么事,为什么突然不来上学。班里流传着各种猜测和流言,老师也没有做任何解释,只是把她的桌椅撤起来,放在教室后面的卫生角落,旁边挨着簸箕、扫把、垃圾桶。我们继续上课,生活也在继续。

费丹妮老师还在努力想要和我们打成一片,努力扮演好临时班主任的角色。用各种办法希望我们能更加喜欢学英语,她实在够努力的。比如她会带一些零食作为奖赏,如果我们回答正确问题,就可以得到一支彩虹棒棒糖或者一块熊猫巧克力。但收效甚微,因为那些总也得不到棒棒糖或者巧克力的人,慢慢就会失去学习的积极性,反倒更不爱回答问题了,而经常得到的人又觉得没什么意思。能感觉到,她的积极性也在下降。因为无论如何,都达不到她自己预想的效果,我有点儿替她难过。

5

临近期末考试时,夏帆已经彻底从我们的生活里飞走了,有人说她得了水痘,也有人说她转学了,总之我们已经不再轻易地想起她。在一个星期三的上午，最后一节课是英语课，费丹妮老师站在讲台上，沉重地看着大家。

一个令人难过的消息，从她薄薄的两片嘴唇间滚落出来："夏帆同学的事情，我想你们可能也听说了，她生病了，正在医院里住院。"她顿了顿，"我想选几名同学代表和我一起去看看她，有谁愿意吗？"

"什么病？"我们问。

"白血病，一种很难治的血液病。"费丹妮老师说，她想尽量表现得严肃和沉重些，但她说话时的学生腔却总是让她显得有几分滑稽，使整个消息听起来就像是一个玩笑，不那么真实。

"她还那么小，竟然得了这种病。实在太可怜了，她是多么好的一个女孩，我对她印象太深了。我清楚地记得，她曾经在我的课上给自己取了个英文名字——Clement，这个名字大家知道是什么含义吗？是温暖的、宽恕的意思。我们必须得去看看她。"她说。

随着费丹妮老师悲痛的语气，同学们也都沉默下来，大家不敢吱声，连平时最调皮捣蛋的男生也把头垂得很低。我们谁也不看谁，仿佛是我们害她得了这种病。

"费老师，我能和你一起去看看她吗？"第一排的女生李珊珊举起手来，打破教室里沉闷的气氛。

"当然，还有其他人愿意一起去的吗？"费丹妮老师问。

教室里又安静一会儿，我都能听见自己的心跳了。

"我们给夏帆买些礼物吧，我看见她那天拿了一只长颈鹿，她好像喜欢玩具，我可以把新买的泰迪熊送给她。"吴娜突然提议说，她的语气里充满关切和正义感，仿佛她一直都是最关心夏帆的那个人。

吴娜的建议引起更多人的共情，其他同学也纷纷举起自己的手臂。

　　费丹妮老师看到大家对夏帆如此关心，更重要的是对这件事情的积极响应，让她非常感动。她的情绪有些过于激动了，眼泪在眼眶里打转，导致我们的情绪很受影响，有几个女同学已经趴在桌子上开始哭。

　　"我理解大家关心夏帆的心情，但是医院里不允许进去太多人，我想选几名同学代表大家去看望夏帆。"她说。

　　直到选到第四个人时，我终于举起手大声地说："费老师，我也想去。"

　　费丹妮老师和同学们看向我，他们看我的眼神，像是我主动要求上前线或者用身体挡住了枪口，对我表示出尊重，就像我当初差点儿把夏帆推个跟头时那样。

　　"好吧，"费丹妮老师温柔地拍了拍我的肩膀说，"五名同学就够了。其他同学如果有话想要对夏帆说，可以写在纸上，我们会帮大家带到。"

　　于是，很多同学都撕下自己的作业本，拿起笔来开始写。吴娜帮忙把大家写好的纸条收起来，放进一个透明的文件袋。

　　我感到一阵阵眩晕，每个被选上的人都很激动，以能被选为代表为荣。仿佛谁生病已经不重要，重要的是我们有一次增进情谊的机会。课间大家凑在一起，回忆起了许多与夏帆有关的往事和细节，称赞她是多么特别的一个人，那些不好的事都被我们自动过滤掉了。

6

　　星期五下午三点，费老师把我们召集起来，带大家去夏帆所在的第三医院。我们打了两辆出租车，我和费老师、吴娜坐一

　　　　　　　　　　　　　　　　　我一生的风景　|

辆，其他同学在另一辆黄色的出租车里。费老师坐在前面，身上有一股湿漉漉的木瓜味，像是刚洗过头。

住院部门口有一个洁白的花坛，里面种满橘色和紫色的花朵，颜色明亮得有些刺眼。楼道里弥漫着乙醚的气味，一个瘦骨嶙峋的中年男人穿着泛黄的病号服，手里举着透明的输液瓶，在走廊里来回走动。我们将交谈的音量调低，大家都尽可能地保持安静。

我们来到夏帆的病房，阳光洒满地板，将白得发蓝的被褥照得晃眼睛。房间里总共三张病床，夏帆在最里面靠窗的那张，中间是个年纪比她还小的女生，和她生了同样的病，小女孩的妈妈正在剥橘子给她吃，靠门的床位是空的。

夏帆坐在床上读书，头上戴着一顶米白色的渔夫帽，枕边放着那支从屈臣氏里买来的印有草莓图案的唇膏。她看起来苍白无力，嘴唇却是亮晶晶的。她知道同学们今天要来，或许是为了迎接我们，刚涂上的。我留意到她的头发不见了，她靠在枕头上，在读麦尔维尔的长篇小说《白鲸》，她苍白的样子也像一只白鲸。

她看见我们走进来，把书倒扣在腿上，脸上是她惯有的呆滞、无辜的表情。她看到我时，眼睛里闪过一丝诧异，她没想到我也来了，但这种诧异很快就消失了。

费老师总能让人出乎意料，她从自己的包里变出来一面金色的小旗，不知道是什么时候准备好的。她像旅行社的导游那样晃动着小旗，上面还写着夏帆的英文名字和祝福：Clement——夏帆，祝你早日康复！

夏帆天真地看着费老师，就像她曾经那样天真地看着我一样。或许那个英文名字只是她被迫随意起的，连她自己都不记得了，我又想起我们让她做了三遍自我介绍。

"你今天好些了吗？同学们给你准备了礼物，希望能让你开心一点儿。"费老师说。

"谢谢费老师，谢谢大家，看到你们我很开心。"她收下那面金色的小旗说道，她的声音听起来并没有字面上那么开心。

吴娜抱着她的泰迪熊，手里拎着那个装满字条的透明文件袋。李珊珊给夏帆准备了一个粉色的美人鱼文具盒作为礼物，两个男生准备的礼物分别是一幅拼图和一个玩具小汽车。很明显，夏帆并不是很喜欢男孩子送的礼物。当她接过李珊珊手里的文具盒时，嘴角终于出现了真正的微笑。

"真漂亮，但我可能用不到这个了，可以留着给我妹妹用。谢谢你。"夏帆说。

这句话着实刺痛了我，我捂紧自己的口袋。费老师试图鼓励夏帆，告诉她一切要朝前看。

我也准备了礼物，一个布满星空图案的保温杯，给她的时候我有些不自然，不知道她有没有察觉到。"上面的星星全都是夜光的，到了晚上会亮起来，就算在黑暗中也能看见。"我向夏帆解释自己的礼物所蕴藏的秘密。

"谢谢你，穆兰。"她温和而平静地说。

我看不出她是否喜欢这个礼物，也看不出来她对我的态度里有什么异样，既没有明显的喜悦，也无憎恨。不管夏帆喜不喜欢，她都收下了它，就像收下生活给她的"命运之礼"。

她看上去有些累了，但仍在努力地配合我们。费老师把文件袋递给夏帆，告诉她这里面是同学写给她的心里话。夏帆没有要立即打开的意思，或许是想等我们走了之后，一个人的时候再仔细阅读。

我有些难受了，想快点儿从这里离开。但吴娜或许是出于内疚，她总希望能再做点儿什么，于是把字条全部倒在床上，开始逐一地大声朗读。

"夏帆，很抱歉过去对你造成的伤害，希望你能快快好起来——田丹。"

"亲爱的夏帆，我们等你回来……"

我们都觉得十分尴尬，我感到越来越难受。终于，费老师及时制止了吴娜："好了，我们让夏帆休息一会儿吧，她需要休息。"

我们和夏帆一起吃了点儿费老师带来的水果，简短地说了些无关紧要的话，告诉她教室后门的玻璃碎了，我们马上就要期末考试了，刚才在路上看见一只长相奇怪的小狗。然后就和夏帆告别了。我们在医院里只待了一小时，但这一小时似乎格外漫长。

大家在那个午后离开了病房，离开了夏帆，离开了医院里那种恼人的气味。我甚至听到费老师大大地喘了一口气，其他人像蜜蜂一样飞出去，嗡嗡嗡的，恢复了往日的嬉笑与快活。

可我以为的轻松，却并没有到来。我的手在口袋里使劲地把那张纸攥成了球，那是我写给夏帆的信。一封长长的信，比我写过的所有作文都要长。

信里写了我最喜欢的食物、颜色、动画片、座右铭、冰激凌口味，还有我长大后想从事什么工作，想成为一个怎样的人，和什么样的人结婚，等我老了以后还要去海边买一间房子，养一条狗，我可以邀请她来我的海景房做客，会有大大的沙发、柔软的地毯。我还写了我对她的看法和内心的真实感受，我觉得她是个天性温顺的人，一个美好善良的人，我准备好和她做朋友了，就像她曾经希望的那样。

我庆幸自己没有把这封信交给夏帆，但难以置信的是，在走进医院的时候，我竟然满心期待地希望能快点儿把信给她。

来的路上，我知道夏帆很快就要去北京接受治疗，我们大概不会再见面。她会想起我吗？或许，她从未记住过我们，以及不愉快的一切。然而，我却自私地希望，她能记住这个夏天的午后。

就这样，当我经过一个墨绿色的垃圾桶时，趁没人看见，我飞快地掏出信纸球，口袋里的六个钢镚儿被撞得叮当响了几下。随后，我把信，连同那只花哨的长颈鹿，一起丢了进去。然后奔跑着，去追赶其他人。

请你掀我裙摆

姐姐的身体让我羡慕，那是我初次对成熟产生了向往。

我渴望长高，渴望有一对状如水滴而不是大小如水滴的乳房，渴望自己的脸上也能泛起和姐姐一样的潮红。这是我在十二岁时全部的理想，它使我羞涩，也让我骄傲。

趁姐姐不在家的时候，我经常偷偷揩她的抹脸油用，偶尔还会搽一点眼影和口红。美滋滋地欣赏着镜子里的自己时，我必须想象自己已经长大，不然容易陷入深深的失望里（在那时，"我还是个小孩"这句话几乎会要了我的命，我难过自己无法快速长大）。

姐姐平时最不喜欢我在她的房间里出现，尤其不许我靠近梳妆台，她说那是一个女人的圣地，不能容忍任何人侵犯，更不能容忍像我这样的小孩子侵犯。所以在她回来之前我需要把脸上这些油乎乎的东西洗干净，如果她发现有人偷用她好几百块的化妆品准会疯掉，这不是关键，关键是她会揍死我的。

我的衣服都是姐姐过去替下来不穿的，都不太好看，或者说都很难看。真不敢想象姐姐也有过和我一样大的时候，也有过没有胸部的扁平时代，印象里总觉得她生来就是尤物。

姐姐赶在打折季买回来一大堆衣服，她说女人如果可以花更少的钱买到一件对的衣裳是非常有成就感的事情。当时的我还不能彻底理解这种成就感，却对此十分憧憬，我一直在期待人生里那场所谓的成就感的来临。那一定是比考全班第一更诱惑人的事情。

在姐姐的众多"战利品"里有一条失败的裙子，M 码对于姐姐来说有些小，用她的话讲就是"失手了"。打折的商品往往号码残缺不全，而且无法退货，姐姐为此懊恼了一整个下午。其实我想说我可以试试的，但我不敢说，只能一边暗恋那条裙子一边等待姐姐主动决定让我试穿。那些等待的日子是紧张而刺激的，就像大人喜欢的赌博，我在等待一个说不定会赢的结局。

那是一条紫色的肩带上缀着小小白花的连衣裙，裙子的裙摆很短，但如果穿在我身上的话长度应该正好。我无法忘记裙子表面的细微褶皱，以及手指触及时感受到的那种刻意而为的颗粒感。

我无数次趁她不在时去衣柜里偷看裙子，无数次想象它被风吹起来的样子。

那段日子我几乎魔怔了，每天放学都在祈祷我姐姐不在家，希望能再看一眼裙子。那是我以为最黄金的岁月，因为我觉得自己就快要长大了，长成和姐姐一样的尤物。

此外，在我百无聊赖的年纪里还有一项重大的乐趣，就是养一只鸡。后来想起那只鸡时觉得有几分吓人，不是它的样子，而是它的行为实在诡异。

那只鸡时而兴奋过度，疯了一样地满屋子乱跑；时而忧郁，常会盯着一个地方发上好久的呆，有一回我都以为它死了。最可怕的是它总会用一种似笑非笑的眼神盯着我看，看得我后背发麻。

后来那只鸡死了，其死法可谓惨烈。它没有被汽车压扁，也没有掉进臭水沟，而是被一个男孩用削尖的木棍串成了羊肉串的样子。当木棍彻底刺穿身体的时候，它居然扭头用一种绝望而嘲讽的眼神凝望着我。

男孩摇晃着木棍歪着头朝我走，我一步步后退，但他还是靠近了我。男孩一边忍着坏笑一边模仿新疆人说普通话的样子问我："新鲜的羊肉串哟，要来一串吗？"

鸡已经奄奄一息，一滴血顺着木棍流啊流，流过男孩脏兮兮的手滴在我新买的白球鞋上。男孩的左脸上有一块胎记，上面长着几根黑色的毛，真恶心。

我转身就跑，一路不停地飞奔回家。我跑得太快，把开门的姐姐差一点撞倒，姐姐骂骂咧咧："赶着投胎啊你！"

我跑到卫生间里，随手将门反锁。用手支在马桶的边沿，胃液裹挟着被腐蚀了一半的食物往外倾倒，呕吐把眼泪逼了出来，那一刻真的好难过啊。胎记上长毛的男孩毁掉了我对异性的全部想象力，也让我在那一刻失去了成长的动力。

"快滚出来，看看你的房间里多了什么。"姐姐的声音从厨房飘到卫生间门口。

我用清水把嘴边的呕吐物清理掉，然后慢慢悠悠地打开卫生间的门。姐姐穿着一件姜黄色的开衫站在那里，她突然大着嗓门叫起来："你这是怎么了？哭啦？失恋啦？喂，干吗不说话。嘻嘻，你的小男朋友长得帅吗？"

"姐姐，我的鸡死了。"

"死了？"她惊讶了一小下，但很快又因为不是我失恋而感到扫兴，"我早就想把它弄走了，搞得满屋子鸡屎味，我看只有你这个小妖怪才能受得了吧。"姐姐一边说一边把一块话梅糖塞进嘴里。

我不敢告诉姐姐它是如何死掉的，不愿意再把可怕的记忆重新咀嚼一遍，而且就算我说了姐姐也不一定有兴趣听。

当我走进房间时，那件在我记忆里出现过上百遍的紫色连衣裙正安静地躺在床边。可它看起来似乎没有想象里面的漂亮，也没有我偷看时见到的更有吸引力。就好像你喜欢上一个人，喜欢了很久，当你真的要得到时却发现好像哪里不对。这感觉太糟了。

"试试看。"

"啊？"

"啊什么啊，叫你试你就试。"

我拿起裙子左看看右看看故意拖延时间，直到我妈喊我们吃饭才算躲过一劫。为何这样抗拒，我也说不太清。如果仅仅是因为它没有印象里的好看就排斥，也不太正常啊。

裙子后来又回到姐姐的衣柜里，这一次没有用衣钩挂起来，而是胡乱被塞进了购物袋。诸如人生里的许多悲哀一样，等待被时间掩埋。我再也没有靠近姐姐房间的想法，一个好乐趣就这样被毁灭了。

白球鞋被刷回原样，但隐隐约约还能嗅到鸡血的腥味。穿了几天后终于忍无可忍把球鞋扔进了垃圾桶，从此厌恶白球鞋像厌恶男孩和羊肉串一样。

生活再次变得平淡无奇，一点也不伟大。Fuck。

夏天快到了，学校里出现了一支"掀裙小分队"。听说那是几个五年级的男生，他们把掀裙子当作伟大的事业，把女生的尖叫当作赞美。一群闲得发霉的小孩居然还自称风流倜傥，想想都觉得好笑。裙子的事情我原本还有些小小的遗憾，这下好了，我觉得自己拒绝裙子是一个十分明智的决定，因为我可不想被一群讨厌的男孩看到内裤的花纹。

说到内裤我又想起姐姐了。姐姐拥有这个世界上最好看的内衣，反正那是我后来再也没有见过的。

记得有一次午睡，我梦到巨大的阳光和云雾缭绕，然后被这美丽的画面惊醒后下地去喝水，途中看见姐姐正在阳台上抽烟，那天太热了，她只穿着内衣站在那里。我妈曾经因为她不穿衣服已经很严厉地警告过了，但她只是表面上答应，我妈不在的时候她照样不穿。

我姐姐不屑于穿纯棉的内衣，她说那看起来就像小学生。她的内衣材质往往轻薄，有点像纱。那天中午她穿的内衣是古铜色的，上面隐隐约约印着老上海的建筑物。股沟若隐若现，在阳光底下形成一道暧昧的暗影。腰肢细得仿佛能被那对乳房压折了，出于担心我对姐姐说过这种想法，但她骂我有病。姐姐的头发在脑后随意盘起，几缕漏掉的头发乱七八糟地垂落在胸罩的肩带上。汗涔涔的额头闪闪发光，姐姐在巨大的阳光里吞云吐雾。

我正要从四楼下到三楼去上厕所（学校的女生厕所在单数楼层，男生的在双数），恰好看到一个小麦色皮肤的男孩正在掀起一个女生的裙子——那是一条柠檬色的布裙子，裙子下面是樱桃小丸子的内裤。

男孩穿着墨蓝色的牛仔裤——不是那种很幼稚的款式，上身是一件卡其色的薄款灯芯绒衬衣。他是我见过最干净最与众不同的男孩，和记忆里的都不一样，更有别于胎记男孩。

他们大概是同班同学，女生并没有我以为的尖叫，而是一边笑骂一边追着打。追逐的过程中男孩看到傻站在台阶上的我，他看了我几秒以至于跑得太慢挨到揍。我被他看得比那个被掀了裙子的女生还要害羞，霎时一种紧张的幸福感团团围困了我的心脏。

这种感受太难控制了，仿佛浑身的肌肉都因此变得不听使唤。很疲惫，但分明又是快乐的。

男孩在即将消失于视线中时，他对我笑了。他的牙齿整齐而洁白，左脸上有一个深深的酒窝，单眼皮的眼睛异常明亮，瞳孔是正宗的黑色。真好看，我悄悄地在心底里说。

我脑袋里再也挥之不去关于那个笑容，它拉开了我伟大生活的闸门，所有美好的想象如洪水般再次汹涌地朝我扑过来。

那是我生平第一次领会到姐姐所谓的"成就感"究竟是怎么一回事，梳妆台前的瓶瓶罐罐和用低价买来的好衣服是姐姐的成就感，那么等待一次被掀起裙子的机会应该就是我的成就感。

我开始想念那条紫色的裙子，又重新觉得它好，无论是肩带上的小白花还是触感都再次勾起我的喜爱。我不确定姐姐是不是还愿意让我试穿，她的脾气具有太多的不确定性，谁都摸不准。但是为了那伟大的成就感，为了对抗生活的百无聊赖值得冒险一试。

我回到家听到姐姐的房间里有动静，但不敢就这么理直气壮地走进去问她要裙子。我在客厅里坐了好久，喝了一大杯凉白开，一遍遍重复着组织好的语言。姐姐房间里的动静越来越大，但努力忽略掉，不然我怕会忘词。

几番犹豫过后，我鼓起勇气走向姐姐的房间，以一种赴死的心态紧紧握住门把手。拧动，门被缓缓推开，里面的动静瞬间消失。随着门的缝隙敞开得越来越大，我被惊吓到了，站在原地发不出一丝声音。准备好的台词被忘得一干二净，甚至忘了我来这里到底要做什么。

赤身裸体的姐姐正以年画娃娃的姿势骑在一个男人的小腹上，他们同时惊愕地看着我。我们像三个白痴一样观望着彼此的窘态，直到男人鲤鱼打挺一样突然跳起来扯过被子遮住自己的器官。可是已经来不及了，我还是看见了。

他的阴茎像金箍棒一样，直插云霄，伴随着巍峨和尊严。但在那样的窘境下巍峨和尊严都显得有点奇怪和多余，就好像把一

　　　　　　　　　　　　　　　　　　　我一生的风景　|

个巨人硬生生塞到矮子的屋檐下，无论怎么看都有点不太雅观。

"出去！"姐姐怒不可遏地命令我，汗液正在顺着她的刘海往下滴。

可是我的脚不听话，完全接收不到出去的指令。她顾不上穿衣服恼羞成怒地跳下地，几乎是拎着我的领子把我拎出去的。

男人仓促地套上衣服从房间走出来，看着姐姐，沉默片刻后姐姐叹了口气说："你先走吧。"他临走时还瞟了我一眼，我用余光感觉到了。

姐姐穿着内衣去阳台上抽烟，我不知道她抽了多久，总之抽光了一包大彩。天快黑了，楼下有几个放学回家的中学生对着姐姐吹口哨。姐姐起初置之不理，直到对方喊"C罩杯"时姐姐狠狠地丢下去一个在阳台上放了很久的啤酒瓶。男孩们看到姐姐动真格，这才一哄而散。

烟没了，姐姐回到房间去穿衣服。

她穿着黑色丝绸的睡衣走出来，踌躇了半天后说道："你，不会告诉妈妈对吧？"

我没有看她的眼睛，点了点头。

"算我欠你一个人情。"

我仿佛被开启按钮一样，突然意识到自己的要事，说："姐姐，这个人情能不能现在还我？"

她扭过头一脸警觉地问我："你要跟我谈条件吗？"

"不是的姐姐，我只是想借你的那条裙子穿几天。"

她就像没有听见一样头也不回地走回房间，我以为这事就要泡汤的时候姐姐走出来，把装着裙子的购物袋扔在我旁边的沙发上。那一刻我几乎快要激动死了，但仍极力在姐姐面前掩饰兴奋，情绪被人看穿就如金箍棒被陌生人不小心撞见一样无地自容。

我没有马上试穿裙子，直到晚上其他人都睡下我把房门反锁后才悄悄拿出它来。

它居然变得比被我偷看时见到的更加具有蛊惑力，无论是款式还是材质都接近完美。这就对了嘛，这才是我要的裙子。裙子上虽然多了一些褶皱和压痕，但我一点也不介意。

拉裙子的侧拉链时因为紧张我的手指有些轻微的颤抖，后来抑制住不自觉地抖动怀着一种敬畏感将它套在身上，那一刻我的表情比升国旗还要肃穆和庄严。

裙摆落在膝盖上方，丝丝凉意穿过膝盖骨浸透全身的神经，我不自觉地打了个寒战。我看着镜子里的自己：核桃大小的乳房和单薄的肩膀还不足以支撑起裙子，看起来就像是一个披着麻袋的稻草人。虽然糟糕得要死，那也比预计的已经好很多了。

我没赶上好时候，那些天不是下雨就是刮风，不过我仍然风雨无阻地穿着裙子出现在校园里。我觉得自己有着堂吉诃德式的滑稽和骄傲，可以为了生活里的某种伟大而忽略掉所有的愚蠢，就算最后是个悲剧也没什么大不了。

我不知道自己有一天是不是也要像年画娃娃一样骑在我的鲤鱼身上，我的鲤鱼是不是也有金箍棒？我知道这样想有点下流，但如果把这些与那个男孩子联系在一起，我就只会微笑和脸红了。

我每天都要去无数趟厕所，只为了能与他再次相遇，等待他掀起我的裙摆。同学都以为我尿频或者拉稀，不然正常人绝对不会如此的。后来不仅下课去，上课也去，去得次数多了老师建议我请假回家。而且她还批评了我的着装，说我穿那样的裙子实在不像话，她说领口太低，会影响男同学学习的。不过，第二天我还是穿着裙子来上课了。

暑假都要来了，而我的伟大却死在了那年的炎热里，无法兑现它的承诺。整个夏天我几乎都是穿着那条裙子度过的。不肯让我妈洗，担心第二天干不了就穿不成，生怕错过期待已久的时刻。

每天都在等待"成就感"的到来，可它始终都没有来。不仅没有来，而且再也没有见过我的男孩，再也没有，就像从来不存在过一样。我从未如此沮丧过，为了虚无的思念。

亲爱的男孩，我估计再也不会见到你了，其实每一次经过三楼的时候我都会假装不经意地寻找你。我想请你掀起我的裙摆，当裙摆飞扬的时刻我就会长成一个大姑娘，你一定无法理解我为什么会有这么奇怪的笃定，但一定能明白裙摆被掀起的美好。

我想象过自己的裙子是如何被你掀起，又是如何在风中飘扬。当然了不是谁都可以这么干，如果被别人掀了我一定会喊抓流氓的，但如果被你掀了那就是爱情。是啊，我无可救药地喜欢上你了。

现在我已经小学毕业，这是最后一次回学校，待会照完毕业照我就走了。

这条裙子被我穿得邋里邋遢，恶心至极。上面有上周吃米线溅上的汤汁，还有昨天吃雪糕弄的巧克力，刚才骑自行车时又不小心钩了个大洞。这条裙子以后再也不会穿了，姐姐看到我现在的样子也已经彻底放弃了这条裙子，所以它将会变成一块抹布。

乌云来了，起大风了，五颜六色的塑料袋满天飞。

照相的人还没有来，老师也不见了，同学们都躲进教学楼里去避雨。原本照相时供大家站立的桌子现在正乱七八糟地摆放在操场上，没人会在意这些。

我爬上桌子，站在那里，似乎在等待着什么。虽感到有些凉，但雨滴很爽，于是我久久不肯离去。

打雷了，一个中年男人跑出来对我吼道："同学，不要站在那里，快下来！"

耳朵被风灌满，后来他说什么我也听不清了。

那是瓢泼大雨到来之前最后的一阵大风了，大到我的身体开始打晃摇曳。裙摆被大风吹起，兜住了我的头和脸，像一层紫色的面纱一样。世界突然变得朦胧，眼前的景物只剩下粗线条和轮廓，其余的都被抹掉。

我仿佛看见姐姐的化妆品和内衣，仿佛看见被串成羊肉串的鸡，仿佛看见金箍棒，直到看见我的小麦色男孩。他看见了我缀着樱桃的小内裤，看见了不丰满的屁股，看见我两腿之间血流成河。

我说，你不要怕，这是因为我长大了。

大雨终于来了，血和眼泪淹没在雨水里，淌过他的笑容。终于不可抗拒地迎来了属于我的荣光和伟大，此时我感觉到胸部正如雨后春笋般生长。

天下坑

　　冯建奇管他的狗叫交配之王，一只棕色的泰迪，叫啾啾，冯建奇不知道刘玲为什么要给一只狗取个鸟的名字。啾啾出了名地好色，穷其一生都在尝试与各种同类及非同类性交，最喜欢搞一只塑料鸭子。还嘴馋，只要看见人在做类似咀嚼的动作就会露出谄媚，可爱得让人心烦。上回吃掉一个一次性的口罩，险些丧命。也许是他们两个人的狗，再准确点说，这是刘玲的狗，不是他的。现在它躺在马路边一动也不动，像只被人遗弃的玩具，虽然它平时也挺像玩具的，但现在更像。冯建奇站在垃圾桶旁边抽烟，盯着这只一动不动的玩具，反复回想起那辆银灰色夏利绝尘而去的样子。狗其实是不容易被撞死的，他见过一只西施狗被一辆三轮车碾完之后扑棱几下当即就跑了，可这只平时生龙活虎的家伙扑棱惨叫了许久之后，再也不动了。冯建奇把狗提溜回家，遛狗的事本来不归他管，好不容易遛一次结果给死了。冯建奇不知道应该如何将这个噩耗告诉刘玲，狗是刘玲的心肝宝贝，甚至比他都重要。

　　同学聚会还没结束，刘玲急匆匆地赶回家里，看着倒在沙发脚下的尸体，有些崩溃。刘玲拎着个粉红色的包站在客厅地上，不知道该哭还是该叫，于是哭一会儿叫一会儿，后来索性号啕大哭。把冯建奇吓坏了，他很少能见到刘玲这种失态的样子，即使他们吵架的时候她都表现出十分镇定。刘玲坐在沙发上呼唤狗的名字，狗像浸湿的麻袋片一样，软塌塌地搭在她的两条腿上。一条死狗，无论面前摆着什么山珍海味都不可能再摇尾巴，布满齿痕的塑料鸭子失去往日的活力。看着眼前这个痛哭流涕的女人，冯建奇觉得自己死了她大概都不会如此悲伤。

"你这个人怎么搞的到底？"刘玲说。

"不是都跟你说过了吗，我带着它过马路，然后被车撞了。"冯建奇解释说。

"你怎么好好的没有事？"这话的意思是冯建奇也应该一块儿被撞。

"不能好好说话吗？"冯建奇点了根烟，甚至给刘玲模仿狗被撞时的情景，"我都带它过来了，把它放下，刚掏出打火机，结果看见一只金毛它就冲到马路中央。"

"这他妈能怪我吗？"在吧嗒了一口烟过后，冯建奇补充道。

过了很长时间，其实也就十几分钟吧。刘玲的哭声渐渐缩小，最后熄火，只剩下肩膀在一抽一抽地动，再后来肩膀也不动了，啾啾死的时候也是这个样子。冯建奇觉得胸口很闷，于是把窗户打开，还是觉得闷，又把电视打开。换了很多频道，都没什么意思，他懒得再换，随便停在一档真人秀节目上。

刘玲有些吃惊地看着冯建奇，问道："开电视干吗？"

"你这个人怎么这么冷血无情啊？"刘玲说。

冯建奇想不通看电视和冷血无情有什么关系，觉得无聊和委屈，电视节目比刘玲的哭更加无聊，又把电视给关了。

"跟你说话呢，你又关电视干吗？"刘玲说。

这样一来冯建奇更加迷茫了，开也不对，关也不对。他发现结婚可能是这世上最无厘头的决定，说女人无厘头也可以。

"咱们得把狗埋了，不然啾啾会死不瞑目。"刘玲说。

一只狗或者一条狗，一生都不缺吃不缺喝，临死还想着能搞一下另外一条狗，这有什么好不瞑目的呢？冯建奇说，那埋吧。

可是埋哪儿呢？

刘玲放下她的狗，在冰箱里找到一桶美年达。她其实不爱喝这种糖精汽水，但家里总是常备着。冯建奇也渴了，希望刘玲能给他也来一桶。但是刘玲没有这么做，她关上冰箱门，回到啾啾的身边。如果想喝的话冯建奇只能自己起身去拿，可是他已经坐下来了，坐在离刘玲能多远有多远的一把椅子上，再次起来一趟挺费事的。冯建奇渐渐忘记口渴这件事，没有什么是不可以忍耐的，比如口渴，再比如刘玲。

空调大口大口地制造着冷气，发出呼呼的声音。刘玲的胳膊和腿上冒出很多小的鸡皮疙瘩，细碎的汗毛根根分明，窗外热辣的阳光被隔绝掉一部分温度，使那些汗毛看起来很有光泽，像无数宝贝。如果真能换钱可就发了，不过他们还没那么缺钱，他们缺什么他们自己也不知道。

"埋小区楼下吧。"刘玲说。

冯建奇想说的是，爱埋哪儿埋哪儿，这话真要说出口刘玲等会儿又得发疯。

"那埋哪儿，要不埋在山上？上次放风筝路过一座庙，我见后面有挺大一块空地的，那块儿也没物业。如果开车的话，用不了很久。"刘玲对冯建奇说话的时候，眼睛一直盯着那条死狗。

"随便。"冯建奇说。

"再等等，要不过几天吧，我有些舍不得啾啾。"刘玲说。

"过几天就臭了。"冯建奇说。

"你怎么能说我的狗臭呢，到底有没有爱心呀？"刘玲说。

"就算我不嫌它臭，可它还是会变臭，这是事实。"冯建奇说。

"什么时候埋呀？我明天还要上班。"刘玲说。

"现在去还来得及。"冯建奇说。

"那走吧我们。"刘玲说。

"上哪？不是，我的意思是你打算就这么走啊？你拿什么挖坑？"冯建奇说。

"到山上随便找根棍子就行，挖个坑有什么难的。"刘玲说。

"雪糕棍？"冯建奇有些挖苦地说，他质疑刘玲的常识，以至于怀疑她的智力。挖坑根本没有想象里那么容易，很多电视剧里要埋几具尸体，通常三两个人一天就能挖出好几个大坑，纯属胡编滥造，导演和演员肯定都没有挖过坑，冯建奇对这种缺少生活常识的玩意儿嗤之以鼻。可是想想，他有什么好嗤之以鼻的呢，他连刘玲都搞不定，也或许是没有兴趣搞定。

"山上的树枝很多的，如果你真这么爱操心啾啾就不会死了。"刘玲有些不耐烦。

冯建奇既不反对也不支持埋一条狗，因为他的观点和建议都没什么用，在这个家里。挖坑这种事情冯建奇做得比较多，过去没少挖坑烤土豆。当年经常和苗伟一起干这种事，这让冯建奇想起来自己还认识一个叫苗伟的人，觉得挺有意思。也不知道是觉得苗伟有意思，还是烤土豆有意思，他突然很想要带包土豆上山。事实上他什么也没有做，比如他口渴，可最终美年达依然在冰箱里，他就是那种人。

"你不会真的打算用树枝吧？"冯建奇说。

"不然呢？"刘玲把尸体装到一个布袋子里，上次买完衣服留下的。

"家里难道就没有什么别的工具了吗，我们可以路过五金店买把小铁锹。"冯建奇说。

刘玲把装有钳子扳手的工具箱翻出来，找到一把抹水泥的小铲子，拿给冯建奇看。她说，我们只有这个了。真够袖珍的，冯建奇说，这个挖坑也不行，又不是埋蚂蚁。狗这么大，怎么不得挖个比狗大一圈的坑？冯建奇还没有比画完，刘玲已经开始穿鞋了，他还准备说点什么，又觉得没劲。好歹，这个比树枝要强，冯建奇安慰自己。

车里残留着前一天买完榴梿的味道，有些古怪，刘玲总是喜欢用家里的车载各种奇怪的东西，上回是臭豆腐。冯建奇不爱吃什么，她就买什么，倒不是成心和他作对，结婚前她就爱吃这些发臭的东西。要不是刘玲有个在税务局做领导的爸爸，他俩可能早就分手了。冯建奇的家庭也不差，但他的母亲讲究门当户对，死活看不上冯建奇的前女友。

冯建奇的前女友是个培训学校的老师，家里过去做些生意，后来破产背了几十万元的债务。据说，这个姑娘曾经砍掉过她姐夫的一根手指头，用菜刀。姑娘看起来是很文静的那种，冯建奇始终很难将她与这个故事联系起来。后来因为冯建奇家里的坚决反对，两个人分手，姑娘知道这种情况挽留无疑是在自掘坟墓，但凡冯建奇有办法或者足够珍惜她都不会提出分手。姑娘没说一句废话，分得干净利落，仿佛冯建奇就是那根小手指。

自从跟了冯建奇姑娘的运气奇差，和他在一起不久之后便丢了两次手机，家里后来又破产了。而冯建奇的运气却变得好起来，比以往任何时候都要好。冯建奇的人生仿佛在此发生了前所未有的逆转，无论是工作还是生活，这话是苗伟说的。但他自己并不是很相信运气，刘玲也不信，在运气的问题上他居然和刘玲找到点统一的东西。

两个人把车停在半山腰的停车场，走上山去，他倒宁愿开车，这样可以快点儿。他无法想象接下来他们的余生都要待在一块儿，余生可能很短，也有可能很长，而这段山路真像他们的余生呐。

冯建奇蹲在地上刨了半天，也只是刨出一个很小的坑来，这些土块真硬啊。刘玲觉得冯建奇没用，于是把铲子拿过来自己刨，但效果还不如冯建奇。从来没有挖过坑的刘玲感到有些沮丧，但她还是坚持刨了几下，虽然和没刨也没有什么差别。刘玲一屁股坐在狗的旁边哭起来，不知道是因为狗，还是坑，或者两者兼有。

"如果啾啾没有死就不会有这么多事了。"刘玲说。

冯建奇这会儿也有些沮丧，他觉得他们应该把狗埋在那棵树下，而不是一片空地上。他把自己想象成了啾啾，如果他死了可能更愿意被埋在一棵树下，可是他们现在连一把像样的铁锹都没有。

"我们去买一把铁锹吧。"冯建奇说。

"天都快黑了。"刘玲说。

俩人只好抱着狗回到停车场，放风筝的人也准备收线回家。他们坐在车里，既不打算下车，也没有想好要带着一具狗的尸体去哪。

刘玲突然说道："它刚刚好像动了一下！"

"诈尸吗？"冯建奇软绵绵地说。

"你别吓人，它可能还没有死。"刘玲说。

"怎么可能。"冯建奇说。

"万一呢，我是说万一啾啾并没有死，只是休克了。"刘玲说。

"别说傻话了，啾啾已经死了，宠物医院的医生都说狗没救了。"冯建奇说。

刘玲确实不相信运气，但她对生活却还是抱有一些幻想，这是他们之间的区别，冯建奇也不清楚这样做好不好。

冯建奇想，如果苗伟在的话，他肯定有办法解决。他们很久没见面了，不单单是他很久没有见过，所有认识苗伟的人都没再见过这个人，仿佛人间蒸发。最难的不是他人间蒸发，而是他的父母老婆孩子都一同从这座城市里人间蒸发了。"人间蒸发"这个词冯建奇觉得有点恶心。苗伟的消失冯建奇一直没太当过回事，毕竟他那样的人无论是死是活都会选择最舒服的一种姿势，根本不需要担心。但是很好奇他是怎么做到的，拖家带口一起失踪。

苗伟的父母都是盲人，家里开了一间盲人按摩，那时冯建奇经常去他家玩。父母靠这个发家致富，苗伟的小学是在贵族学校里念的，到了初中属于班里比较有钱的一拨人。更何况这样的苗伟出手也很阔绰，尽管冯建奇的家庭条件比这个要好得多，但手里却没有什么零花钱，总是跟着苗伟蹭吃蹭喝。这些都是往事了。有时冯建奇放学不回家，跑到苗伟家里看黄色默片，所谓默片就是把电视机关成静音。每回他妈问他在做什么，苗伟就告诉他妈，他们正在写作业。

过去他们不止烤土豆，还烤蜘蛛网，当然不是为了吃，而是觉得好玩。苗伟家门口总有各种蜘蛛结的网，冯建奇问过他爸，说明这个地方的风水好。蜘蛛结网会选择在风水最好的方位，而蜘蛛并不懂风水，也不知道靠的是什么。冯建奇劝苗伟不要烧那些蜘蛛网，苗伟觉得没什么。他们看着一大张蜘蛛网在打火机里噗地一下幻灭，觉得特别过瘾。

蜘蛛网都被烧掉后，他们还希望可以烧点儿什么东西，地上一坨坨的柳絮成为目标。没点过柳絮的人不会知道那些玩意儿有多容易着火。他们把家门口的一小坨柳絮点了，这个比蜘蛛网过瘾多了。于是他们又点了一坨，用坨来形容不够准确，是一条带状的。他们兴奋地看着火苗沿一条蜿蜒的带子飞快地穿梭，直到蹿进一片绿化带时它消失了，彻底的。三秒钟后，他们看到了致命壮观的一幕，绿化带里蹿飞出一条火龙，足有三米多高，火势一发不可收拾。苗伟拎着水桶出来时，已经有人赶来灭火，冯建奇和苗伟一趟一趟从家里拎水。苗伟说，傻瓜，别往火上浇，先断火路。

冯建奇发现，原来接满一桶水所需要的时间如此漫长。平时总觉得水的流速挺快，失火之后不这么想了。看着缓缓的水柱，有一刻，冯建奇感到难过。很久之后他才知道，那其实不是柳絮，而是杨树毛，苗伟家门前一棵柳树都没有。

刘玲说："你在想什么？"

冯建奇说："埋一个人大概要挖多大一个坑。"

"我知道你不爱我，可也不至于谋杀我呀。"刘玲把"谋杀"说得十分轻松，仿佛那是一件很普通的坏事。

冯建奇突然觉得刘玲其实也有可爱的一面，也会开玩笑，在这种情况。结婚一年，冯建奇第一次有了想要和她聊一聊的欲望。过去他只知道刘玲嘴唇上方的汗毛有些重，看起来很像胡子，不认为她是个怎么样的人。选择结婚大约是因为年纪大了，觉得应该给家里一个交代，而且门当户对，有什么不好。恰好对方也是这么想的，一拍即合。

"我不谋杀你，我谋杀你干吗？"冯建奇说。

"也是。"刘玲脸上的表情看起来可能暂时忘记啾啾的事了。

"对啊，我有那么无聊吗？"冯建奇说。

"你从来不给我讲你的过去。"刘玲说。

这么一说，冯建奇还真没有和她聊过自己的过去，可过去有什么好聊的呢？他不是针对刘玲，换作是张玲王玲，他可能也不会说。他不喜欢和别人扒过往，无论是自己的还是别人的，那种行为特别三八。

冯建奇忘记火是怎么被灭掉的了，那栋楼一至三层的墙壁都被浓烟染黑，至今仍然能够看到当年留下的罪证。有一次开车路过他们家的小区时，冯建奇专门跑进去看了看，有点伤感。他从不希望自己变成那种容易伤感的人，于是像是被人发现他在纵火一样，慌张地离开现场。

苗伟的父母年纪大了，他们家的按摩店后来关了。苗伟前后做过很多工作，高中毕业没考上大学，有段时间待在工地里，是他舅舅的工程。苗伟说他经常铲一半沙子就能靠在沙堆上睡着，因为沙子里有水分，醒来后背全是湿的，然后继续干活。即便如此，假设可以让他再次回到学校里念书，他也不愿意回去。他说，有些东西占用了你的身体，而有些东西却霸占了你的脑袋。冯建奇有些同意，也有一些不同意。

苗伟给冯建奇讲过那里的生活。

工地在一个很偏远的地方，物质匮乏，卖的卫生纸都是粗糙发黑的那种。但有一种煮饼，比城里的超市卖的都要正宗好吃。在工地附近吃饭很便宜，单位又管住宿，一个月九百块的工资都不知道怎么才能花完，每回还能攒下钱。说到这里时，苗伟的表情仿佛在讲一件魔幻的事情。

工地旁边只有一户院子，院子非常大，原来住着一位老头。老头在院子里弄了一个巨大的水塘，养荷花，到季节了就把那些莲藕和莲子卖掉。水塘里除了荷花，还专门饲养蝌蚪，那玩意儿繁殖得也很快，不久一群蝌蚪变成了无数只青蛙。据说老头自己平时不住在这里，于是所有住在这里的工人们遭了殃，每晚都能听见蛙声一片。那些声音暴露了青蛙的数量十分可观，在深夜里听起来让人毛骨悚然。有一次下大雨，仿佛所有的青蛙在一夜之间全跑出来，工地里到处都是青蛙。大的小的都有。这些青蛙仿佛成精，不怕人，总追着人跑，胆小的根本不敢出门。而且这些东西特别喜欢在门口待着，夜里苗伟起来上厕所，厕所在走廊里，一打开门，苗伟迷迷糊糊感觉自己踩到一团软软滑滑的东西，忽然清醒了。他从来没有见过那么大只的青蛙，后来想想可能也不是青蛙，也许是另外一种蛙。那只不知道是什么蛙的蛙瞪着两只大眼睛看着我，很温情，也很瘆人。苗伟说。

"我饿了。"刘玲说。

这么一提醒，冯建奇发现自己其实也饿了，不仅饿，还渴。

他们开车下山，准备在山下的一家饭店里吃晚饭，他们把狗的尸体放进后备厢。饭店里都是些过路的大车司机，他们看起来像是经常来这里，有几个人和老板娘开玩笑，感觉像调情。一个精瘦的男人嫌老板娘的菜做得太淡，老板娘没理他，他又说这茶叶蛋没有腌好。老板娘白了一眼说，就你废话多，下回腌卵蛋吃吧你。其余的人哈哈大笑，男人有些恼羞成怒，说了句脏话，低头吃饭。

刘玲不太想在这里吃，觉得乱糟糟的，可附近只有这一家饭店。冯建奇看出来，他说，我们可以回去吃啊。刘玲说，如果就这么回去了，那啾啾怎么办？刘玲看了一眼后备厢，扭头走进饭店。冯建奇点了两盘鱼香肉丝盖饭，刘玲说，我不吃鱼香肉丝。冯建奇说，你最好吃这个，像这种从来没来过的小饭店，点最普通常见的菜比较保险。刘玲因为没有听冯建奇的建议——带一把铁锹，已经吃了亏，所以没再说什么。

"啾啾死了，我以后再也不养狗了。"刘玲说。

"也不至于，下回养只聪明点的。"冯建奇点了根烟说。

本以为刘玲要骂他冷血，但是没有，刘玲像个受委屈的孩子一样。她说："其实啾啾挺聪明的，你总是不喜欢它不会是因为我吧。"

他为什么要这么做呢，跟刘玲有什么关系？"我不喜欢这种小狗而已。"冯建奇说。

"你不喜欢我，自然不会喜欢我的狗。"刘玲说。

冯建奇想了想，有道理，可能也有这方面的原因吧。但是他为什么不喜欢自己的老婆，这是个问题。冯建奇回想起他俩的新婚之夜。

那天晚上冯建奇失眠了，他们做完爱刘玲就睡着了，冯建奇一个人跑到楼下吃沙县。当时很想给前女友小姑娘打个电话，告诉她，自己掉进了一个坑里。但他始终没有打出去，如前所述，冯建奇是这样的，从来只是想想而已，基本不会去做。在这一点上，他很嫉妒苗伟。后来要了份蒸饺，吃完站在街上抽了根烟，想不出可以去哪儿，又回家了——一个大坑，他觉得那是。回去后发现刘玲醒了，抱着腿坐在床上，像是刚刚哭完。冯建奇说你怎么了，刘玲说她做了个噩梦，冯建奇没有继续追问那是一个怎样的噩梦。他说，都是假的，睡吧没事。刘玲也没有问他刚才去哪了，她说，这么晚了，你也快睡吧。但谁都没有马上去睡，冯建奇躺在床上玩了会儿手机，觉得没意思，后来抱着枕头去客厅里看电视。天快亮时，他回屋看见刘玲已经穿好衣服，也不知道她是醒来了，还是一直没睡，他也没问。

"你那天到底做了什么噩梦？"冯建奇说。

"哪天？"刘玲说。

"就是我们结婚那天晚上。"冯建奇说。

"我没有做噩梦啊。"刘玲说。

"你做了，你是这么说的。"冯建奇说。

"可能吧，我忘记了。"刘玲兴许真的不记得了，或者她根本没做过什么梦。她正在认真地吃这盘鱼香肉丝盖饭，仿佛这是她吃过的最好的鱼香肉丝盖饭一样。

苗伟在工地的时候正好也是夏天，而夏天快要结束了，秋天却始终未到。老头在山上还种了一小片桃树林，有段时间苗伟和几个工友没事干的时候，就一起跑到山上偷桃吃。桃树很瘦，也不高，基本不用怎么爬上去。只要稍微想点办法把树枝压弯些，人站在地上，仰起头就能吃到桃子尖。桃子没有完全成熟，只有桃子的顶部是甜的，可以吃。桃毛也没有长好，所以不用担心。于是他们把所有的桃子尖都啃掉了，放眼望去，全是没尖儿的桃。

他们下山时，能路过并肩而立一模一样的五座坟冢，没有碑，据说是五个兄弟。这五兄弟的死法各式各样（不是自杀）。最普通的是病死的，最惨的一个在朋友家里喝酒，被朋友和朋友的老婆杀害，而且不是一刀毙命那种，很残忍。所以每次经过，后背都会感到一阵寒，阴气比较重。冯建奇不知道这些事是真是假，他是听苗伟说的，而苗伟也是听别人说的。冯建奇当时很想参观一下这五座坟冢，苗伟说下回带你去，说这话时苗伟有些漫不经心，他一直在驱赶头顶上空的苍蝇。后来苗伟离开工地，这件事情也没有再提起来过。

在苗伟离开工地之前还发生了另外一件事情。

有一次，一个罐车司机去隧道的路上看见一只兔子，雪白的毛，不像平时见过的野兔。但是那种地方怎么会有兔子呢，罐车司机觉得有些不可思议，他经常跑这段路，没见过有什么兔子出没。他很想抓住这只兔子，把它带回去。有那么一会儿兔子消失不见了，后来又不知道从哪里冒出来。罐车司机把兔子追赶到角落，在躲无可躲时兔子钻进一根电线杆里，那种空心的水泥电线杆。他用两块大石头将两个出口全部堵上，并检查了一番，然后回去找人帮忙。苗伟带了工具，和他一起找到那根电线杆时，发现其中的一块大石头被挪开，兔子跑了。

苗伟对冯建奇说，你知道吗，一只兔子根本不可能挪动那块石头，根本不可能，因为太重了。苗伟反复强调这件事情的难度系数，表情里居然有种敬意。冯建奇也觉得不可思议，他倒不关心兔子的事情，而是苗伟很少会对什么事情表现出吃惊，当然也包括敬意。

苗伟说，除了我和王平（罐车司机），没人愿意相信这件事情是真的，大家认为王平是发无聊编故事，或者觉得我们因为没捉住兔子而给自己找了个台阶下。中间我也怀疑过，但后来我不怀疑了，如果你看见王平当时的眼神，以及那块被推开的石头，也会相信的。从那天起，我觉得没有什么事情是绝对不可能的。你依然可以不信，这就是你的选择。

冯建奇把这个故事讲给刘玲，刘玲看着半盘没有吃完的鱼香肉丝盖饭说："我很想见见苗伟。"

本来想说恐怕不可能了，冯建奇想了想，最后还是说："也许吧，说不准哪天你就见到他了。"

饭店里剩下没几个人，其余的都走了，他们是这里的常客，也是过客。冯建奇去上卫生间，卫生间特别脏，只有一间，男女共用。一个简陋的水龙头，下面放着个橘黄色的塑料水桶。冯建奇把水龙头拧到最大，水柱却只有小拇指头那么细，他将就着洗了洗手。从卫生间出来时，冯建奇看到墙角有一把铁锹，他有些欣喜。冯建奇拎着那把铁锹去找老板娘，希望可以借来用，把啾啾的事情简要地描述了下。老板娘说，借可以，不过得押四十块钱。一把这么旧的铁锹居然要押四十，但周围也没有五金店，冯建奇想了想，反正还会还回来，就给了四十。

冯建奇对刘玲说："走吧，我们有铁锹了。"

他们再次回到半山腰的停车场，天色已经暗下来，山上除了庙里的和尚和值班的工作人员，基本没人了。两个人坐在车里喝饮料，冯建奇上来时买了两瓶可乐。刘玲喝了一口把盖子拧住，没两分钟又拧开喝了一口，又给拧住。谁也没有要下车的意思。

"我觉得苗伟就是那只兔子。"刘玲说。

冯建奇不知道苗伟到底为什么离开工地，没什么意思不想待就不待了，苗伟是这么说的。他觉得兔子更像是苗伟的一部分。

苗伟后来的消失与那段生活究竟有没有关系，没人知道，即使那只兔子没有逃跑，或者根本没有这样一只兔子，苗伟可能有一天也会人间蒸发。谁知道呢。

"我真羡慕他。"刘玲说。

"这有什么好羡慕的。"冯建奇说，其实有时他也是羡慕苗伟的。他觉得生活像个大坑，或者无数个大坑。

"因为我做不到。"刘玲说。

他也做不到，他和刘玲像两个同时滑进一个坑里的人。他们可以选择从一个坑跳进另外一个坑，也可以把这个坑理解成全部的生活，反正人永远无法得到真相，但你可以无限靠近。只是不管哪一种选择，冯建奇都不想再感到难过，即使挣扎。他不想因为没必要的事情浪费力气，有什么意思。

"我想起来了。"刘玲说。

"想起来什么？"冯建奇问道。

"那个噩梦，"刘玲说，"后来我醒来，发现你不在，我把每个房间都找了一遍，最后看见你的鞋不在了。开始我很难过，但不清楚为什么，我相信你会回来。"

"我只是去楼下吃了个夜宵。"冯建奇说。

"我指的不全是这个。"刘玲说。

"那你到底做了什么梦？"冯建奇说。

"我梦见自己总是写错老师留的作业，黑板上写着 P66 前面的习题，而我把 P66 之后的全做了，写了好久结果发现自己写错了。那些内容课堂上都还没有讲过，老师问我是不是抄的，而我没有抄。我也不会做，还全做完了，不知道怎么做的，有些公式都是我自己编的。同学和老师嘲笑我，我在那些笑声中醒来。梦里本来没有哭，但醒来之后我觉得很委屈，越想越难过，我怎么能写错了呢？于是一个人趴在空荡荡的床上，哭了会儿，"刘玲说，"后来你就回来了。"

刘玲一直在玩可口可乐的瓶子，冰镇的可乐被她的两只手给焐热了。刘玲手背上的皮肤已经开始有些发粗和松弛，冯建奇很想握住那双手，但他只是拿走她手里的可乐。他喝了口刘玲的可乐，他自己的那瓶放在挡风玻璃下面。

绿化带里的喇叭是诵经的声音，山上传来《小苹果》。刘玲说："这是寺庙，怎么会放这种歌？"

"这种歌怎么了，"冯建奇说，"有一回来过这里，我们看见山上下来一群疑似传销的人。我没有跟着一起进去，也不知道里面是怎么回事。放这种歌好呀，说明容得下凡间烟火，当然，凡间烟火有时不见得是好事。"

"你说这话等于没说。"刘玲说。

冯建奇也这么觉得。

"这么晚了，我们得去把啾啾埋了。"刘玲说。

"嗯。"

说完之后两个人依然没有动，刘玲说以后可以带他们的孩子来这里放风筝，这真是个好主意。然而目前他们一个孩子也没有，不确定以后会不会有，毕竟刘玲的年纪确实不小了。或许他们真的应该有个孩子，过去因为有啾啾，刘玲对孩子的需要没有那么强烈。此刻啾啾没了，刘玲的愿望变得比任何时候都要强烈。

刘玲的衣服解了半天也没能解开，他们挪到后面的座位上。冯建奇觉得今天出门刘玲真应该穿条裙子，最好是上次生日冯建奇送给她的那条，橘红色的。他滑进那个坑里，潮湿、温暖，这不是幸福，这跟幸福没有关系。是真实，比任何一次都要真实。他觉得自己正在推开什么，又仿佛是在奔向什么，或许是那块挡在电线杆前面的石头，或许是别的什么。

"那天我上完厕所，回到房间后躺在床上，那些青蛙依然彻夜不停地在叫。有那么几个小时，我似乎能够看见日后每一天的生活，好与不好，于是变得非常平静了。那种体验后来再也没有过，但是对我来说，一次就足够了。"苗伟说。

"你就会吹牛。"冯建奇笑着说。

"我不吹牛就死了。"苗伟喝了口茶水说。

"我们全死了，你这种人也死不了。"冯建奇说。

"你们全死了，我一个人活着也没什么劲，这件事情我没你以为的那么矜持。"苗伟说。

现在冯建奇把面前的那块石头挪开了，预感有些东西就要来临，和滚滚的生活浪潮，和万劫不复，以及所有的黎明一起。

菩提旅馆

1

那个公园基本没有变，还和以前一模一样，除了那艘年久失修的飞船，里面堆满垃圾和枯树叶。他们曾经在相似的黄昏坐在里面，体验过温柔的天旋地转。

此时此刻，周明从桥上经过，看见几个学生模样的人在湖面上溜冰，他们穿着很厚的衣服，但脸和手仍旧被冻得通红。周明看不见这些细节，但在他的想象里，应该是这样——通红的。周明把藏在羽绒服口袋里的手掏出来时，半包香烟掉在地上。他弯腰去捡，起来时眼前猛然一团漆黑，很快又恢复光明。在光明中，周明找到打火机，给自己点了一支烟。

他看了看表，又看了看，时间过去几秒。周明焦躁地抽完一支烟，又抽了第二支。他想了想还是算了，像他这样没有希望的人，还有什么好遗憾的？

他靠在护栏上，远处的人影爆发出一阵轻快的笑。男孩飞快地滑了几下，滑到其中一个穿粉色羽绒服女孩的身边，在她的耳边说了些什么话，女孩愣了一会儿，然后一边笑一边骂骂咧咧地说："喂！是谁教你这些的？"随后男孩双手插进裤兜里，蹬了两下，灵活地滑走了，"我不用谁教，天生就会。"他说。

这时他又想抽烟，发现打火机不见了。周明摸遍所有的口袋，原地找了一圈之后，仍旧没有找到。刚刚还在的打火机他想不明白为什么会突然不翼而飞——如同他的自由和生活，人一辈子想不明白的事情太多了。

她不会再来了，他在心里告诉自己。周明对着结冰的湖面，深深地吸了一口气。十年时间，他居然还会对生活产生期待，天真地以为她会来。那不过是久别重逢后的惊吓，她的一句客套话，或者一时兴起说的话，他竟然当真。他想，大概一个毫无希望的人，一个毫无希望的人才会在某一刻相信一句显而易见的谎话。

在超市里相遇是几天前的事情，周明刚回到这座故乡小城不久，没想到会遇见她，或者说压根儿没敢想。上次离开后就没有再回来过，这里的许多东西保持一成不变，比如这个公园。另外一些则面目全非，比如她，比如那段上学时经常会走的路。

超市里遇见的赵思琳比过去胖了许多，过去的她太瘦了，她的购物筐里放着一提卫生纸和一瓶酱油，还有几盒黄桃味的酸奶。周明根本没认出她来，是她先发现了他，他正站在一排货架前挑选泡面，而她不停地望向这里。周明下意识地把帽子压低一些，他以为这个女人可能认出他来，甚至想要揭发和举报他。他不打算再逃，已经逃了十年，他厌倦了，十分厌倦了。如果要报警，那他就在原地等着。结账时，她站在他的后面，似乎在等待一个开口指认的机会。

但，一直没有找到这样一个绝佳的机会。周明拎着购物袋走出去，准备过马路时，她叫住他。

她试探地问道："周明？"

这个名字显得异常陌生，十年里没有人这样叫过他，这十年他化名成另外一个人，声音仿佛是从十年前传过来。

周明假装没有听到，他尽力克制情绪，让自己显得自然。

她说："是我，我是赵思琳。"

周明渐渐回过头，打量这个女人，一边努力在记忆中搜寻着。如果不是她亲口告诉他，他完全不敢相信——这会是当年那个有些害羞的小女孩。赵思琳的变化太大了，和记忆里的人很难联系在一起。他知道这十年自己的变化也不小，她是如何一眼认出来的，他有些惊讶。

在这种情况下相见，寒暄显得有些困难。绿灯变红后，两个人沉默地站了一会儿，她说："对面有家咖啡店，我去过几次，里面很安静。"

他们从马路的这边转移到对面的咖啡店，看了一会儿菜单，他们什么东西都没点。十年未见，突然相遇，哪里吃得下什么东西。况且逃亡生活让周明没有在外吃饭的习惯，他通常都是买回去，尽量减少和人的接触。这家咖啡店几乎没有客人，生意惨淡，好不容易有人进来，即使什么东西都不点，也不会赶他们出去。

"不打算喝点什么吗？"周明问道。

"这里有免费的水，我不想喝那些口感发酸的咖啡。"赵思琳拿起面前的杯子，抿了一口。

"这可不像你。"周明看着眼前的赵思琳说道。

"怎么不像？"她说。

他想要抽烟，焦虑、害羞、精神紧张都会让他的烟瘾发作，他觉得自己最终有可能死于香烟，而不是警察和法律。他摸了摸口袋，最终忍住："按照你以前的逻辑，免费的都不好。"

"那是以前，不过我不记得自己以前什么样子了。"她说。

服务生百无聊赖地蹲坐在门口，专心地撕衣服上的毛球。阳光照进来，铺在两人中间的桌子上，表面的灰尘因此现形，赵思琳下意识把撑在桌子上的两条胳膊移开。周明的眼睛望向马路，在回忆什么。

"你什么时候回来的？"她问，"那天早上我一直在等，等着能再见你一面，不过最后你没有来。"

"刚回来，不长时间。"他说。

"你是在担心那天来了我会把你供出去吗？"她犹豫地问道。

周明摘下帽子，摸了摸刚理的光头，又赶紧戴上。他说："我不想连累你，警察会找你的麻烦，那些人也会。"

"我不可能举报你，即使那天你真的来看我了，我也不会说出去。"

"警察不是最可怕的，我指的是那些人，他们什么事都做得出来。你又不是不知道，我的生活已经彻底完蛋了，不希望你卷入这些破事当中，再受到任何伤害。"说到完蛋，周明把目光移到赵思琳的脸上，又移到她的手上，他注意到她手指上的那枚戒指。

周明消失后，赵思琳也离开老家，去北京打工。在北京度过了茫然的几年，之后又回到老家，嫁给当地的一位公务员。结婚三年，两个人一直没有要小孩，对外宣称暂时不打算要小孩。去医院检查时，医生也说不清楚，赵思琳还为此做过一个小手术，偏方也试过不少，但都没用。曾经有一段时间她感到沮丧，三年过去，谁也不再提生孩子的事，她甚至忘记女人还有这种功能。

她不知道这件事情和十年前那件事之间有什么联系，也可能根本没有联系。有一天走在大街上，她看见一对夫妻推着婴儿车，心里还是咯噔一下。她现在有些怀疑，或许，并不是她的问题。

赵思琳在北京谈了一段草率的恋爱，如同她的婚姻一样草率，但她发现，除了周明，似乎谁都无法再给她爱情，她只想找一个人踏实地过日子。她不确定自己是否爱过老陈，老陈是她那有些乏味的老公，她想不出别的形容词。同样不确定的是，乏味和踏实之间有什么区别。

老陈比她年纪大许多，在体制内混了一些年，到现在也没混出个什么名堂来。半年前出车祸小腿受伤后，在家坐了小半年。白天老陈会拄着腋下拐杖去找朋友打牌，晚上回到家，就坐在沙发上看电视，咖啡色的茶盘放在打着石膏的右腿上。他宁愿嗑瓜子，也不想和她交流，她是这么理解的。

以前的她认为时间久了能够忘记一些事情，然而随着时间过去，她的确忘了一些事，但这并不代表可以改变某些事情的本质。她越发意识到，有些人是活在过去的，心里的某一块可能永远停留在那个阶段里，伴随它进入所有客观世界的未来。人和人是不同的，有人停在童年，有人停在少年，而有的人一出生便注定是个老态龙钟的人。而她停在和周明相爱的那段时间，往后的日子不过是一具逐渐老去的肉壳。

"怎么会是你？"她坐了半晌，终于还是忍不住说出这句话，"我以为这辈子不会再见到你。"

"我也没想到能在这里遇见你。"他说。

十年，他不是完全没有想过重逢，但没想到会在这样的情形下重逢。他突然想要喝点什么，走到吧台，过了不久，服务生端来一份华夫饼和两杯花果茶。

周明说："吃点东西吧，或者，喝点什么。"

她的眼睛没有朝盘子里看，仿佛眼前的华夫饼是透明的，因为她感觉周明喝完这杯花果茶就要走了。

她小心翼翼问道："我们还会再见面，对吗？"

"我不知道。"他说。

"你住在附近？"她说，"我怕再次……"她没有说出那句话。

周明想了想，没有回答。

吃完那块华夫饼，他走到吧台问服务生借了一支碳素笔，在撕开的空烟盒内壁上写下一串数字。那是他用别人的身份证办的电话卡，他说："你想找我的时候打这个吧，或许我能接到，或许。"

他不敢说任何保证的话，他随时都有可能失去他剩余不多的人生和自由。赵思琳把那半张烟盒握在手里，使劲攥了攥，但不敢真使劲，手心里都是汗，又渐渐松开。

2

第二天，她终于没有忍住，给周明打了电话。

她第一次打来电话的时候，周明正站在狭小昏暗的卫生间里，对着布满水渍的镜子刮脸上新冒出的胡楂。等到他回过神时，电话铃声已经停止。他犹豫要不要回拨过去，不过想了想还是算了。电视里正在放一部外国电影，室内的窗帘紧闭，洗手间的灯发出昏黄的光，周明干瘪的肚子随着电视画面的切换，明暗变化。

电视里的男人亲吻熟睡的女人，然后拿起外套转身出去了，外面是白茫茫的空旷的雪地。等房门彻底关上后，女人渐渐睁开眼睛，她的腿动了动，望着天花板。电影回放他们曾经一起走在海边的画面，镜头切换回来时，摄影机落在女人的脸部，眼睛下方的雀斑看得一清二楚，眼神里有一种认命后的疲惫和释怀，似乎在微笑，电影就这样结束了。

其间没有广告，片尾曲播完继续放下一部电影，周明不知道这是什么频道，通常能放一整天电影，有时一整天又都是蓝屏。这些天，他就是靠这台旧电视打发无聊的。回到卫生间，他把胡子刮干净，洗了把脸。

电话铃在周明的房间里再度响起。

现在，那个十年前的声音，就要从电话里面钻出来。周明胳膊上的水没有擦干净，接电话时，水珠顺着他的肘关节滴落到地板上，他用另一只手粗略地抹了一下。有几秒钟，房间里是完全静默的，直到对方先开口说话。

给周明打电话时，赵思琳正站在楼下的小花园。花坛里的花全都枯萎了，等到来年春天，它们又会重新长出来。她经常在这个时间下楼去喂小区里的流浪猫，因此老陈不会产生怀疑。当她发现自己正在使用"怀疑"这个词时，被吓了一大跳，并未做出什么亏心的事，为何有这样的担心？她不敢再继续追问下去，害怕暴露更多，她还没办法完全坦然地面对心底正在升起的想法和欲望。

"你还在吗？我的意思是你还在这个城市对吗，我只是想确认你还在这里，而没有发生任何意外。我指的意外……哎，我不是那个意思。"她感到自我厌恶，干吗要说那么多话，显得非常愚蠢。

"我知道。"他说。

"你知道什么了？"她和他说的不是一个意思，但也差不多。

"知道你不是那个意思，就算是也没有关系，我被抓起来或者遇到任何意外都不奇怪。"周明坐在床边，脑袋靠在墙壁上吸烟。

"哦，"赵思琳的声音低下去，"我确实没有那个意思，不过自从在咖啡店分开之后，我就一直感到不安，害怕再晚一点打给你就没有人接了。"

"我这不是还没死，人在呢，正在和你打电话。"他说。

"是我瞎担心。"周明的话让她感到几分释然，可毕竟这个人走了十年，现在突然出现，难免患得患失，有些东西也的确会说没就没。

第三天下午，她按照他给的地址找到这个偏僻的旅馆。从外面看起来像是一栋废弃的居民楼，如果不是墙上用黄色漆粗糙地刷着"红红旅馆"四个字，她可能永远也找不到。

周明住在第三层，楼梯走廊非常狭窄，棉衣如果再厚些就会刚蹭到墙壁，她下意识地将自己的外套裹紧。二楼与三楼之间有一扇脏兮兮的窗户，外面的窗台上落着一只鸟，歪着头与赵思琳对视，当她靠近时它飞走了。

终于来到周明的门前，门打开后，房间里分不清白天和黑夜，窗帘紧紧拉着，电视里正在放黄家驹的歌。她带了自己做的茴香包子和腊肉粥。

"我已经吃过饭了。"周明说。

出门的时候，老陈问她干吗去，赵思琳说一个朋友生病，去医院看朋友。老陈说，我怎么不记得你还有朋友？赵思琳没有回答，拎着东西趁热出门。包子已经有些凉了，粥在保温盒里。

周明感到有些意外地看了一眼赵思琳，接过她手里的包子和粥，揭开保温盒的盖子，腊肉粥温热的香味飘散出来。

"包子有些凉了。"她说。

"里面的馅是热的。"他说这句话似乎还有别的意思。

赵思琳仔细打量房间的每个角落，她有些心疼他。她说："你一直都住在这样的环境里吗？"

"也不是，有时比这个好一些，有时不如，"他说，"不过没什么，能睡觉、洗澡就行。"

赵思琳在周明的对面坐下来，看着他吃她带来的东西，她感到欣慰。

"外面很冷吗？"周明问道，赵思琳的大衣上还残留着室外的温度。

"比昨天冷，也比前天冷。"她说。

赵思琳打开房间的灯，稍后意识到什么之后又马上关掉，周明没说什么。墙角放着两三个吃完的泡面桶，她说："一会儿下楼我帮你扔了，方便面的味道有点大。"

周明停止咀嚼的动作，朝空气里闻了闻，有些不好意思地说："我回头自己去扔吧。"

"你比我想象中要年轻一些，我看起来很老了对吗？"赵思琳注视着周明的脸。

"你想象中的我很沧桑？"他有些自嘲地问道。

周明突然觉得胃里很撑，一口也吃不下了，他把保温盒的盖子盖上，起身去卫生间洗手。

"你很怕老吗？"周明从卫生间回来后说。

"有谁不怕老？"赵思琳反问。

"说明你对自己的生活还不够失望，"周明轻轻地耸了耸肩膀，"我倒是希望自己仍有慢慢变老的机会。"

"我没有办法反驳你，但不喜欢你这样说，这十年你并不了解我的生活。"赵思琳知道，她只是在反抗她自己，或许，还有对他缺席十年的遗憾以及不告而别的埋怨。

中途有人来敲门，周明不知道是谁，对方也始终没有说话。敲了一会儿，屋里无人应答，那人又离开了。听脚步声像是一个男人的，除了赵思琳，他想不到还会有谁知道他在这里。

那人确实没有再回来，赵思琳不敢出声。

"你有告诉其他人你来这里吗？"周明说。

"没有，我保证对谁都没说，"她说，"他一定听到电视里的声音了。"

"算了，没事。"周明把电视机调成静音。

"这次为什么回来？"赵思琳换了个位置，想尽量和周明靠得近一些，她把说话的声音缩小。

"我有些累了。"他说。

"你想过去自首吗？"她问。

周明没有回答，拿起遥控器换台。

赵思琳看着窗外，想到马上就是圣诞节了，似乎圣诞节总爱下雪，以前她很喜欢这个充满童话色彩的洋节日。

"过几天就是圣诞节，你说今年会下雪吗？"赵思琳说。

"可能吧，我不关心这些。"他说。

"到时候我们一起过怎么样？"她提议。

"为什么要过圣诞节？"他觉得她的提议有些滑稽，对于他来说。

但没等她回答，周明很快领悟到什么，他同意了。

他们约在平安夜的下午见面，这期间她没有再打过任何电话，他也不可能打给她，不过她说她一定会来。

3

那个公园基本没有变，还和以前一模一样，除了那艘年久失修的飞船，里面堆满垃圾和枯树叶。

"你已经到了吗？"电话里头问道，赵思琳的声音带着不确定，"我很快就到了，我在找地方停车。"

"没关系，你不用着急。"周明以为赵思琳不会来了，现在，他松了一口气。

"你在什么位置？靠近人工湖的那个门，对吗？"她问。

"我在南门。"他说。

"抱歉，我有些分不清东南西北。"像大部分女人那样，她说道。

"进门的地方有一家卖热带鱼的，"周明扫了一眼四周，"大概是靠近人工湖的那个门，算了，我正在朝大门的方向走，我去迎你。"

"哦，我看到卖热带鱼的了。"她惊呼。

公园里的长椅已经有些斑驳，风吹日晒掉了漆，补过，后来又掉了。过去他们经常往这里跑，曾经有一段时间，对彼此十分熟悉。她给他说过一个秘密，就坐在这个位置，说完之后周明的脑子里嗡嗡了几下。赵思琳当时正在吃一根快要融化的雪糕——一种卡通形状的，可能是一只什么动物。他记得她的额头上渗出一层细密的汗，阳光透过树叶间的缝隙，恰好照在她的脸上，使她的脸看起来像一片巨大的荷叶，闪着碧绿的光泽。

秘密藏在那个夏天，而远处的人影被瑟瑟的冷风裹挟着，有些摇晃。周明渐渐看清楚逐渐逼近的人影，羊毛大衣没过膝盖，衣服太大了，人看起来比实际的瘦很多。她的头上戴着一顶黑色的帽子，露出的长发乱糟糟的，一些被静电吸附在衣服上。大概刚才奔跑过，来到他面前的时候，她有些上气不接下气。

"你一定等了很久？"她说。

"我也刚刚才到。"他发现她特意涂了口红。

"很抱歉，我没想到自己会迟到"她说。

即便涂了口红，她仍旧难以掩盖她的疲惫和已经开始衰老的迹象。

"没关系，我刚才逛了一下，发现这里的很多东西都没变。"他安慰她，尽量让她不要自责。

她站在原地喘了很长时间，这让周明想起中学时的一场运动会。四人接力赛，赵思琳跑第二棒，那天她也像这样戴了一顶帽子——她曾经是个有些古怪的少女，仿佛谁都没发现她戴了帽子，也没有人提醒她跑步时应该摘下来。轮到她的时候，帽子被一阵风吹走，然后朝跑道的相反方向翻滚。她如同受到了某种召唤，忘记比赛，与给她传递接力棒的人擦肩而过，不顾所有人的诧异，一路追随她的帽子。捡到帽子的那一刻，她也像现在这样，站在原地喘了很久。

"我们去走一走吧，一直站着不动会很冷。"周明说。

"好。"像从前一样，她总是无条件地信任他，即使这种小事。

上学的时候，赵思琳经常喜欢趴在课桌上哭泣，有一次因为哭个不停，数学老师有些生气，命令她去外面站着。周明不知道那时的她为什么总是那样难过，仿佛正在经历许多肉眼看不见的痛苦，他试着去理解她，但当时也并不能真的体会。现在，他有些明白了，她正在经历的或许是人生的常态，而这种常态在她身上格外明显。

"你还会哭吗？"周明说。

"什么？"赵思琳没有反应过来。

"我记得上学的时候你经常哭，我都好奇你怎么会有那么多眼泪。"他想尽量让这个话题不那么严肃。

他们在树林中间穿行，踩着厚厚的枯树叶，那些树叶已经变得很脆，碎裂的声音此起彼伏。

"现在是另外一个极端，无论碰到多么难过的事情，我都很少能哭出来。"她说。

"每个人都有问题，你的问题不算什么，你是个幸运的正常人。"他是说和他的问题比起来。

"这些年，我以为他们找到你了，或者……"她没有继续说下去，她不擅长聊天，更不像一个老于世故的成年人，总是会很直接地触碰到一些敏感的话题。

"我倒是希望。"他说。

她沉默了一会儿，后又想起什么，说道："那家卖热带鱼的好像是新开的，去年夏天？我不记得了，总之以前没有，我很久没有来过这里了。"

"这种地方也并不值得经常来。"他说。

"每次路过都没有进去，里面没什么意思，一个萧瑟的公园而已。"赵思琳的表情在某一刻显得有些复杂，但很快也就不见了，仿佛一切都像她形容的那样——一个萧瑟的公园。

他们穿过树林，那艘太空飞船停在那里，轨道锈迹斑斑，像个被人遗忘了的星球。探险者不知所终，至于他们曾经看见过什么，没有人知道。

"我们怎么会走到这里？"赵思琳有些惊喜，又很困惑。

"刚才等你的时候，我无意中走到这里，它竟然还在。"周明把沾满汗的手从口袋里拿出来，暴露在零下十几度的空气中。

"我以为我们要去桥那边。"赵思琳扭过脸看着周明，又把目光转向飞船。

"桥很近，从前面绕过去就是。"他说。

"我来公园找过一次飞船，但怎么也没找到，上次来我问卖风车的老奶奶：飞船去哪里了？她说她不知道我说的飞船是什么，可能已经被拆掉了。想不到它还在这里，可我那天无论如何也找不到，居然绕着这个公园找了两圈。"赵思琳说。

她站在飞船的旁边，忽然发现它看起来那么小，小时候坐在里面还觉得十分宽敞。她想，人的记忆和感觉真是奇妙，有时不知道哪一个才是真相，她多么希望曾经在海边发生的一切也都只是他们的一场幻觉。

"我们稍微逛一下就走吧，再过一会儿公园该关门了。"周明说。

他们离开飞船，往桥的位置走，周明发现冰上的女孩们不见了，剩下那个男孩独自坐在湖边换运动鞋。换好之后，他把冰鞋拎在手里，另一只手夹住烟卷，牛仔裤的一角被卷进运动鞋里，男孩从周明和赵思琳的身边经过。

自从打火机丢失之后，这一路上，周明都格外想要抽烟。他扭头去问男孩借火，男孩说他的打火机也丢了，火是问冰场收门票的老头借的。男孩把自己的烟递给周明，周明用两根手指捏住那枚有些湿热的烟嘴，用自己的烟对准燃烧的烟屁股猛吸几口，点着之后，白而稀薄的烟雾从他的鼻子和嘴巴里溢出。周明说了谢谢，男孩拿回自己的烟，脸上浮着轻描淡写的笑意走了。

"你刚才对那女孩说了什么？"周明对着男孩的背影问道，他回想起刚才他们溜冰时的情景，以及女孩的笑骂声。

"什么？"男孩转过身，站在离他不远的位置问道。

"我刚刚一直在这里，那会儿你们正在滑冰。"周明说完，一些烟灰落在羽绒服上，又被风吹掉。

"我看见你了，"男孩故意大声地反问，"你想知道是吗？"

"你可以保持沉默！"他说。

男孩走了，快走下桥的时候，他回过头对周明说："我什么都没说。"

"什么？"他没太听清楚。

"我说我刚刚什么也没说，"男孩的声音故意大了一些，"我只是亲了她一下。"

赵思琳不明白他们在聊什么。周明笑了。

"祝你好运。"男孩瞧了一眼旁边的赵思琳，对周明挤了挤眼睛说道。

在周明看来，两手空空即是好运。他对男孩挥了挥手。

4

吃完晚饭，他们开车回到周明的住处，计划早晨出发——去附近的一座城市里泡温泉，一家新开的温泉。赵思琳想，如果早晨出发的话，下午应该就到了：他们可以先在酒店的房间里休息一会儿，吃些东西，晚上一边泡温泉、一边享受圣诞节，搞不好还能下一点儿雪。不过，计划总是美好的。

周明对这些计划有些抵触，他不喜欢心怀期待。人人都有可能随时完蛋，人人都有可能，只不过他的人生放大了这种可能性。某种意义上，他觉得自己已经死了，只是还没死彻底。

赵思琳洗完澡从卫生间里出来，头发没有擦干，还在滴水。

"这里只有肥皂吗？而且，你的洗发水快用完了。"赵思琳说。

周明坐在一把破椅子上，一条腿搭在另外一条上面吸烟，月光照进来，他的头顶被镀上一层银色与蓝色的光泽，像来自外太空。有一种落魄、超然的英俊。

"他在乎你吗？"周明指的是老陈。

"为什么要聊这个。"赵思琳以为他只是随便说说。

"你觉得他在乎你吗？"周明又问了一遍，换了一种问法。

"他在乎他自己的婚姻，但我不确定他在不在乎我，他不善于表达，也可能他只是不想表达。"她说。

"我们明天的计划取消吧，我有些不太想去了……明天一早，一早你就回家，不用再来找我，我随时有可能离开这里。"周明说。

"我们不是说好了吗，就是去玩一两天，然后就回来，不会有什么事，为什么突然取消呢？"赵思琳感到不安，她觉得周明就像植物上的一滴露珠，太阳一出来便会消失，她害怕这种消失。

"我只是觉得我们不该这样放纵，生活是很沉重的，你也知道。"周明的眼睛里闪过一些绝望的东西，但很快又变得理智。

"我知道，但是你能不能做决定的时候问一下我的想法？"赵思琳想起其他的事情，有些负气和不解地说，"'圣诞计划'是我们两个人的决定，不是吗？你不能这样一个人说了算，或者你一开始就不应该答应我。"

"好，我建议你明天回家好吗？我们这里没有上帝，不需要过圣诞节。"周明越发觉得他们的计划滑稽、可笑。

"今天中午，我和老陈吵架了，因为一些根本不重要的事情。他什么都不干，总是期望别人能为他做些什么。"赵思琳说。

"那你更应该回家去。"周明说。

"你希望我回到一个我根本不想回去的地方？你究竟在害怕什么？怕他怀疑你、找你的麻烦、然后揭发你？"赵思琳的语气故意流露出那种鄙视和咄咄逼人，这是周明熟悉的语气，她习惯用激怒别人的方式来判断对方是否仍然在意她。

"我不希望因为自己的出现，扰乱你正常的生活，我不希望你因此受到伤害，你能明白吗？"周明说。

"老陈根本就不关心我，不关心我的一切，你也是。"赵思琳有些痛苦地说。

"我不知道该怎么劝你，毕竟我自己的人生都已经这么失败了。"周明颓丧地叹了一口气。

"这是我自己的选择，我今天不想回去，明天也不想，你不要再劝我。"说着，赵思琳一屁股坐在床上，用毛巾开始擦头发。

他仿佛一直在等这样一句话，他需要她彻底地想明白，想明白自己正在做什么样危险的事情，如果她仍然坚持，那他就奉陪到底。他显得不再焦虑，稍稍放松下来。

他说："我应该下楼去买个打火机。"

等周明从外面回来的时候，赵思琳已经钻到被子里，被子的两端卷在身体下面，她看起来就像一只毛毛虫、蚯蚓，或者一具可爱的木乃伊？没错，她让他想起一部动画片里的小木乃伊，那个角色一点也不恐怖，非常可爱。

"喝水吗？"周明问道。

他把烟和打火机扔在床头柜上，顺便买了两瓶水，他没听说过的牌子，可能是当地产的，他想。她想看电视，但找不到遥控器。

"有什么好看的电视节目吗？"赵思琳把枕头立起来，靠在身后，"毛毛虫"的形象消失了。

周明像变魔术一样，遥控器出现在他的手中。他打开那个总是放电影的频道，现在它又在放了，一部法国电影，侯麦导演的。这个电影周明看过，关于出轨的诱惑，他很喜欢里面那位名叫克洛伊的女孩，欣赏她的天性释放和聪明，以及她不断变换的衣服风格和样子。

"她不应该穿裙子的，那些裙子配不上她，使她看起来平庸。裤子才更适合她，有些女人就是这样，天生穿不了裙子。"赵思琳枕在自己的手臂上说。

"你看过这部电影？"周明问。

赵思琳点点头。

周明洗完澡后，他们关掉电视，躺在床上聊天。两个人之间隔了一些距离，窗外偶尔会有火车嘶鸣的声音，那来自远方、又将开往远方的火车。

赵思琳往周明的身边靠了靠说："你走的那天没有来见我，我以为你出事了，后来也没有任何关于你被抓起来的消息，我就知道是你故意不来见我的。你们男人的心有时候真硬，如果没有今天，那将是我们能见的最后一面，你不怕有一天会后悔吗？"

"有一句电影台词我很欣赏：人生如果无悔，还有什么意思？"周明斜着眼睛看了她一眼。

"你到底为什么没有来？"赵思琳越发困惑。

"我来了，只不过你没看见我。"周明说。

赵思琳突然坐起来，看着周明，想要仔细听他说个明白，但周明没有继续说下去。

她重新躺下来，火车的声音让他们的内心感到平静，周明抱住她。他们过去也有过这样的时刻，一起看着天空，或者天花板。两颗心靠得如此近，这是在他们后来的人生中从未再有过的体验，然而当他们还年轻的时候，也曾天真地以为即使分开，还会有其他人能够填补这种空白。

"这十年，你和别的女人睡在一起过吗？"赵思琳问。

"我也有对女人的需求，不过这种需要已经很少了。"周明说。

十年里，他和几个人发生过关系，但都小心谨慎地保持着距离。没有长久的关系，更没有真正的亲密。这些女人就像夜空中一闪而过的流星，不是女朋友，但也不完全是互相取暖的身体关系。维持最久的也不到一年时间，其他的基本上不会超过三个月，最短的七天。

关系维持最久的叫娜娜，喜欢写小说，白天是一位普通的护士。娜娜也不算太年轻了，二十九岁，结过一次婚，后来离了。她的生活圈子狭窄，人际关系也比较简单，对于周明来说相对安全。娜娜有一间六十平方米的房子，还有一个落地的书柜，里面装满书。娜娜喜欢周明对于文学和电影的那些独到的见解，周明在这段时间阅读了很多书，看了许多电影，这是能让他们的关系维持将近一年的重要原因。

维持时间最短的是小赵，一个美术学院的学生，比较单纯，也比较任性。女孩想要跟他建立正常的男女朋友关系，甚至开始规划他们未来的生活。这些对未来的可怕规划让周明感到不安，他只好不再与她联系。

如今的周明越来越害怕严肃的关系，人与人的触碰，真正感到温暖、抚慰人心的时刻非常稀少，更多则是虚妄而危险的。对于一个逃犯而言，更是如此。

"她们长得好看吗？"赵思琳问道。

"你希望我说她们好看还是不好看？"周明机智地反问她。

赵思琳看起来有些失落，但仔细想想，她也同别人做爱和生活，她没有资格对此太过在意。此刻躺在旅馆的硬床上，再次听到窗外火车嘶鸣的声音，遥远而清晰。她在等他，仿佛这个等待延续了十年，他决定不再继续克制。

"你在想什么？"周明翻过身，将她的身体彻底笼罩住。

"我在想到底有什么东西能够证明我们真的活过。"她说。

周明突然有了一个念头，他想带她远走高飞，他始终欠她这样的一次远走高飞。他想带她去一个没有人认识他们的地方，共度余生。他被自己不切实际的想法吓了一跳，也感受到这么多年从未有过的自由和兴奋，他想，他的心中或许还有一线希望——对生活的、对自己的。

5

他们早晨出发时，天刚蒙蒙亮，天空正在下雪。

周明站在雪白的马路牙子上，对面的洗头房亮着粉红色的灯，客人可能刚走，一个年轻的女孩出来倒垃圾，身上的衣物稀少。落地玻璃上贴着一棵绿色的圣诞树，上面挂满铃铛和各种装饰物，以及，几片很丑的雪花。

"今天可能会晚一些到，下雪路滑，我会比平时开得更慢。"赵思琳一边热车，说道。

赵思琳的车是一辆黑色的奥迪，这辆车半年前发生过一次车祸，差点撞到一只羊。他们当时正在车里争吵，为一些很小的事情，老陈突然多打了半圈方向盘，汽车撞在护栏上，老陈的腿就是在那次车祸中受的伤。他说前面有一只羊，或许是老陈眼睛花了，出现幻觉，他们下车后什么都没有发现，既没有羊，也没有别的动物。从那以后，老陈就不再愿意开这辆车，他觉得晦气。

现在，他们开着这辆晦气的奥迪，在雪地里行驶。赵思琳想，那只不存在的羊是不是还会出现？

"也许你是对的。"赵思琳说。

"什么对的？"周明在车里找到一包松子。

"你不要吃那个，有可能过期了。"赵思琳说。

"×，都是苦的。"周明说。

她想，为什么不干脆离开这里？离开正在面对的一切，离开老陈，离开她无趣的婚姻，到一个没有人认识他们的地方，重新开始生活。而类似的念头，老陈似乎也有过。出车祸前，老陈曾莫名其妙地失联过三天，她准备报警时，他独自拎着一只箱子回来了，谁也不知道他去过哪里，老陈绝口不提。

他们马上要上高速了，赵思琳开始有些期待这次旅程，它将是愉快的吗？没有人知道。广播里放着张楚的《孤独的人是可耻的》，两旁的树上挂满毛茸茸的雪花，路在车轮底下飞快地滚动着。

周明想，那些在社交网络上炫耀自己孤独或者炫耀自己不孤独的人才是可耻的，人活着怎么可能不孤独？不孤独是假的，人人都有孤独的时刻。如果不是在高速路上，他很想打开车窗吐一口唾沫。但如果在此刻打开窗户，唾沫会被风吹回到脸上，如此一来，只会更像一个来自生活的、巨大的讽刺。

他感受到某种带着恨意的快乐，或许是对生活的报复，这种快乐有些类似回光返照。他一无所有，没有什么好担心了，毕竟他还有什么是能够失去的？生活再也不能剥夺他的快乐。

周明想，如果上帝存在，他们的车在他看来一定像只小蚂蚁一样。这只蚂蚁正在奋力地向前爬，而前方无比漫长，看不见任何希望，又或者它正在爬向另外一片虚无……可这不能使它放弃，更不能阻止尊严被撕裂后那种继续坚持下去的力量。

6

十年前，他们去海边度假。

周明不喜欢回忆起那个夜晚，但如今也无所谓了。回忆里的海风带着咸腥味，沙滩上散落着几个空的酒瓶子——那几个年轻人喝完丢在这里。周明每次隔着时空将瓶子一个个踢进海里，它们都会像幽灵一样，又被大海一个个冲回到岸上。到后来，周明会绕过这些酒瓶，在旁边坐下来，海水冲刷着他的双脚，有些冷，刺骨的冷。它们不再能引起他的剧烈不适，和所有平常的、没有意义的酒瓶一样，就只是一些普通的瓶子了。这十年，那个疯狂挣扎逃离的周明也变了，能够平静地看待这一切。他终于做到了，但令他没想到的是，等待他的是前所未有的迷茫。

现在，周明回忆不起更多的细节了，比如瓶子上的花纹，只知道是一种比利时啤酒。他的记忆发生了一些偏差，总把那次海边经历与童年时见过的海滩照片混淆在一起，于是很多情绪也出现了偏差。他印象中，男孩躺下去的地方有几粒白色的贝壳，然而这些白色的贝壳是周明童年记忆里的，事实上男孩的周围没有白色的贝壳，什么贝壳都没有，只有那些空了的酒瓶子和一个不慎摔落的打火机。

男孩的半张脸贴着粗粝的沙滩，眼睫毛上沾着一些碎沙子，他还没有死，虽然他的肚子在不停地流血，肚脐眼的上方是璀璨的星空。

男孩凭着微弱的力气张了张嘴，周明凑近时，发现他不是在呼救，话里的内容让周明再次感到浑身战栗，男孩露出笑容。周明将他拖进海里时，男孩的头碰到那些酒瓶，发出沉闷的撞击声。十年里，男孩的笑容频繁地出现在周明的梦里，梦里男孩反复说着：她的身体柔软极了，也温暖极了。很快，男孩鲜艳的沙滩裤被海水淹没，那个令人发抖的笑容也逐渐消失。周明会从自己的梦里或者回忆里惊醒，像是被呛了好大一口海水一样。

雪不大，但仍在下，赵思琳正在平稳地驾驶。如今，她看起来像是没有经历过那个漆黑的夜晚，或者和周明一样，她也能够平静地看待这一切了？他希望她什么都没有发生过，或者什么都不记得。

"你想说什么，还是我的脸上有脏东西？"赵思琳问道。

"没有，很好，一切都很好。"周明调整了一下自己的坐姿，收回他的目光。

"你刚刚那样看着我，会让我很不自在。"她说。

"你不用感到不自在。"他说。

"其实我知道你在想什么。"她飞快地看了他一眼，周明正紧锁着眉头。

"我能想什么呢？什么也没想。"周明揉着太阳穴说。

"你一定想到那些事了，那些不好的事，"她说，"我猜得对吗？"

周明没有回答。

"其实你不用担心，我现在已经接受那些不好的记忆了，我可以平静地回忆那一天：那天很晴朗，海边没什么人，我以为那会是美好的一天。但仔细回想，它依然是美好的一天，那些不好的事情并不能改变这一点。楼下的草莓面包非常好吃，我在其他面包店里再也没有找到相似的面包。"赵思琳说。

"我很高兴你不再为那些事感到困扰，只是那也并不是……美好的一天。"

"没错，那天天黑之后我的人生就完全变了。但生活好像本来就是这个样子，世界没变，是我对世界的看法变了，遮在我眼前的梦境消失了，我的看法回不去了。"赵思琳说。

"是，那天你大概吃了两个草莓面包？我们上楼后，你又独自跑到楼下去买。"周明侧过脸，很快又低下头，手指动了动。

"没错，你居然记得这些，是三个。后来晚饭的时候，你问我要不要吃烤生蚝，我说我吃不动了。那天的生蚝一定很不错，只可惜我当时已经吃饱了。"

"还好你没吃，那些生蚝不新鲜。"

"后来你回去睡觉，开了一天车，感觉你很累。说起开车，最早就是你教我的，你的手动挡夏利，当时我怎么也搞不明白如何换挡。"她扭过头来对周明笑了笑，眼神仿佛来自曾经的那个少女。

"我走的时候就开着那辆夏利，没敢上高速，一直开到一个小县城，我在那儿躲了很长时间。"周明说。

"后来呢，你是如何躲过的？"

"我抛下它，自己去了贵州一个很偏僻的地方，再后来又换过一些地方，最后去了海南。我一直在等警察找到我，带我走或者让我死，有时候我想，反正人都是要死的。只是我也很奇怪为什么没有人找到我，还是他们根本就没有找过我？"

"那你成功了，至少目前你还是自由的。"她说。

"成功？你把这理解为成功吗？"他自嘲地笑了，"曾经，我一直都在做一个动作，至少在二十三岁之前我都在做这个动作。我以为我们活在一个没有墙壁和天花板的世界里，我想试试看，是不是真的没有。"

"什么动作？"她问。

"摸顶，我一直在伸手，想要摸到头上的那片天空。虽然一直没有摸到，但我渐渐意识到那个'顶'是存在的。直到那晚降临，我才突然发现，我的头已经贴住天花板了，这么快就到'顶'了，我在此前完全没有想过。"

"每个人的头顶上都有一块天花板。"她说。

"我觉得我们活在一间会移动的旅馆里，有时只能站在窗户里望一望外面的世界，而每个人看见的世界又是不同的，没有人见过世界的全貌。你可以在这间旅馆里做你自己的事情，可以享乐，也可以痛苦，但是你出不去。"

"我们不该去海边。"她说。

"不是我们的问题，至少不是你的，是生活发到我们手里的牌太糟糕了。"他说。

"当他们从黑暗中朝我走过来，许多美梦就已经破碎了。"赵思琳的目光在此刻有些暗淡。

"我也变成了和他们一样的人。"他说。

"你和他们不一样，他们是魔鬼。"赵思琳斩钉截铁地说。

"本质上没什么区别，我杀人了，比他还恶劣，"他说，"你不用安慰我。"

"你一开始并没有想要杀他，你只是想给他们一点颜色看看。"她说。

"但我还是……我没忍住，他比我想象中更不知悔改。"他说。

"我以为你会去自首。"她说。

"我不甘心。"他说。

"那你后来没来见我又是因为什么？"赵思琳问道。

"我去了，只是你没有看见我，"周明说，"我看到你穿了一条裙子，看了一会儿，对面有两个警察在，我就走了，"周明沉默了几秒，继续说道，"那条裙子不适合你。"

"那是我姐姐的裙子，后来我还给她了，"她的情绪有些激动，"那天下雨了，非常冷。"

　　　　　　　　　　　　　　　　我一生的风景 ｜

"比现在还冷吗？"

"比现在还冷。"

7

雪基本停了，太阳的光穿透云层落到地面上，透过前面的挡风玻璃，照在赵思琳的脸上，她看起来很美。

天使？周明想到一个词，用它来形容一个已婚中年妇女，显然已经不太合适，却是刚才看到她的一刻，他脑海中蹦出的第一个词。在一起的这些天，他觉得赵思琳正在变得年轻，像是逐渐回到他们分开时的样子。

车开久了，赵思琳感觉有些疲倦地说："你能给我讲个故事吗？"

"故事？你想听什么样的故事？"周明说。

"随便什么，也不一定是故事，讲一讲这一路上你遇到的事情。不然我感觉自己快睡着了。"她已经打了无数个哈欠。

"好吧，遇到过一些有趣的事，虽然倒霉的事更多。"他说。

"你说说看，"她说，"我是说有趣的事。"

"我在海南的时候，遇到过一个人，那天赶上下大雨，我们同时在一家茶馆里避雨。那场雨下了很久，后来点了壶茶，听他和老板闲聊，一边等雨停。他辗转过许多地方，经历过一些事情，看不出来他到底有多大年纪。每件事情都被他讲得绘声绘色，其中有一件，我印象非常深刻。他说自己在越南做生意失败了，看他的意思应该是欠下很多钱，有一段时间意志非常消沉，打算自杀。有一天和朋友喝完酒很晚了，路上看到一间旅馆，决定住下，第二天再回。他以前没有注意过这里还有一间旅馆，这间旅馆的老板不是本地人，接待他的时候总是在笑，但好像又不是在对他笑。办完入住手续，他被一个年轻的女人带着穿过一条长廊，有一扇门，打开后，里面是一个大厅，墙壁是圆形的，周围一圈都是门。他被带到其中一扇门前，女人把钥匙交给他，告诉他，这是他的房间。旅馆整体的格局十分古怪，他感觉有些不舒服，但是已经住下，就没再多想。房间里除了没有窗户，别的一切正常，就是一般的旅馆。"

"后来呢？"赵思琳的兴致被调动起来。

"他有些口渴，发现房间里没有能喝的水，准备出去买水，遇到了问题。他发现找不到进来时的那扇门了，他忘记自己从哪里进来的。这时注意到，所有的房间都没有门牌号。他挨个试，只有一扇门能够打开，但后面是墙壁，他觉得诡异。在大厅里找了半宿，那盏吊灯照得他头晕目眩，他发现自己出不去了。酒醒之后，他开始恐惧，后来有些崩溃。以前发生过的许多事开始在脑海中回放，他以为这是一家黑店，觉得自己完蛋了，他逐渐心灰意冷。手机没有信号，只能显示时间。回到房间时已经凌晨三点，他在床上躺下，口干舌燥，用他的话形容就是嘴里像含着一张砂纸。身体无比燥热，内心非常不安。他被自己的求生欲折磨到筋疲力尽，同时为这种求生欲感到惊讶，想起自己原本想要自杀的事情。他平静下来，心里的恐惧和杂念消失了，看着它们像潮水一样退去。他不再想如何出去，而是脱掉鞋，关掉灯，找了个舒服的姿势在床上睡着了。第二天早上，他被一阵光亮照醒。"周明说。

"你刚才说，他的房间里没有窗户。"赵思琳提醒他。

"是啊，他说自己醒来时躺在大街上的一块石板上。鞋就放在旁边，方向和位置都没变，是他睡觉时摆放的样子。"周明把胳膊架在车门上，手扶着头说。

"一切都是他的幻觉？"她说。

"谁知道呢？他讲完雨已经停了，他打算离开，茶馆里的另外一位客人忍不住问他：这是真的吗？他意味深长地笑了笑说，你不觉得生活有时就像这间旅馆吗？"周明说，"你现在还感到困吗？"

"完全不困了，"赵思琳耸了耸肩膀说，"谢谢你的鬼故事。"

"这怎么能是鬼故事！"周明说。

突然，他们感觉到车身有些不稳，开始晃动。在听见一声巨响后，赵思琳意识到大概是车胎爆了。轮胎皮没有被彻底炸飞，还连接着一部分，随着车轮继续滚动，不停地拍打车身。路上有融化的雪水，很滑，速度下降得非常慢。周明让赵思琳不要慌，稳住方向盘。

车停下来时，右侧的车头还是撞向了护栏，好在没有人受伤。熄火后，两个人都长长地喘了一口气，不知道说什么好。右侧的车门被护栏挡住，无法正常打开，赵思琳下车后，周明只好从驾驶员的位置爬出来。

放好警示牌，赵思琳连续打了几个电话。其中一个电话，让她看起来很愤怒，吼了几句，然后挂掉了。赵思琳的眉头皱在一起，等待救援拖车和警察的过程中，她显得异常疲惫。

"还有烟吗？"赵思琳问。

周明摸了摸口袋。

"给我一支，"赵思琳用手指捋着头发说，"你要不要走？现在还来得及，一会儿警察会来。"

"现在离开才可疑。"他把烟递给她。

看着撞坏的车，周明的心里彻底空了，很多东西再次灰飞烟灭，生活的引力重新发挥作用。他们不再关心温泉，也没有人在乎圣诞节，仿佛从来没有这回事，只希望拖车能够快点到来。他甚至有些期待警察来将他带走，想到这些，他觉得好极了，不能再好。

大概等了很久，终于等到。那些人像是刚吃完午饭，或者吃了一半就赶过来。他们显得有些不耐烦、心不在焉，问了一些基本的情况。他们大致检查了一番，发现没有别的事，只是车胎爆了，车头和护栏轻微损坏。查完车主的证件，做了一些记录，把车拖走了，他们甚至没有多瞧周明一眼。

交完罚款，赵思琳和周明再次回到这座城市，下过的积雪被铲成一堆一堆，放在路边。回旅馆的路上，越走，地上的雪越白，有一条小路上一个脚印也没有。

"我们是不是运气不太好？"赵思琳自言自语地说。

周明没有说话。

"我觉得我们的运气不太好，或者说，太不好了。"赵思琳又说了一遍，换了种语气，这一次她看着周明。

8

整个下午，他们都待在那间昏暗的旅馆房间。

周明感觉到有些闷，他把那台笨重的旧电视打开，停留在上次看过的频道，屏幕上什么东西都没有。换了几个台，都是乏味的电视剧。

"这些年我已经习惯麻木地对待生活，我以为人的一辈子也就是这样了，能这样麻木到老也不错。但是你出现了，我意识到自己还活着，还有感觉，我没办法假装不是这样。生活的一些安排总是那么，那么……"赵思琳表情费解地说，"我能管这叫奇迹吗？"

"那天在超市里，你应该假装没看见我才对，那样对谁都好。"他说。

"怎么假装？"赵思琳说，"如果不是遇见你，我会以为你死了或者过得很好，虽然难过，可那种难过不一样。现在，命运把盒子打开了，看到你时只有一种结果，我知道自己完蛋了。"

"你以为所有的一切是我希望看到的吗？我每天都做被枪毙的噩梦，每天都在躲避身后的牢笼，可我没有一天不在笼中。"周明说。

"大家都活在各自的牢笼里。"

"我渴望自由，我曾经自由过。"周明说。

"我们好像真的出不去了，永远被困在这里。"赵思琳望着天花板说。

周明想起一些事情，有一年夏天赵思琳对他说过一个秘密。说完之后当时的周明脑子里嗡嗡了几下，而她正在吃手里快要融化的雪糕——一种卡通形状的，是只小狗。他不会忘记，他怎么会忘记呢？

那天下午他们沿着学校后面的一条小路，一直走到另一条街上，从公园侧门钻进去。暑假还没有结束，她打电话约他出来，似乎有什么要紧的事情等着和他说。见面后她先是给他讲自己假期里收养的流浪猫，一只橘色的母猫，背上有深黄色的条纹，腿有些毛病，走起路一瘸一拐。赵思琳经常看见它在小区里晃来晃去，有时被流浪狗追着跑，有时刨垃圾桶里的东西吃，虽然看起来凶，其实胆子非常小。赵思琳把它带回家，给它洗了澡。

说到这里，他们看见公园里的流动雪糕车，赵思琳突然想吃雪糕，周明不吃，她自己买了一根。

"我妈不喜欢猫，她不让我养，她说猫会让她心烦意乱。她每天都发脾气，我不知道是不是因为这只猫。她对我发，也对我爸爸发，甚至和一些没有生命的东西发脾气。比如我们家门上的钥匙孔，那个钥匙孔太难扭动了，可能里面生锈了。猫在我家待了一个礼拜，我妈终于忍无可忍，趁我不在家把猫扔出去，我回家的时候猫已经不在了，我和她吵架，我觉得她病了。"赵思琳说。

"她至少应该和我说一声，"赵思琳继续说，"再后来，我发现自己生气可能不全是因为她赶走了猫，而是我发现一个过去从来没有意识到的事实——我根本不了解她。"

"以前我以为她只是我妈，当然她也的确是我妈，但我忽略了她还是一个人，一个和我一样独立的个体，她有她的喜怒哀乐。以前我认为她为我做的许多事都是理所应当的，包括容忍我收留一只猫，她不同意我就有权利生气，但事实上可能不是这样。她和所有人一样——表面上看起来生活幸福，然而有一天当我睡醒午觉，却发现她独自站在阳台，踩在一把椅子上，那把椅子平时放在客厅，她把它搬到阳台上。中途有一次，她已经抬起一条腿，试图越过护栏，但最后她从椅子上下来，回到厨房里继续煮绿豆汤。我偷偷摸回房间，她不知道我目睹了这些，我们像一切从未发生过那样继续生活。"赵思琳的额头上渗出一层细密的汗，那个夏日的阳光透过树叶之间的缝隙，照在她的脸上。

当时的他们还没有来到未来，还可以假设自己的未来有各种可能，假设更沉重的生活不会降临在自己的头上。而看似平静的生活里处处埋着雷，任何一步都有可能会爆炸，他的心中感到一凛。

"我饿了，这里有什么东西能吃吗？"赵思琳说。

周明从追忆中回过神，他在一堆超市购物袋里翻了半天，找到一盒泡面，红烧牛肉味。水烧开后，赵思琳把泡好的面搁在凳子上，她全然不在乎形象地蹲在地上吃，口红早就蹭没了。她是真的饿了，这盒泡面仿佛胜过世上的山珍海味，她甚至把方便面汤也端起来喝了。

吃饱之后她开始犯困，赵思琳打了几个哈欠，周明被她的哈欠传染，也有些疲倦。屋内的光线越来越暗，赵思琳裹着大衣躺下来，背对着周明。窗帘没拉严实，露出一条缝隙，她透过那条缝隙看见晚霞——不是文学作品中形容的那种红的或者黄的晚霞，而是把天空照成了粉蓝色。

"我觉得人与人之间似乎真的隔着一层什么，"她闭起眼睛说，"一层什么东西，我能感觉到，但我说不出来。"

赵思琳睡着之后，窗外的汽笛声或许渗入她的梦中，她翻了翻身。赵思琳看起来像是梦见了什么美好的东西，脸上的神情变得平静，她的嘴角扬起，仿佛是在笑。

周明后来也睡着了，当他醒来时，赵思琳已经离开。

周明坐在床角，他的心里非常清楚：当她迈出这扇门，他们的人生将变得再次无关——像两颗离开棋盘的棋子，被丢进广袤的宇宙——无论彼此的命运如何，他都不打算再强行扭转什么，他们只是时间洪流中两颗偶然相遇的棋子。

他想，他不需要希望，人只能拥有此时此刻——而希望太美好了。

9

屋里亮起灯，他走到窗口，掀开一部分窗帘，看见一小团冻得惨白的月亮。

回想起他离开的那天所见到的月亮——那是早晨的月亮，它像一片羽毛一样挂在天上，淡白、轻盈，小小的月牙仿佛被风一吹就会消失不见。

窗外，一位中年男人正要从马路对面走过来，他的手里提着一根细长的铁棒。一辆蓝色小轿车挡住他的路，他显得很急切，但他不得不等小轿车开走。男人无意中抬起头，看见周明正在看他，周明透过脏兮兮的玻璃与他对视了几眼。直到男人消失在视线的盲区里，很快，门外传来脚步声，对方两步并作一步，跨上台阶。那声音由远及近，从模糊到清晰，使他联想到前几天那阵莫名其妙的敲门声。

周明深深地喘了一口气，他知道，该来的总是会来的。

外面响起急促的敲门声，他没有回应他，对方又敲了一会儿。

"赵思琳？"门外的人说，"我知道你在里面。"

他或许是赵思琳之前提起的那位老陈，意识到不是警察或者那些人时，周明有一些失落。赵思琳离开有一阵子了，她早就应该到家才对，但显然她没有回去，可她会去哪里呢？

"你们最好把门打开，否则我要撞了。"

说完等了几秒，见屋里没有动静，对方开始用力地撞门，并且说了一些难听的话。周明背对着窗户，坐在椅子上，等待门外的人进来。那扇门变得越来越虚弱，最终无法承受其重。

男人拎着那根铁棒站在门口扫视，屋里只有周明一个人，他进来后再次搜寻了一遍，发现确实只有他一个人。男人感到有些奇怪地说："我亲眼看着她走进这里，不会有错，你把她藏哪儿了？"

"我没藏任何人。"周明有气无力地说。

"那她上哪去了？"老陈问。

"我怎么知道。"周明说。

他放下铁棍，举起拳头朝周明扑过来，对准周明的脸一通乱挥。周明被打翻在地，鼻血流到地板上，但他没有还手，只是抬起手臂擦了擦脸上的鼻血。老陈松开周明，坐在旁边的地板上，感到匪夷所思地笑了。

周明用一只手撑着地板坐起来，后背靠着墙壁，用手捻着一支烟放到嘴唇上，两只手上下摸索打火机。那只不翼而飞的打火机，被意外地找到了，现在，他有两只打火机。

周明点着火，老陈看着鼻青脸肿的周明说："还有烟吗，给我来一支。"

与此同时，老陈看见窗外那团冻得惨白的小月亮，他的嘴皮动了动，想要说什么，但没有发出任何声音。他们相对无言，像两个熟悉到不能再熟悉的人那样。电视机里传来一段悠扬的音乐，是一首圣诞节歌曲，欢快、寂寥。屏幕上方有一只小雪人，还有一头脖子上挂着铃铛的驯鹿，从屏幕的一角出现，又从另一角消失，然后又出现……

"几点了？"老陈突然问道。

"菩提本无树。"周明平静地望着窗外回答说。

杀手与笑脸猴

杀手的故事 1 号：夫妻

空旷的房间。他背对一扇红色的窗。窗被大街上的路灯染成了红色，窗本身是透明的。窗外下着雨，雨挂满了红色的玻璃，他望着一颗颗圆形的水珠，心想等雨停了再走。他转身，朝窗外看了一眼。像这种急促的雷阵雨，很快就会过去，如同他的工作原则，不让一个人痛苦太久。

房间十分寂静，可以清楚地听到雨声，他并不喜欢下雨。雨能让人平静，有时也让人烦躁，能很好地掩盖一个人的哭声和泪水。

这里没有其他人，除了他自己。这么说不对，准确地说，房间里有三个人。两个男人，和一个女人。只有他还活着。因此，也可以这么说，房间里有两个死人，和一个活人。不过在他的眼里应该是，房间里有两只猴子，和一位猎人。

他是位职业杀手，不杀纯良之人——他的另外一个工作原则。尽管从未见过这种人——纯良人，但他仍相信这世上有，那就会很麻烦。

他看着墙角的两具尸体，他们的身体套着灰色的编织袋，脑袋依偎在一起，比他们活着的时候，更加相爱，他把他们分别从浴室和客厅移到了这里，费了很多功夫，男人太胖了。谁能想到，就在一个小时前，他们都盼望着对方死去。他们都如愿以偿，谁能像他们此刻这样，欣慰地靠在一起。

胖男人在客厅里打电话——人生中最后一通电话，打给他的秘书。他们去山里，给穷孩子捐赠衣物和书包，他需要确认，今天都来了哪些媒体。孩子们闻起来实在太臭了，面对镜头，他们显得腼腆而好奇。慈善活动结束，他想，回去一定要洗个澡。

瘦女人在浴室刚洗完澡，身体上残留着沐浴露的味道。吹风机的噪音足够大，头发尚未干透。她要出门约会，与另外一个男人，像她平常做的那样。她要给自己的丈夫一个机会，一个独自留在房间里的机会。

这是他接到的最有趣的活，一对夫妻，同时雇用了同一位杀手。

一阵呜咽，很快就结束了；一声尖叫，很快就结束了。

他同时完成两项工作，突然有些无所事事，坐在那把红棕色的椅子上，他背对着一扇红色的窗。窗是被大街上的路灯染成红色的，窗本身是透明的。窗外下着雨，雨挂满了红色的玻璃，他望着一颗颗圆形的水珠，心想等雨停了再走。

杀手的故事 2 号：亚当和夏娃

告诉我，善恶是什么？

他根本不想回答这类愚蠢的问题，看着酒吧门外的落叶，被人踩得稀碎的落叶，他想到一个庸俗不堪的比喻。破碎的心。"破碎的心"被门口的霓虹灯照成粉色和紫色。他喝光杯子里的德国啤酒，那口感就像酱油。看了一眼墙上的钟表。十点一刻。

年轻人，能陪我聊会儿天吗？证明你不是个哑巴。

他烦透了，有些人一旦上了年纪就令人心烦，也可能一些人生下来就是为了让另一些人心烦。其实他并不年轻，只是对面这个穿卡其色外套的家伙更老，老得几乎要死了。

我跟你打赌，那个坐在吧台旁边的女人只值一百块，我花一百块就能让她跟我睡觉。最多一百五十块。但我不想睡她，我想找个人说说话。这样的女人我见多了，我前妻就是个这样的浪货儿。

老家伙确实喝多了，他来的时候他就在这儿了。他把瓶子里剩下的啤酒都倒进杯子。电视里正在重播一场不重要的球赛。吧台旁边的女人与酒保调情，她假装自己的手机没电了，跟酒保借充电线。她的裙子实在太短了。

人们总是想让别人对他们真诚。真诚？这是我听过最高尚可笑的陷阱，他们希望我们相信他们，无论相信他是好人还是烂人，总之要相信他们，只是为了提供一个机会让我们自己难过。你能告诉我善恶是什么吗？

老家伙说了一连串的混账话，看起来有些悲伤和可怜。

他不愿意理会这类愚蠢的问题，他看着酒吧门外的落叶，被人踩得稀碎的落叶，他想到了《圣经》。以及，那个用肋骨创造的女人。后来又想到古蛇撒旦。

霓虹灯不知被谁熄灭了，"破碎的心"失去光泽，成为棕黑色的一片，仿佛那才是它本来的样子。他喝光杯子里的德国啤酒，那口感就像酱油。他看了一眼墙上的钟表。十一点一刻。他得出门去工作了，了结那些痛苦的心，或是让别人痛苦的心。

他离开自己的座位。吧台旁边的女人和酒保一起消失了，剩下一个年轻的倒霉蛋在擦拭吧台。老家伙已经醉得一塌糊涂，整张脸通红。离开前，他经过老家伙的座位，临时决定回答他那个愚蠢的问题。

就是你妈妈爱上你爸爸，又生下了你。

杀手的故事 3 号：笑脸猴

雪花从天而降，就像好运和灾难那样，随机地落在人们的睫毛和脚边。

他回忆起三十年前的冬天，那时他还是个小男孩——

大人总喜欢用一些不存在的稀奇古怪玩意儿来吓唬小孩，以达到管教的目的，孩子对这些故事则是既爱又恨。过去，他最常听到的是关于笑脸猴的故事。那些故事像长了触手一样，探进他内心最柔软、最深层的地方，那是童年里最恐怖的存在。每次犯错误或是试图做什么令人反对的事情，比如他不想参加学校里那些愚蠢的集体活动，大人就会用笑脸猴的故事来恐吓并约束他。

笑脸猴有一张酷似人形的脸，它可以模拟人的样子，做出微笑的表情。它们有时西装革履，戴着眼镜，甚至看起来有几分慈悲。笑脸猴用擅长的和蔼的微笑骗取孩子们的信任，从而靠近他们，或是等待他们主动上钩。它们以天真为食，昼伏夜出，善于伪装，有时很难分清那是一只猴子，还是一个人。如果当它向你亮出獠牙，就一切都晚了。你需要时刻擦亮眼睛，小心辨别。更重要的是，你最好早点睡觉，这是大人对他的嘱咐。

在一个大雪纷飞的夜晚，他遇到了第一只笑脸猴。他想，如果那天晚上早点睡觉，或许一切都会不一样。

笑脸猴钻进他的房间，墙上的影子看起来很高大，它在他的床边站了一会儿。他紧紧地闭起双眼，甚至屏住呼吸，希望阻止那些雪花降落在自己的睫毛和脚边。但笑脸猴还是掀开了他的被子，他吓得叫出声来。笑脸猴扒下他的小裤子——那是他最喜欢的一条裤子，上面印着卡其色的小老鼠。笑脸猴用冰冷且长满毛的手摁住他，把一个硬邦邦的东西塞进他的屁眼里。他感到钻心地痛，他忽然很想上厕所，他哭喊着，希望妈妈来救他，可是没有人来救他。于是他反复忏悔，他觉得一定是自己做错了什么，才会被笑脸猴盯上，遭遇这些不幸。

从那以后，笑脸猴经常钻进他的房间，他的屁股和心灵都疼得死去活来。但每次哭喊都无济于事，没有人会来帮助他，没有人在乎他的感受，像是从来没有人把他生下来过一样。渐渐地，他不再哭泣，只是忍受，忍受着夜晚和一切。他把这想象成一场噩梦，每个人一生中都会做一些噩梦。他把自己从痛苦中抽离出来，从自己身上抽离出来，这样就能承受更多的事实，他鼓励自己平静地等待噩梦醒来。他很小就学会人生中必修的一课，忍受那些突如其来的不幸和羞辱。他盼望自己能够快点长大，他认为只要童年消失，笑脸猴就会消失。

有一天晚上，外面的月光很亮很亮，他隐约看见笑脸猴的脸，他想看清楚那张脸上是否真的长了獠牙。他惊呆了，他看到那枚深褐色的大瘊子，即使不开灯他都知道，那是继父的瘊子，笑脸猴伪装成了继父的样子。

那样的夜晚又持续了很久，十四岁那年，他杀了人生中第一只笑脸猴。

后来他长大了，童年永远消失在他的身后，但笑脸猴却没有，它们反而更多了。不仅在夜晚出现，在任何时候笑脸猴都有可能出现，或许此刻，他就坐在你的身边，喝着喜茶。

他成为第一位捕杀笑脸猴的职业猎人，只是笑脸猴似乎永远也杀不完。

杀手的故事4号：最后的良人

春日午后，阳光照在海滩上，几枚雪白的贝壳嵌在细软的沙子里。

聚会结束了。李穿着风衣，坐在白色的沙滩椅上吸烟，每次吐出来的烟雾，总能被海风瞬间稀释。就像你想对一个人诉说，当这句话到达另一个人心里之前，总能被什么东西稀释或者吹散。

海滩上只有零星的几个人，海水太冷，人们只能在岸上走走。参加聚会的人都回去了，没人会在这种聚会中逗留太久，大家从四面八方赶来，带着各自的目的，坐在一起开会、喝酒、说言不由衷的话。现在，只剩下几个刚进社会不久的年轻人，尚处于讨论爱情和正义的年纪。

他们手里拿着果汁和啤酒，坐在海边，对着灰蒙蒙的海水说笑。李像他们这么大的时候，这帮孩子才刚刚出生。每分每秒，都有人正在来到这个世界，很多事情的答案早已写在开头。

另一把沙滩椅上，坐着一个和他年纪差不多的人：戴了一顶不合时宜的帽子，同样穿着风衣，但风衣的每一颗扣子都系得紧紧的。李不记得在聚会中见过他，他不像是会来参加这种文学聚会的人，李知道自己也不像，他还是来了——人的一生中，要做很多自己也不理解的事。这个男人兴许只是游客，他看起来倒像是位真正的作家，至少是个有脑子的人。李很感激对方是个安静的人，他不自言自语，也不试图搭讪。他面朝大海，只是单调重复着把烟吸进去再吐出来的动作，此外什么也不做。

男人站起来，朝"落日酒店"的方向缓缓走去，脚步和风衣被风吹得有些歪斜，背影看起来似乎要更老一些。

李突然想给妈妈打个电话，他很久没有给她打电话了。他们的交流总是以争吵结束，最近几年，他和妈妈的争吵减少了，但也不再有真正的交流。妈妈的耳朵越来越背，每句话都要别人大声讲三遍才能听清，但有时还是不能听懂他的意思。或许对妈妈来说，他的耳朵也越来越背。

李拨通那个熟悉又有些陌生的号码，这个号码他烂熟于心，可他很久没有拨打过了。就在此刻，他无比想要告诉妈妈，他想念她——这个赐予他生命和困惑的人。

但接电话的是李的姐姐。六年前在一场意外中，姐姐失去了她唯一的儿子，一个活泼的小伙子。孩子死的时候只有十岁，游乐设施的安全带松了，小外甥从"激流勇进"的最高处掉下来，完成了短暂的人生冲浪。

她说，哪位？

是我，小玻璃。他说。小玻璃是他的乳名，只有最亲近的人才知道的名字。小时候的他看起来十分脆弱，总是生病，于是大家都叫他"小玻璃"。

小玻璃？由于李经常换电话号码，因此她试探地询问道。

对，小玻璃。他说。

哦小玻璃，你在哪里？

李看了一眼周围说，在一片流动的沙子上。

电话那头沉默了一会儿，继续说，你有什么事吗？遇到钱上的困难了？我觉得你应该好好找一份工作才对。

不是钱的困难。妈妈她怎么样了？她在家吗？

妈妈在睡午觉，那是什么困难？

什么困难都没有，可以让她接电话吗？

我说了，妈妈在睡午觉。

现在都快五点了，我的意思是，这会儿不该睡午觉。

你到底有什么事啊？我在洗衣服，如果没有要紧的事非说不

　　　　　　　　　　　　　我一生的风景 |

可，我就挂了，我的两只手还湿着呢。

她的身体好些没有？上次球球的事，我惹她不高兴了……

不是很好，最近经常咳嗽。她现在不能提起你，提起你就喘得更厉害，有时候胸闷得睡不着，或者刚睡着一会儿就咳嗽醒来。

妈妈的生日礼物收到了吗？我一直没有问过。李想说点高兴的事情，那是用他好不容易发表的一篇小说的稿费买的，他想给妈妈一个惊喜。

生日礼物？妈妈的生日还早着呢。姐姐问。

妈妈的生日不是四月二十五吗？他说。

是十月二十五。你买了什么？姐姐问。

一件紫色的高领毛衣，上面绣着黄色的鸭梨。他说。

哦，我想起来了！

怎么样？他问。

那衣服妈妈穿不了。

怎么了？太小还是太大了？他问。

那是一件纯兔毛的毛衣。

没错，獭兔的。他说。

妈妈对动物毛过敏你不知道吗？光是打开就让她足够难受了，那天她非要穿上试试，害她哮喘犯了。我把它扔了……

天呐，我忘了！不过你怎么能把它扔了呢？李有些难过，又有些愤怒。

小玻璃，你真的很奇怪。你到现在都只关心你自己的那件毛衣，上面绣着什么破鸭梨的毛衣！

为什么每次聊天你都着急上火，就不能平静些？

你总能轻而易举让别人着急上火，你就是这样的一个人。

是你总能轻而易举着急上火。妈妈醒了吗？

没有。

她大概什么时候会醒？

她才刚刚睡着不到二十分钟。

你能帮我叫醒妈妈吗？我想跟她说会儿话，哪怕只是听听她的声音也行。

你到底要说什么？说你和你那个傻瓜男朋友，还是那些没人要的小说？

我不在乎你怎么说我，但他不是傻瓜，我们已经分手，球球是个不错的人。

好吧，你的确什么都不在乎。你又成功让一个人知难而退了，我是说啾啾。

是球球，你能别总是挖苦我吗？看在妈妈的面子上。

妈妈一直都不能面对你的性取向，所以别说什么"妈妈的面子"了，当你告诉她你爱上一个男人的时候，你忘了她差点就喘不上气吗？

李沉默地看着海浪一层层涌过来，又逐渐消退。

姐姐没有挂电话，她说，我很想知道，你用什么办法把啾啾，好吧，你是怎么让那个人知难而退的？

他是自由的，每个人都是自由的，他想走就走了。李叹了口气说，你真的把毛衣扔了吗？

他以为姐姐又要嘲讽他，但她却说，听着小玻璃，事实上我没有扔你的毛衣，没有扔任何一件毛衣，它现在正安静地躺在柜子里，像只小乖兔一样。而我真的要去洗衣服了，晚一点我会告诉妈妈你来过电话，但是今天不能让她和你通电话，她的身体这两天又有些不太好……希望你好好待在自己的那片沙子上，让关心你的人稍微幸运一点，求你了。

李没有说话，他突然听见电话那头隐约传来妈妈的声音，那略有些沙哑的声音问道：是小玻璃的电话吗？

不是小玻璃，一个无聊的骗子电话。

我梦见小玻璃来电话了，他站在一片沙子上，他说他很冷。

他好得很，您继续睡吧。虽然姐姐捂住话筒，但李还是听见她们的对话。他觉得自己的眼睛胀得难受，喘不上气，接近妈妈哮喘发作时的样子。

两岁半的时候，妈妈带他去买袜子，把一双崭新的小袜子交到他的手里，并告诉他：抓紧它，丢了你就没有袜子穿了。妈妈抱着他，他一路上紧紧捏着自己的袜子，直到回家。然而此刻，他意识到自己弄丢了那双绿色的小狗袜子。

李将电话挂断，擦了擦眼睛，起身脱掉风衣和鞋子，走向大海。

当海水没过他的腰时，李有些受不了，海水太冷了。重新走回岸上时，他的两条腿冻得有些发抖。李拧了拧裤脚和 T 恤上的海水，把风衣披在湿答答、冷飕飕的衣服外面，从风衣口袋掏出一支香烟。

他注意到，之前的那个男人站在不远处的桥上。天色暗下来，桥上亮起淡黄色的灯光，树影的颜色变深。过了一会儿，男人从桥上下来，李忽然想起来他是谁。

当那人靠近时，李说，我的打火机进水了，您的方便借我用一下吗？

男人犹豫片刻后，掏出火机，按下打火开关，瞬间喷出一柱淡蓝色的火苗。李将自己的脸小心翼翼地凑近，把烟点着。

谢谢，您不是普通游客对吗？他问。

男人瞟了他一眼，将打火机放回口袋。

我知道您就是那位大名鼎鼎的笑脸猴杀手，尽管您可以变换成各种样子，但我依然认得出您。

对方没有回答，看着灰蓝色的海水，像是女巫的眼睛。

李说，我一直在等您，在生活的各个角落里等您。事实上每个人从出生就在等您，只是大多数时候人们意识不到这点。

杀手回头说，这世上总有一些人希望别人的夜晚降临。他对此一点儿都不感到惊讶。

不，像等待"夜晚"降临。您看起来比我更适合当个小说家。

你是个小说家？杀手似乎对此产生了一点点兴趣，但他很快又变得冷酷起来。

也可以这么说。

那你一定很会讲故事？

小说家从来不是讲故事的，那是说书人干的事。我倒觉得自己更像是建筑工人，语言和思想是钢筋水泥。小说是搭建，不是讲述。

没有故事还有什么意思？杀手给自己点了一支烟，深深地吸了一口。

人生也没有意思。

不，人生很有意思，你还没明白人生的美好。他把烟雾吐出来。

您认为人生很美好？

至少比想象中有意思一些，说吧，你想让谁的夜晚降临？

我自己的。说完，李很快又否定了自己。不过，我的太阳似乎还没有升起来过，我只是希望这夜晚能快点儿结束。漫长的。彻底结束。

你希望夜晚降临，是为了让夜晚结束？

本来不想麻烦您，但我是个有些懦弱并且优柔寡断的人，对所有事情充满怀疑，因此做任何事情都没有成功过。所以我想到您，听说您从来不会让一个人痛苦太久。

可我是来度假的。他有些遗憾地说。

我可以付钱。李说。

你犯了什么错？

我从没做对过一件事。

这不能算错，至少不全是你的错。

不过我没有太多钱，刚才说了，我是个写小说的，一个没名的小说家。

我也说了，我是来度假的，暂时不想工作。

李有些失望，他把烟屁股丢向潮湿的海滩，海水涌过来将它熄灭。即使海水不来，它也会熄灭，它早晚都会熄灭。

如果你不急着结束夜晚的话，请讲个故事吧。杀手提议说。

我不会讲故事。

短点儿的也成。

从前，有一只笑脸猴……

我不想听笑脸猴的故事，我也不想听过去的，能讲个别的吗？

李被打断后想了想，还真有一个，一个不长的故事，所有人将来的故事。

一个人，偶然间用手握住了沙子，于是他想要握住更多沙子。但沙子却一点点从他的手中漏掉，无论这沙子有多少，人们终将失去所有的沙子，直到什么也不剩，手掌里只剩沙子留下的粗粝、潮湿和一层厚厚的茧。夜晚就降临了，夜晚也结束了。

讲完，李朝"落日酒店"的方向缓缓走去，脚步和风衣被风吹得有些歪斜，背影看起来似乎要更老一些。

这不能算是一个故事！这怎么能算故事呢？杀手不满意地说。

那个背影已经越走越远。

杀手独自站在海边，心里突然感到无比难过。

他望着大海上方的夜空，布满星星的夜空，如同第一次让一个人的夜晚降临。

天堂给你们，我只要现在

"反正去不了天堂。"我说。

她好像很享受有鸽子在自己的脚下吃东西，那些臭烘烘的家伙，也不完全是招人烦的。刘宁的凉鞋看起来十分旧，大概穿了够五六年了吧，真结实，她老公又不是没有钱。我也真是疯了，好好的下午怎么过不能过，这么热，莫名其妙约一个已婚女人出来没得聊。她居然不喜欢空调房，我们像两个奇怪的人一样坐在室外的太阳伞底下。我当然不是想和她聊，我只想喝杯冰啤酒，但刘宁觉得如果喝酒不是为了聊天，那喝什么酒呀，女人的有些想法很无趣。谁知道这里怎么会有这么多鸽子，是从特拉法加广场飞来的吗？不好好喝酒，她老去招惹那些鸟做什么，很担心会把粪拉到我的杯子里。下意识讲出一句脏话，可能让她联想到了什么，突然问我是否相信地狱的存在。事实上人类根本不需要拯救，都是政府意志，万物皆可堕落。

刘宁姓刘，刘宇飞也姓刘，说不定他俩是近亲结婚呢，反正有时候她真的会管他叫哥哥。两个人一直没有要小孩，我没问是谁的问题，比较好奇他们的夫妻生活。

我想说她漂亮，想到类似的话她大概早已经听腻又感到索然，重新把身体缩回到椅子里面，样子有些猥琐。刘宁胳膊上的细小绒毛亮晶晶的，像只母金丝猴。

"你叫我出来又不和我说话。"我不确定她是否在撒娇。

"哦，你每天都做些什么呢？"我假装想了一下问她。

"看电视。"她说。

"每天都看吗？"我有些不敢相信。

"也不是吧，但好像也没有做别的了。"她说。

"朋友呢？你不和朋友们出去玩的吗？"我说。

"结婚以后和社会就基本上脱节了，我没有什么朋友的，"她怪不好意思，"以前有过一两个，后来都结婚了。"

我没有讲话，低头抽烟。

"有些无聊对吧。"她说。

确实比较无聊，让人沮丧，不知道是对她还是对整个人生。其实沮丧也不重要，因为生活都可以密不透风，总有人能够笑得出来，比如刘宇飞，比如刘宁。我们又没话可说了，我说，再来两瓶。眼睛望着不远处那辆55555，远方的天空是无聊的蓝色，云挺淡，想起小赵的脸。

她连接好这里的无线网络，开始打弱智小游戏，那个小人儿真可怜，总死。而我干脆没有把手机掏出来，手机又不是男朋友，虽然有时也可以充当男朋友。我有过很多男朋友，换过很多手机，然后现在只剩下一个破手机了，觉得自己非常贫穷。

抽烟让我的嗓子有些不舒服，甚至感到一丝恶心，于是我又抽了一根。讨厌蛾子，所以去蝴蝶谷，害怕打雷，所以喜欢下雨天，抽烟如果感到不适，那就再多抽点。小赵总因为这些逻辑和我争论，他说我不爱惜自己，其实我爱的。他问我能不能够正常一点，我说好呀，然后一如既往。小赵和我是截然不同的两种人，我们相处起来却一点问题也没有，这点最匪夷所思。

刘宁是那种笨手笨脚的女人，喝酒都能把杯子掉在地上，酒水弄脏了衣裳。我递纸巾给她时她自己还没有意识到一切，只说了句钝拙的谢谢，我认认真真地打量她。天生丽质使这个女人太大意了，还以为自己是小姑娘，女人过了二十五怎么可以不稍微化点妆再出门呢，至少见我的时候应该把自己拾掇得像回事吧。她也就三十出头，皮肤却像有四十岁左右。

我怎么会再指责一个又笨又傻的女人，服务生拿了一只新的酒杯给她，希望她不要再弄掉了，那样我可能就真的没什么耐心陪她继续喝了。

"年轻真好呀。"她发出感叹，难道是在说自己吗。

她说："你每天看起来那么忙，真羡慕你。每次哥哥提起你，不是在这个城市就是在那个城市，你像个没有故乡的人一样。"

这和年轻有什么关系，我没有问她。

"等你结婚就知道了，什么都不能由着性子来。"她说。

"你有大把的时间和钱，又没有孩子，为什么不可以？"这回我在问她，因为确实比较好奇这件事情，我还真够三八的。

"时间和钱又怎么样，"她呷了一口酒，像喝茶那样，"我做不到任性的，将来你也做不到。"

真可怕，她好像能够看见我的未来似的。

"像你这么年轻的时候我都在念书了，没什么时间到处乱跑，其实念书有什么用呢，现在想想后悔死了。"她看起来应该是真心觉得后悔。

"我也念书的。"我说。

"但你没有像我那样，你每天都在做别的事情，至少你不觉得念书有多大作用。"她说。

我他妈的是不是应该脸红一下，她是羡慕我呢还是来讽刺我的，懒得再纠正她。

那辆55555仿佛具有了魔力，它停靠在路边，不关心人类死活。它不是66666，也不是88888，没有任何发财的意义。如同五把微型手枪，侵略着你的每个毛孔每寸思想，暗示着什么。也像个想开一炮的无爱者，冷淡粗暴，你甚至愿意为它变身为一个婊子，赤身裸体，被一堆软耷耷的绳索捆住手脚。它真伟大啊。

有那么一会儿，骄阳和酒精使我暂时离开了自己的身体，人间的声音变得清晰而又遥远，万事丧失了为什么，我好像还挺开心的，其实没有什么情绪。如果不是她叫我，说不定能一直这样游离下去。

她说："你知不知道桥上那事？"

我寻思着她肯定是要说几天前的车祸，一辆越野开出大桥，落入江中，甚至连溅起水花的高度都被测量出来。车里是一对情侣，男人活下来，女人失踪了，离奇的是出现在镜头前面的是男人他老婆。我想如果女人还活着就更有意思了，一家三口。

"一场车祸吧。"我说。

她说："那个女人我认识。"

嗯？我的反应就是这样了。

"以前的好朋友，"她翻了翻眼睛，大概在寻找更合适的形容，"关系蛮好，应该算是现在网络上流行的闺蜜吧。"呵呵，闺蜜不就是好到共用一个老公的意思吗。

"你是说车里的那个人还是他老婆？"我问。

"当然是他老婆啊。"这个女人的表情差一点就伤害到我的自尊心，她用一种接近愤怒的眼神睁大眼睛质疑了片刻，仿佛在说"这还用问吗"，再或者比这更加深刻的质疑，好像我活错了一样。

鸽子的喉咙发出咕咕咕的叫声，脑袋拧出一种瘆人的角度，真担心它会将脖子给拧断。刘宁的身上有庄稼吗？它们老围着她干什么，这不是鸟人嘛。刘宁也够可爱，模拟鸽子的叫声，他们玩得不亦乐乎，丝毫不考虑还有一个我。后来她想起来，抬起头笑得十分天真无邪，看我做什么，难不成指望我也像个傻瓜一样逗那群鸽子？

"他们昨天离婚了。"她说。

"你们不是早就不联系了吗？"我问。

"哦，昨天又联系上了，"她欠了欠身子，朝屋里张望，"我想吃块蛋糕。"

我把服务生唤过来，然后问她一块蛋糕够吗，用不用再多点几块，吃不了没有关系，剩下就可以了。她说不用了，浪费怪可耻的，她可真是她老公的好媳妇儿，走哪儿都这么节约，即使我请客。男朋友也很少会宠我，我却要溺爱一个三十多岁的已婚女人，也许面对笨蛋母爱容易泛滥吧。

兴许我和刘宁真的有可能成为好朋友呢，她没有什么朋友，何况又那么喜欢讽刺我。我比刘宁小大约有十岁，但我感觉其实自己更大一些，姐姐这种称呼就算了吧，除非这么做很好玩或者她真的是我姐姐。当然刘宁这方面比较让人舒服，她根本不关心别人叫她什么，我也就很自在了。

她的碎头发落下一绺，慵懒的样子还蛮好看，我像闺蜜或者情人那样帮她顺到耳后，她吓了一跳，我也吓了自己一跳。不过她适应的能力还不赖，惊吓的成分被迅速分解继续吃她的蛋糕，但我知道我们并没有因为这个动作而真的亲近多少。

时间变得煎熬起来，我不知道说什么好，两个人找个共同话题这么困难。她又不能忍受一直沉默，聊天还那么自我，我这里挖空心思在想应该怎样和她聊起来，这么费劲即使聊嗨了也不能上床，真憋屈啊。

"你喜欢鸽子吗？"她问我。

我姥姥家里曾经养过两只鸽子，据说鸽子是一夫一妻制，搞不懂大舅为什么送给我两只公的。其中一只脚有点跛，摇摇晃晃，特别霸道，另外一只老是被啄，不久便忍无可忍终于上吊自杀（把脖子架在两根木棍中间窒息了）。第一次养宠物，甚至为那只破鸟还哭了一鼻子。我那个倒霉舅舅完全不顾我的感受，说一只鸽子不够酒喝的，于是连跛脚鸽也一块宰掉，做成了泥包鸽。那时我好像明白了一个道理，但从此对鸽子没甚好感。

"我喜欢猫，因为猫会吃鸟。"见过不会聊天的，没见过我这么聊的。

她看起来很扫兴，毕竟因为这种事情产生分歧其实挺好笑的，我说："不过我姐姐喜欢鸽子。"

她果然又开心了，真没劲，一只鸽子就掌握了她喜怒哀乐的全部秘密。我尽可能告诉自己她不是一点希望也没有的，每个人都会有自己的问题，得原谅。

"你有什么爱好没？"我说。

"没什么爱好的，念书的时候还喜欢旅旅游，后来觉得也没什么意思，还不如待在家里看《奔跑吧兄弟》，刷刷微信朋友圈，"她吃掉蛋糕后又回到那副无所事事的样子，"哦，如果刷朋友圈也算是爱好的话。"她不是没有朋友吗，哪来的圈，卖面膜还是假鞋？

"你难道不觉得外出还是有一点好处的吗。"其实我也想不出有什么鬼好处，这种事情已经被电视互联网里那群坚信美好的家伙给毁掉了，提不起兴趣，我只是去找那帮乖乖们一起喝酒鬼混而已。

"什么好处？太累了，那些风景我在手机上看看照片就好了。"她很轻松，甚至有一些不屑。

"亲自去看是不一样的，再说了也不全是风景的事儿。"我说。

"他不喜欢我出去，因为说不准什么时候他回来就要吃饭，他只会煮挂面，微波炉都用不好。"她说。

他是智障吗，我很想问。印象中的刘宇飞并不是这样一个无能的人啊，怎么到了她的嘴里就丧失了一切魅力，只剩下断奶。

想不起我们是怎么认识的了，到底先认识的刘宁，还是刘宇飞，或者同时，身边的很多人都似乎从天而降，也许和我不怎么念旧有关系，我不擅长回忆。她老公四十岁了，但无论面相还是精神状态看起来都还十分年轻，下巴上有三两粒小黑点，离很近喝酒的时候才能够看清。

刘宇飞在她面前像个巨大的婴儿，可能她担心他会拉在裤子上，或者没有她的奶他必将饿死。有时他很晚回家，带了些剩饭，分不清是节约还是爱她，他家的传统吧。冰箱离餐桌不远，他甚至懒得多走上几步路，把东西往桌子上一扔，回到房间一边脱裤子上床然后叫醒熟睡中的刘宁，告诉她，去把剩饭放进冰箱里不然坏喽。她再困，也能一副哼哧哼哧很乐意的样子，或许也有过不想做的时候，但他会用粗粝的嗓音叫她母狗。她真的没有什么重要的事情大概，老开着那辆宝马去买菜，一天可以跑上很多趟，车里一股臭茄子味儿，这家人真奇葩，不过她的样子真的挺像一条狗，我差点就笑出来。

"你相信爱情吗？"说完我便后悔了。

刘宁愣怔了有一秒钟吧。

我说："你爱他吗？"

她突然大笑起来，可能我确实问了一个特别滑稽的问题，"你怎么了今天？"她说。

"疯了。"我说。

我不相信他俩一点感情也没有，虽然以前也知道很多婚姻可能与爱情都没太大关系，但还是抱着一线希望的。她那么做，那么忍受一个男人，不是因为爱还能是什么？难道天生喜欢这种不被尊重的感觉，或者做一条狗其实很快乐？

"你可以拒绝的。"我说。

我一生的风景 |

"什么？"

"你有没有想过离开刘宇飞？"我说。

"离开？我已经丧失了工作的能力，非常不喜欢和人打交道，再说我为什么要离开？"她不解。

"你可以活得更加有尊严，你可以拒绝他提出来任何无理的要求，他是个成年人，可以照顾好自己的。你是他老婆，又不是他养的一条狗。"我说。

她很惊讶我说出这番话，有些愠怒："你说什么呢！你这个人怎么这样莫名其妙。"她的声音挺大，你看，她还是可以大声讲话的，服务员好奇地望向我们。

我有些亢奋，她在生气，生气说明还有救。但很快我就知道是自己想多了，她并没有在情绪里逗留太久，那只不过是一种条件反射，她又开始逗那群鸽子了。这下轮到我恼羞成怒，拿起酒瓶咚咚咚干掉。她不具备观察别人心情起伏的能力，刘宁以为我只是口渴，好吧，我确实渴了，妈的。

我想现在已经不再是夏天，新闻说前几日就立了秋，温度比较高，空气里黏稠的部分倒是逐渐被稀释。灰绿色的江水看起蔫了吧唧，像个猥琐的好人，静悄悄卷走无数的城市垃圾，以及年轻的生命。以前认识的一个姑娘就是从这里跳下去的，但我怀疑她并不想死，高跟鞋有点滑而已。这几天的水温可能刚好合适，空气里一丝风也没有，万恶的夏天还没有走远，死老鼠的气息悬置空中，太阳用不了多久就会落下去。

我很想教教她如何经营一段婚姻，或者挽救一段失败的关系，但意识到自己都还没有结过婚，就算了。至少有些事情她干脆不知道的比较好，傻人有傻福吧，我急什么啊。刘宁又要了块草莓蛋糕，不吃，就那么供着。我从来不会要这种水果蛋糕，那些都不是新鲜的草莓，从满是防腐剂的罐头里捞出来很久了。一两只黑色的苍蝇落在上面，她把它赶走，它们嗡嗡着，重新飞回来。

汽车灰扑扑的，只有 55555 在落日下刺眼夺日，那些金的粉红色的光芒，像是挑衅。不把很多事情放在眼里，其实只要放把火，别说一辆，再来十辆也能完蛋。五个 5 并排站在街头，强奸着人类的眼睛，用它特别的爱。我好像真的闻到一阵情欲的味道，这股气味来自半个多月前，它从车里溢出来。

其实我和刘宁以及她老公都不是很熟，但七月二十五号这天夫妻俩都给我打了电话，可能商量好的。刘宇飞问我有没有空，晚上来家里吃饭，我说我很忙，其实我不忙，就是不想去，心想我没事去你家吃什么饭。我与刘宁见面的次数不会超过五次，和刘宇飞也就十几次吧，上一次还是给谁过生日来着，想不起是谁了。

不过最后还是去了，因为刘宁电话里的口吻让我产生了幻觉，她很明显在刻意地讨好我，甚至假装咳嗽了两下，虽然没什么意义。她好像很担心我会拒绝她一样，而我并没有什么特别的理由一定不去，甚至以为我也很爱她。

我坐在那张餐桌前面，冰箱离得不算远，刘宇飞从里面取出一些冰镇过的啤酒。他们的房子可真够大的，有三层，或者四层，但第四层是用来放杂物的。他俩的卧室在二楼，也就是说她经常得在半夜下楼把餐桌上的剩饭放进冰箱里，这段距离可以用来做很多事情。

刘宁做菜的手艺一般，会的花样却不少，花花绿绿摆了一大桌，我都不好意思下筷子，搞得这么隆重有种不祥的预感。他们不会是要杀了我吧，想了一下又觉得好像没有杀我的必要，动机不足。于是我吃了一口鱼。空间里有什么东西依然纹丝不动，说不上来感觉，鱼略有点咸。

"都不晓得合不合你的口味。"刘宁有些羞怯地说。

"挺好的。"我说。

他们这才开始放心地吃，那种纹丝不动的东西暂时被打破，显示出一些放松来。

"你以后可以常过来的，家里总是她一个人，你们可以尝试着成为很好的姐妹。"刘宇飞笑得十分做作，我想不出他平时是怎么笑的了。

"哥哥老夸你，说你是个很好玩的人，他也不经常赞美别人的。"她说。

"好玩挺悲剧的。"我正在咀嚼一片莲藕，牙关处发出沉闷的脆响。

"听说你还会攀岩。"她说。

"瞎玩。"我说。

刘宇飞给我的碗里夹进两只胖虾，我说，谢谢。事实上我讨厌虾，没有原因，从第一次吃就不喜欢。我放下筷子准备抽烟，刘宁奉献出自己的打火机，她老公帮我点烟。

"你的这件裙子是在哪儿买的，真好看，我也想有条类似的裙子，但老是碰不到合适的，上次见你穿过那条藕荷色的也好看。"她说。

"喜欢送你啊。"我根本没有留意我俩聊了什么，在想别的。

"真的吗？"

"真的。"我说。

刘宁是个漂亮的女人，但她太蠢了，在很多事情上，我都快要被她气死了。她根本察觉不出来她老公有婚外情——近期是个很瘦很瘦的女人，并且她真的看不出我和她老公刚大战过一番吗，我自己都能闻到一股骚。如果她看得出来我会更舒服一些，说不定我俩真的可以成为什么鸟人姐妹。

我们在车里做的，就是那辆 55555，这辆车一直是刘宇飞在开，后来不知道怎么回事跑到刘宁的手里。我和刘宇飞曾经有过些什么，不过那都是很久以前的事了，我们早就做回朋友，或者不是朋友。这次是他主动，我坐在副驾驶上抽烟，老男人大概都不讲什么前戏，他伸出手来探索我的胸部。我有点惊讶，倒也不像是要流氓，更像在谈恋爱，我没有做任何回应，我们转移到后面的座位。脑海里浮现出小赵的脸，我们当时刚分手不久，我提的。和小赵青梅竹马，六年，就是很多人羡慕祝福的那种，我想如果我俩最后真结婚了那得多没劲啊，人生也太没有意外了。这时，我的膝盖不小心碰到他冰凉的卵蛋，这么热的天，我打了个寒战。

　　素来不怎么喜欢刘宁，觉得她傻，如果她能稍稍聪明一点的话，兴许有些事情就不会发生。但没想到她老公觉得她更傻，我又觉得她其实没有那么傻了。刘宇飞叫我来说不定只是为了找个机会和我发生关系，那么她呢，也想和我发生关系？下巴上那三两粒黑点这样看和喝酒时并没有什么两样，也没有更清楚，心里感到失望。

　　他在上面，我在仰望一片天空，天空汗如雨下，身体前前后后一动一动，像个在田地里辛苦劳作的农民伯伯，我差点因为感动背出锄禾日当午来。这个男人还是有点帅的，如果他对刘宁不那么刻薄的话，没准真的会有很多人爱他，毕竟他有许多可能会吸引女人的地方，尤其这种令人迷幻的角度。他握住我的两条大腿，他开始诅咒他的妻子，用那粗粝的嗓音。似乎这样做能够辅助他得到快感一样，或者让我喜欢，他不会同意跟她离婚的，现在觉得。他暗示我可以住在他家里，和刘宁做伴，就像一家三口那样。我突然觉得胃里翻搅，一阵恶心。那辆车里一定留下了属于我们的气味，我想。

围在一起吃晚饭的画面十分温馨，三个人同时盯上一块土豆，食物温暖的气息几乎让我认为事情的真相即是如此。感到无聊，放下筷子后我说我饱了，像开自己家的门一样走掉，没有注意夫妻俩脸上的表情。我发誓，已经被他俩恶心坏了，以及我那蠢蠢欲动想要救赎一个傻瓜的心，再吃下去担心自己会吐出来。

　　55555具有一种锐的东西，它不讲道德地刺穿或者割裂，这是一种无聊的猜测。很多事情进化的关键都和"锐"有关系，虽然不全是成功的，人类只是个意外。我缩回酸痛的目光，她已经站起来，在周围踱步，一边捶自己发麻的右腿。

　　"想起来了，我喜欢做数学题，曾经非常喜欢，比做爱有趣得多。"她说。

　　"哦。"对于她的爱好我已经没有太大的兴趣了。

　　"你在想什么？"她说。

　　"没什么，发呆。"我说。

　　刘宁走到草莓蛋糕的位置，停下来，盯住那块三角形观赏了半天，好像那是她老公一样，问我："你要不要吃一口？"

　　没有反应，我的一部分还在走神。

　　她用不锈钢叉子剜下一个锐角，那个地方曾经停留过一只苍蝇，然后塞进嘴里，我感到恶心。她说："你也来一口吧，很甜。"

　　我的表情是拒绝的，刘宁音量保持不变，气势明显强烈起来，她说："真的不要尝一口吗？"

　　汽车和刚才没有什么分别，但我们不约而同都将目光递给那个方向，空气里黏稠的纹丝不动仿佛正在打开一线可能。

　　我说不用了，但是没有说出口。她微笑，不小心将那块油腻腻的蛋糕扣向她心爱的鸽子群，然而这不小心似乎带着某种不可名状的愤怒。有只呆头呆脑，在飞走之前羽毛不小心沾上了果酱，看起来傻乎乎的。那颗裹满了防腐剂的草莓滚落到我的脚边，招惹来一大群蚂蚁。虽然不知道她是不是故意的，但我为她的整个行为略吃一惊，心里陡然产生一丝亢奋和敬意。

"有没有弄脏你的鞋？"她平静地说。

我低头看了看自己的鞋，脚指头在里面扭动了几下。

"真可惜，好好一块蛋糕就这么给糟蹋了。"刘宁的语气里有几分异样，好像这次轮到我是那块蛋糕一样。

她坐回到原来的位置上，忽然想起什么似的说道："那天很爽吧？"

"什么？"我有些傻乎乎，脑海里是七月二十五。

刘宁可能在笑，我不确定，不知道怎么回答她所以不回答。

"不爽吗？"她有点迷人。

朝55555望了一眼，知道就知道吧，我喘出口气："一般。"然后摸出一根烟来给她，另外一根给自己。

以为她会盘问我和她老公出轨的具体细节，我觉得她可能会给我一个耳光，再补上几脚。从蛋糕的粉碎程度来看力气应该不算小，那等抽完这支烟再说，应该不会还手吧，我不打女人。如果她想要我解释什么，那么什么也不会有，我倒是可以陪她再喝一杯。

有些失望的是，她居然问我，你相信爱情吗？

这个不按套路出牌的女人，都有点打动我了。她希望我的回答是怎样呢？如果每个人都被枪抵过脑袋，心灵将拓展出更巨大的空间，世界有可能比现在进化得更好，到时人人都会相信爱，学会尊重和礼貌。我想起小赵，想起非常多的过往，明明灭灭，最终在身后暗了下去。

我说："你呢？"

刘宁有些轻飘飘地笑起来，大概觉得无所谓吧，她那不可名状的愤怒早已荡然无存，或许压根儿没有愤怒过。我感到一阵剧烈的心绞痛，然后彻底麻木下去，在本质上我们将会一样无聊。

"你相信地狱吗？"她又问。

我只相信物种进化，如果地狱也是其中一种的话，可能会吧我想。

"王凡我见过，他生日那天我本来也是要去的，但是哥哥不让，说我可能没法融入你们，"她的思维跳跃得还真快，"而且他会有点不自在，如果我在场。"

哦，原来那个人叫王凡。

"我的酒量可不好，不过你们应该喝爽了吧，听哥哥说你穿着衣服跳进了喷泉池。"她说。

原来说的是这事啊，我忽然觉得有些轻松，差点就给她讲了一遍自己是如何把喷泉当成游泳池的，她的注意力又转移到了别处。不过我绝不想高兴得太早，"买单。"我对着服务员说。

车里满是臭茄子味儿，我自觉系好安全带，刘宁却说其实不用系的，我说我怕死，但如果是在水里，这样也许只会增加逃生的难度，55555朝着桥的方向开去。当我看见那座桥的时候，沮丧的心情似乎有了松动的可能，我对她的绝望，对自己的，也许可以被这座桥瓦解。她的表情异常严肃平静，像个对前途极有把握的人一样，不符合刘宁的气质。已经摸不准刘宁到底知不知道我和她老公的事，而我也确实摸不准自己到底希望她知道还是不知道呢。算了，刘宇飞不重要，这是我们两个的恩怨，或者不是恩怨。她有最后一次成为人类的机会，她不需要愤怒，也不需要再相信什么，在关键时刻踩大油门即可。

大概没有什么值得回忆的了，我不擅长回忆，除非有东西刺激到我。从口袋摸出一块口香糖，薄荷味的。至于遗言有没有都不重要，不过狗好像还没有吃东西，出门的时候忘记喂它了。哦不对，那条腊肠狗上周就走丢了，我象征性地找过一回，但是没有找到，后来回家看电视，我妈问狗呢，我说不知道，她在我的小腿肚子上踢了一脚，那是她的心肝宝贝。我是怎样想起一条狗的，因为刘宁么，还是联想到落水狗？刘宁不再像一条狗，她正在朝着成为一个真正的人而扬帆远航，尽管有时候我说不出人和狗的差别究竟在哪。我记起来，因为那对狗男女。他们开出大桥前都聊了些什么，女人可能想去吃盘鱼香肉丝再死，不过她也许并没有想到自己会死吧，就像有人努力了半天也不晓得自己为什么仍然活着。新闻说那只是一场意外，谁知道呢，我只是好奇他们如何冲破两道围栏坠入一条江中的。

坐在 55555 的枪膛里，随时有人扣动扳机，我将射向谁的头颅？但事实上我并不想有人真的阵亡，只不过要他重生而已，领悟到一个人的真谛。我再次兴奋起来，也因为察觉到自己正在扮演上帝的角色，而感到一阵有点下流的伟大。

刘宁把车开上白色大桥，天已黑下来，灯像无数只眼睛一样，等着嘲笑一下这个世界。如果真那么做了，我一定会爱上她的。我们的身体都有些紧绷，在这种撩人时刻，我们全都屏住呼吸，我想他们掉下去的地方应该就快要到了。后视镜里一小团白色的月亮，像胎盘，像嚼过的口香糖，像人类的智慧，像黑洞的背面，像美国五角大楼上一块玻璃最后的反射光。

刘宁开始一点点踩深了油门，我们狂按喇叭，汽车就要飞起来，像个呼啸而来的变态。姑娘们发出此起彼伏的咒骂和尖叫，我们为此更加快乐。她十分亢奋，浑身发抖。我的人生将从此升华，变得有所不同，她得感谢我，是我让她看到一种新的可能，对自我的不断突破。

就在我们有机会开到江里的那一刻，她突然把油门踩到最大，然后照直开了过去，错过人生最好的时光，灯光在身后黯淡了一片，又一片。我认为自己再也没有可能了，生平初次感受到悲伤，那种真正的悲伤，生而为人的。然而事实并非如此，相反这感觉更加强烈。我绝望过，可这已不再重要，身体正以一种前所未有的姿态胀开，剧烈而又生动，甩脱我的意识，踩着世上已有的三观，开辟出新大道。刘宁张大自己的眼睛，她几乎惊呆了。

"你看见了吗？"她支吾地说。

是的，我看见了，"喜欢吗？"我骄傲地望着自己的两腿之间说道。

"那是什么玩意儿啊？"她在害怕。

我得意地笑了，我爱她的战栗，爱这个亲爱的狗屎世界。

银　翼

　　没有被生活锤掉的部分，仿佛只剩下苗小东这颗圆咕隆咚的啤酒肚，像只气球一样，胀得鼓鼓的，这里面充满了庸俗和疲惫。苗小东盯住自己的肚皮看了会儿，用右手拍了两把，发出沉闷的两声。他哼哼了几下，心想，再喝两瓶啤酒，或者吃完今天这顿饭之后，他可能真的就看不见自己的两腿之间了。苗小东闻见自己皮肤散发出来的热乎乎的气味，不禁暗自嘲讽。他老婆说对了，他还真是个臭男人，不但臭，而且老。想到这儿，苗小东准备用面前的鸡蛋汤照照自个儿，结果什么也没照见，没照见更好，低下头喝了两口。其实不照也知道，一张日渐松弛的大油脸，头发稀疏，由于长年吸烟，牙龈有些萎缩，典型的被丑化了的中年形象，却也是事实。

　　苗小东的老婆叫江燕，比苗小东看起来要略好些，毕竟年轻他几岁，那也够三十七八了吧。结婚的时候人家才二十出头，水灵灵的大姑娘，对比现在，还是有点失望。人到中年，苗小东不知道别人都是如何面对夫妻生活的。俩人抱在一块儿相互恶心？那得有多大的恨，才会彼此报复。

　　苗小东和妻子越来越没有共同语言，总是用沉默打发在一起的时间。他俩这一年经常分居，睡在一起的时间不多，发生关系的次数更少，也不知道江燕怎么就给再次怀孕了。苗小东有种完蛋的感觉，他觉得小孩是世界上最恐怖的生物，也是唯一能牵绊住他的东西。

电视里正在播放一则车祸新闻，一辆载满游客的大巴车发生侧翻，目击者面无表情地回答着记者的提问。江燕调高电视音量，一边将碗筷送到厨房。她说："今年不是什么好年份，多灾多难。前两天小张又鼓动我去台湾旅游，我不想去，你也不要到处乱跑。"

"我干的就是到处跑的事，你叫我怎么可能哪也不去，咱仨坐等着喝西北风？也奇怪了，你怎么还有不想出去的时候。"苗小东说。

"反正我就是那么个意思，你注意点好了。"江燕说。

"说起这些，老杨真是幸运，唯独他一点事情都没有。"苗小东说。

"哪个老杨？"江燕问道。

"就是去年送过我们两箱大闸蟹的老杨啊，我没见过比他更走运的人了。"苗小东说。

"哦我想起来了，他怎么了？"江燕继续追问。

"前段时间，他在回城的高速路上发生车祸，属于特大交通事故。隧道里的两辆车撞了之后，后面的一排汽车连续追尾，前后都出事了，这孙子夹在中间完好无损，简直踩狗屎运了，"苗小东把两条腿蹬在茶几上，说，"当时隧道里一辆运煤车和一辆油罐车相撞，真有意思，又是煤又是油的，煤又耐烧。消防人员根本进不去，大火烧了快一个礼拜，隧道就跟炼丹炉似的。等火灭掉之后，里面一片灰烬，能烧的都烧完了，没有幸存。老杨亲眼看见了这一切，幸好距离隧道还有挺长一段距离，不然现在他也得是一堆灰。"

"老杨要是成了灰，那以后没人送咱们大闸蟹了。不过话说回来，不知道今年还送不送了，上回拿来的大闸蟹比我们自己买的好吃。"江燕说。

"你这个人，就知道大闸蟹。"苗小东说。

"我看你那次比谁都吃得多。"江燕撇撇嘴说。

"还行吧，没你形容得那么好吃。"苗小东像只蛤蟆一样翻了翻眼睛，注意力被头顶上方的电灯分散。这灯太难看了，他想。一只大头苍蝇误打误撞飞进灯里，里面已经沉积了一层飞虫的尸体，苍蝇在尸横遍野的灯里乱撞，发出巨大的撞击声。不一会儿撞击声消失了，那只苍蝇可能飞累了，也有可能死了。

"明天我去买几只螃蟹吧。儿子马上要升高中了，最近学习辛苦，给他补充些营养。"江燕朝孩子的卧室看了一眼，又瞧瞧自己的肚子。

苗小东望着江燕的肚子想要说点什么，抹了两下嘴，又算了。《新闻联播》结束后，江燕每晚准时收看的电视剧开始了。苗小东很想回到卧室去看书，但感觉屁股有些沉重，他想，这坨肉如果能永远陷进沙发里，也是个不错的主意。但这个想法很快就被他抛弃了，觉得十分色情，他不希望把自己屁股的未来从此交给一个失去弹性的海绵垫。或许海绵垫也是这么想的。但是苗小东一动没动，依然坐在电视机前面。

没有了交通事故，两个人再次变得沉默寡言。江燕机械地盯住屏幕，偶尔爆发出一阵干瘪的笑声，时不时再骂上几句。他们如同两个坐在电影院里的陌生人。

苗小东打开微信，除了各种无聊的群，还有一堆无聊的朋友圈。小齐消失快一个月了，没有任何动静，他开始怀疑自己是否曾经认识这样一个人，现在看来所有的相识最后都是不相识。忘不了谁，或者跟什么东西犯拧巴，这种事多数属于不正常。人觉得孤独，都是自己的问题。

小齐在苗小东的手底下工作，是他的秘书。很多饭局和场合，他经常会带上小齐。苗小东喜欢小齐，知道她是个聪明伶俐的姑娘，善于察言观色，苗小东交代过的事情一向处理得很好。懂得什么话该说，什么不该问。小齐也知道苗小东的心意，但总是把话题扯远，并不想和他发生什么。

　　有次饭局，小齐一直在替苗小东拒绝一个电话，每次打过来苗小东都给小齐一个眼神，暗示他不想接。小齐只好对电话里的人说苗老板现在非常忙，不方便接电话。而苗小东确实非常忙，他坐在小齐旁边聚精会神地啃一只酱猪蹄，样子看起来不像是在吃猪蹄，而是在创造一个猪蹄一样。

　　小齐的筷子几乎没怎么动过，在几个老男人的敦促下喝了几杯酒。她似乎始终在接电话，手里握着两三部手机，那部包着机器猫外套的是她自己的私人电话，中途她抱着机器猫往包厢里的洗手间跑了两趟。苗小东隐隐约约听到一些谈话的内容，可能是她男朋友打过来的。讲话的声音断了许久之后，小齐从洗手间里出来，眼圈有些红。苗小东不知道这是不是所有老男人的通病，麻木不仁久了，年轻姑娘眼圈红这种事居然让他有一些触动。

　　小齐那天心情非常不好，晚上苗小东送她回家，她迟迟不肯上楼。苗小东刚拔出一根烟准备点火，小齐突然扑到苗小东的怀里，哭了一会儿才离开。苗小东想，她的胸可真软啊。进而想到，如果自己再年轻十岁，或者不用十岁，没有老婆孩子该多好。一想到老婆孩子这种生物，之前那柔软的胸部所带来的愉快情绪荡然无存了。

　　外面开始下大雨，或许早该下了，但是一直没下。江燕趁广告间隙，去厨房里洗了几只碗。在苗小东身边坐下来时，他闻见江燕手指上臭烘烘的洗洁精味，产生了错觉，觉得生活大概就是这种味道，洗洁精味。他认为嫌弃江燕的庸俗，本质上是在嫌弃自己的庸俗，其实庸俗和庸俗之间也差不多。

"到底什么情况？"苗小东指的是江燕的肚子。

"什么什么情况？"江燕说。

"莫非你还真的打算要啊？"苗小东说。

"孩子吗？当然要了，"江燕的注意力全在电视剧里，"你说这个人傻不傻，这不都明摆着的事，如果他不傻，那就是导演和编剧太傻。"

"你也挺傻的，这么大岁数了，要个孩子干什么？"苗小东说。

"你才傻，以后想要都生不出来了。"江燕从果盘里取走最后的两个小西红柿。吃完后她的两只手互相搓了搓，手上的水珠被搓干。

"我现在哪有这种精力，我可没精力再弄个小的了。好不容易把一个养大，再来一个我什么也别干了。"苗小东说。

"你想想儿子，有个弟弟妹妹多好呀。现在都流行二胎了，将来我们孩子一个人孤孤单单，你忍心？再说了，我们老了万一哪天病倒了，所有的担子不至于压在一个孩子的身上。"江燕的视线终于离开电视，瞥了苗小东一眼。

"为什么不能往好处想想呢？怎么还病倒了，你一天能吃能睡的，比谁都健康。"苗小东说。

"说的是万一的事儿。"江燕说。

"等儿子上了大学，我们也算熬出头。到时候去哪不方便，想去哪去哪，何必给自己找麻烦？"苗小东说。

"我还以为你会高兴呢。"江燕撇撇嘴。

苗小东不想就这件事情再继续沟通下去，江燕认定的事情，他从来都很难改变。盘子里的小西红柿没了，他本来想让对方去洗，但想到一个人站起来总比两个人容易，于是自己端着水果盘去厨房了。结果绕了两圈，翻了一遍冰箱，也没找到小西红柿，又走出来。后来在茶几上找到几颗话梅。

"你晚上没吃饱？"江燕问道。

"饱了，可是想吃点什么东西。"苗小东含混不清地说着，嘴里正在吧唧一颗硬邦邦的话梅，可能已经过期了。

苗小东注意到江燕的两条胳膊，他对比了一下自己的。苗小东没什么汗毛，他连胡子都快没有了。他俩吵架的时候，江燕嘲笑他前世是个太监。江燕的汗毛在灯光下显得很密集，像森林，里面说不定还藏着狗熊兔子之类的东西。苗小东觉得这些奇思异想挺无聊的，再想到自己只是个无聊的胖子，感到没劲。总之这个世界上除了无聊的，就只剩下一些更无聊的东西。无论是胖子还是瘦子，都不能摆脱这样的无聊。

孩子从房间里出来，没他俩其中任何一个人打招呼，独自拿起一罐旺仔牛奶，又回房间里了。

江燕怀疑这孩子在学校早恋，有一回撞见他和一位女同学在马路边上说说笑笑。苗小东轻描淡写地说，早什么恋啊，就你儿子那样怎么可能有女朋友。江燕还发现儿子用家里的电脑浏览色情网页，有一次推开门，江燕发现他正惊慌失措地提起自己的内裤，裤衩的一角还卷在里边。苗小东说，青春期的这帮孩子，做点小坏事也很正常，回头和他聊聊。江燕抓了抓自己的脸颊，继续盯着电视看。

过了一会儿，她突然回过头来说："老公，你说他不会变成强奸犯吧？"

苗小东愣了下，之后哈哈大笑。江燕问他笑什么，苗小东说："你可真逗。"

江燕一点都不认为自己真逗，她转了转眼珠子，有些扫兴并担忧地皱了皱眉毛，也许再次想到"强奸犯"三个字。江燕说，你们男人青春期真粗暴。苗小东不知道该说什么，他觉得江燕的语气像个封建的女学生，但江燕这么形容也对。苗小东回想当时一起上学的女同学，很多都比男生早熟，她们对男生很不屑，甚至老觉得他们幼稚。即便是在面对一个"强奸犯"，她们呜呜乱叫的同时，还是会认为你是个幼稚鬼。

"医生说了什么？"苗小东其实不太想问，看见江燕那副傻乎乎的样子，萌生出几分爱心，又决定问问——关于这个未来的小孩。

"医生什么都没说，"江燕耸耸肩说，"这次有可能是个女孩，我觉得。"

苗小东听到是个女孩，便想到家里从此会再多一个江燕，这可真让他心塞的。江燕吵起架来，跟装了扩音器似的。苗小东现在对吵架已经疲惫，每回听出江燕欲要提高分贝，他就告饶了。孩子两岁的时候，是他们吵得最凶的一年，当时江燕老拿孩子要挟他，一吵架就要把那么小的孩子往幼儿园送。

"我最近在查字典，想给孩子取个好名字。"江燕说。

"你想得可真够长远，"苗小东说，"想出来了吗？"

"这是近在眼前的问题，"江燕说，"还没有。"

雨水透过纱窗落进室内，窗台上落满无数的小雨滴。这些小雨滴折射出无数个房间，无数个江燕，以及无数个苗小东。

"到时候再说吧。"苗小东不知从哪里找到一把指甲刀，他剪指甲的样子看起来十分严肃，像个科研工作者。指甲刀有些钝，指甲被修剪得参差不齐，特别适合挠人。苗小东有些不爽，把指甲刀扔到一边说："还不如不剪呢。"

"我忘买新的了，"江燕说，"我上回用来剪铁丝，给弄坏了。"

"剪铁丝干吗？"苗小东说。

"也不干吗，就是看见有根铁丝，拿起来剪了几下，"江燕说，"不过没剪断，差点划破手指。"

江燕显得特别无辜，像那根铁丝一样。苗小东觉得妻子跟着自己吃了不少苦，但这并不妨碍他有时感到厌倦——这个每天睡在一个屋檐下胸部开始下垂的女人。小齐的胸部是笔挺的，屹立在空气中，或者像只乖巧的猫一样卧在苗小东的掌心里，遭受温暖的蹂躏。但他同样会感到厌倦，看来不全是胸部的问题，也许是人类的问题。

　　去年什么事情都不好做，上半年，苗小东的事业和生活遭遇了前所未有的低谷。"前所未有"这个词，充分展示出挫折在创新方面的天赋。苗小东当时和朋友合伙一起弄一个建筑项目，赔进去不少钱。要不回来的账，还不上的债，整整半年都处在各种水深火热当中，竟胖了许多。

　　苗小东不止遭遇经济危机，还遭遇了感情危机，而"感情危机"这个词在苗小东眼里，有点类似冷笑话。与江燕整天吵架，分不清是谁的不对，那些日子他很烦躁，不理解为什么女人总是那么热衷于争吵。苗小东有个远房舅舅，后来调到当地的市政做领导，帮了他一些忙，各方面才又有所好转。这段相对艰难的时光里，他和小齐变得更加暧昧了。

　　雨稍微小一点的时候，江燕想要出去走走。苗小东说她疯了，下雨天，一个孕妇大晚上在街上乱跑，说不过去。尽管目前看来，她一点都不像一个孕妇，也可能是因为看习惯了。江燕的小肚子在没怀孕之前就已经鼓起来了，并且鼓了很多年。

　　江燕说她很闷，待在房间里感觉快要窒息了。苗小东认为不是房间的原因，可能只是由于电视剧播完了。屏幕里是脑白金的广告，那个大盒子一跳出来，电视机投射出蓝色的光芒，说着一连串不着边际的广告词。苗小东无意间瞥见江燕的几根白头发，不知不觉又想起了小齐的年轻。当然，也仅是一闪而过。

　　"你难道就不觉得很闷吗？"江燕问道。

"闷啊，但我不想出去，外面在下雨。"苗小东说。

"我在家里总能闻到一股橡胶味，闻多了感觉很恶心，你闻不到？"江燕说。

"哪来的橡胶味，我闻不到。"苗小东怀疑这是怀孕带来的幻觉。

江燕重新试着把鼻子伸到空气里闻了闻，然后做出呕吐的表情，搞得苗小东也想跟着一起吐。

苗小东想吐的原因多半是被自己的肉麻恶心到了，他想到自己和小齐的关系，顶多算个炮友，连情人也不是，更大程度上她只是他的秘书，而他竟然还会时不时地怀念一下这位秘书。怀念真是有病，苗小东想。小齐虽然没多漂亮，但人家毕竟年轻，又是研究生毕业，并不缺少机会，何必爱他呢。说白了，两个人凑在一起的时间太巧了。当时的小齐刚刚遭遇完失恋，大家都处于人生的低谷，纯属互相取暖。既然不是同类，特殊阶段过去，也就该各自飞走。

这么说来，他和江燕才是同类？这难免让他感到有点失望，觉得自己对生活陡然变得一窍不通，着实有些打击。江燕说不定也正感到心灰意冷呢，与一个脑满肠肥的家伙做同类。如此想想，苗小东又获得安慰。

"雨已经小了，外面的空气一定很好。"江燕仍没有放弃想要出去的愿望。

"等一会儿雨停了再说吧。"苗小东说。

苗小东去卫生间里撒尿，他从旁边的镜子里看见自己，一个尿尿的中年男人。年轻时他兴许还愿意多照照镜子，怎么说当年也比现在潇洒。如今他已然失去了这样的兴趣，能少看一眼是一眼，心态属于眼不见为净。人的感受是复杂的，苗小东注视着自己的塑料拖鞋想到这句话。他将膀胱里的暖流释放出去，他仰起脸，盯着刺眼的黄色吊灯，眼前登时黑了一下。这一黑倒好，所有的虚无同时扑面而来。漆黑过后他再次恢复视力，突然而至的刺眼光芒使苗小东的眉心感到一阵剧烈的刺痛，他打了个寒战。

苗小东从卫生间里出来时，江燕已经换上准备出门的衣裳。苗小东朝窗户外面瞧了瞧，看不出来下不下雨，于是走近一些，把他的鼻尖凑近湿漉漉的纱窗。江燕说，别看了，雨停了。还真是停了，苗小东把脑袋缩回来。

"衣服都穿好了，出去透透气吧我们，刚穿上再脱怪热的。"江燕说。

"孩子去吗？"苗小东问。

"我问过了，他不去，作业还没做完呢。"江燕说。

苗小东觉得在门口附近溜达溜达就算了，江燕不依，她想去滨河桥。她说那儿到晚上全是灯，兴奋的样子就像从生下来没见过那么多灯一样。苗小东准备往口袋里揣车钥匙时，江燕说别拿了，她要骑自行车。

苗小东听说江燕要骑车，后脊梁发麻。去年她嚷嚷着要考驾照，遭到全家人的反对，苗小东死活没敢同意。苗小东想不通，天底下怎么会有这种性格的女人。江燕生完孩子不久，买了一辆电动车，后来整天骑个电动车往外面跑，每次卡着时间点回家喂奶，喂完又跑出去玩。电动车经常被江燕骑得快要飞起来，身上披着一件乔其纱外套，衣服敞着口儿，看起来无比飘逸，经常挂住树枝和行人。有一次江燕参加完同学聚会，回来时经过一块施工地，由于飞得太低，直接栽进沙堆里。江燕的左脸，左胳膊，左腿，全部擦破相。这才稍微老实些，在家里待了一个月。出完这事，苗小东把电动车卖了。苗小东他爸给江燕取了个外号，说苗小东娶的是"飞虎队"，自从有了外号，人家背地里都不叫她的名字。

"你怎么不走了，坐在那儿干吗？"江燕问。

"为什么你非要骑自行车呢？"苗小东说。

"不好吗？"江燕说。

也没什么不好的，自行车骑不了太快，危险系数不高。权当成是减肥了，想到减肥，苗小东又觉得挺好笑的，以前他经常嘲笑别人减肥。虽然他也不喜欢自己那个用脂肪堆积起来的肚子，但人干吗非得喜欢自己呢。苗小东挠挠头，说："想骑就骑吧。"

楼下停放着一排公共自行车，其中有两个空位，说明有人没把自行车放回原位，或是停在其他地方的卡槽里了。晚上九点钟以后只允许还车，不准借车。江燕捣鼓半天，发现自行车确实取不出来，俩人又只好折返回去，把自己的自行车搬下来。上面落满灰尘，又擦了半天，浪费掉不少时间。

他们沿柳莺路一直骑到滨河路，大概骑了二十多分钟。中途在滨河大桥上，苗小东的车链子掉过一回。他低头看了一眼，随后从车子上跳下来，把自行车停在人行道一边。这么晚了，桥上也没什么车和人，偶尔会有一声呼啸，说明有车疾驰而过。孤零零的自行车活像个流浪的小孩，可怜巴巴地站在路旁，脱落的车链子如同一根亮晶晶的鼻涕，悬在那里。苗小东既没有要修理它的意思，也没告诉江燕他已经下来，寄希望于她自己发现。江燕在前面骑着，自言自语半天，一回头发现人没了。四下寻找，看见苗小东早下车了，正撑在护栏上抽烟，她又掉头往回骑。

回的时候是逆风，江燕的表情被风吹得乱七八糟，头发有种群魔乱舞的感觉。风向突然改变一下，或者她扭动一下头，一绺头发被吃进嘴里。她把它们弄出来，一会儿又吃进去，不厌其烦。江燕的两条胳膊显得苍白，时而又被桥上的各种灯光映成紫的绿的。车轱辘碾着水淋淋的路面，许多水珠飞溅而起，这些水珠飞起来时充满光泽，落下去又变成漆黑。江燕骑得很快，两只七分的袖管被风撑得满满当当，裙子呼啦啦一通乱抖。自行车停了，风也就小了。

"你怎么一声不吭下来了？"问完之后，江燕看见那条悬而未决的"亮晶晶的鼻涕"，她表示明白地"喔"了一声。其实"亮晶晶"不过是种错觉，等到人用手去撩拨它时，弄得满手乌黑油腻。苗小东把黑乎乎的手往护栏上蹭了蹭，白色的栏杆被蹭出几根虚张声势的黑道道，手依然不干净。江燕建议他在地上的水坑里涮涮，苗小东不想，他说再混点脏水自己的手都可以和泥了。

"你累了吗？如果不累我们再往前骑一点儿吧，到柳莺路就掉头。"江燕说。

"歇会儿。你现在两个人，精力怎么还是这么充沛，孕妇不是都爱睡觉吗？"苗小东说。

"我没这些反应，感觉和平时差不多。"江燕说。

两个人沉默了几分钟，江燕说："其实我知道你怎么想的，如果你实在不想要这个孩子，再让我考虑一下吧。"说话的时候，江燕一直在用手抠栏杆上脱落的白漆。

苗小东没说话。江燕的眼睛望着远处形似船的东西，看了会儿知道不是船，也不确定那是什么。

"你说那是什么？"江燕问道。

"是船。"苗小东不假思索地回答。

"不，肯定不是船。"江燕说。

"那你说是什么？"苗小东说。

"我不知道，"江燕的视线离开那里，她低头抠卡在指甲缝里的白漆，"可能那就是船。"

"这种地方怎么可能有那么大一艘船，不可能。"这次换成苗小东斩钉截铁了。

"管他呢。"她已经不关心它是什么了。

"也有可能是另外一座桥，说不准桥上有人也在讨论我们这里到底是不是一艘船呢。呵呵。"苗小东为这个想法兴奋了一会儿，很快又觉得索然。

一个骑电动自行车的女孩朝他们骑过来，女孩留着很短的头发，如果在太阳底下，头发可能还会发点紫。小齐的头发就是这样，她留着跟小齐类似的短发。经过他们的时候，女孩盯着自己的前方，没有看这对中年夫妻一眼。苗小东注意到，她的车筐里有一把翠绿色的雨伞。有一瞬间，苗小东几乎就要认为她是小齐了。他很想跟她说说话，但如果对方真的停下来，他知道自己什么都不会做，甚至还会摆出小齐最讨厌的那种对什么事情都司空见惯的表情——那种表情的意思仿佛在说，人生本来就是这样。可到底哪样呢，苗小东并不敢保证。

那只小小的背影渐渐缩成一个不规则的圆点，像最后一小块顽强的亟待融化的冰块，正在加速消融。最终，彻底消失在视线里，就像小齐在他的生活里消失一样，无影无踪。结束了，苗小东对自己说。

"我们走吧，再骑一会儿回家。"说完苗小东跨上自行车。

江燕骑着骑着便又跑到苗小东的前面，苗小东用力蹬了几下自行车，两个人变成两条不那么平行的平行线。苗小东说，你骑慢点儿，别再摔倒了。江燕扭头看了一眼苗小东，故意往快蹬了两下，像个故意调皮捣蛋试探大人底线的小孩。他回想他们上次做爱的情形，江燕体现出无比的活力与耐心，似乎总想挽留住什么。苗小东的脑子里当时装着另外一个人，他射完就睡了，江燕说她吃了避孕药，他就以为她真的吃了。根本没太在意这些，也不可能在意这些。

她也累了，两个人都放慢速度。

"我可以不扶把骑，单手双手都会。以前上学的时候，我们

　　　　　　　　　　　我一生的风景　|

经常一边骑着自行车，手里还能握根冰棍。"江燕说。

她刚刚松开一只手，被苗小东立刻制止住。他说："老胳膊老腿的，不要耍杂技，回头还得送你去医院。"

"你不相信我。"江燕眼瞅着又打算松开。

"别，我信，你老实点骑。"苗小东说。

有一年下雪，那天特别冷，江燕没去上班，跑到单身楼找苗小东。屋里有暖气，过得跟夏天似的，苗小东正光着膀子坐在板凳上。午饭装在两个白色的搪瓷茶缸里，茶缸外印着艳丽的牡丹图案，里面装着西红柿牛腩，肉皮冻。江燕说，你还有这种杯子？苗小东说，可多呢，你怎么不去上班？江燕说，我请了半天假。苗小东说，那就回家睡觉去，跑来找我干吗。江燕拿起苗小东的筷子，夹了一块皮冻掉在桌子上，她用手捡起来又吃了。江燕平淡无奇地说，我怀孕了，咱俩结婚吧。

苗小东说，我从来很注意的，你是不是搞错了。江燕说，不会的，我两个月没来例假了。苗小东说，你确定是我？江燕有些生气地说，苗小东，你是不是混蛋？他说，我不是那个意思。如同晴天霹雳，苗小东一天都没缓过劲来。

单身宿舍的条件虽然差点，可象征着自由，原本苗小东还想多象征几年，结果一个孩子轻轻松松改变了这一切。他想，结婚也没什么不好。可真到结婚的时候，仍然有种赶鸭子上架的感觉。苗小东觉得自己的内心深处永远住着一位单身汉，没有那么需要一个孩子，或者婚姻。现在又要做爸爸，他仍觉得茫然，他想不通生孩子有什么好玩的。

在小齐辞职以前，最后一次试探性地问苗小东会不会离婚时，他同样觉得不可理喻。苗小东想，结都结了，离什么呀，又不是过不下去，娶谁不一样。但他并没有这么说，他说，这块比萨凉了。当时他们正在吃牛肉比萨，小齐用手抠下一颗牛肉粒。

她说，你的自私在于既不愿意前进，又不想后退。他不想反驳。

"蝴蝶，"江燕说，"你看到了吗，刚才有只蝴蝶飞过去了。"

"什么颜色的？"苗小东问。

"黄的，背上有黑色的斑点。"江燕说。

到下一个路口的时候，他们掉头开始往回骑。

路过超市，苗小东进去买了一包烟。一块儿结账的是个穿白衬衣的男人，那男人在用方言打电话，对电话里解释说加班晚了，很快回家。结完账，老板娘也一起出来，站在门口朝外面张望。江燕在等他，苗小东跨上自行车。

"你捉过蝴蝶没有？"江燕问。

"捉过。"苗小东说。

"以前我特别喜欢捉蝴蝶，每到夏天，喜欢把它们放在吃完罐头的玻璃缸里。有一天突然我不想捉了，是我不敢捉了。我也不知道为什么，会突然对一件过去经常做的事情感到害怕，尤其害怕蝴蝶身上那些粉末沾在我的皮肤上。"江燕说。

"没事，人是会变的。"苗小东说。

"我知道，可我还是不能理解。"江燕说。

"说不定哪天你又会觉得喜欢了。"苗小东说。

"这么多年，我一直以为生活就是这样了，不会再改变。就在刚刚，我看见那艘'船'的时候，有些东西仿佛变了。"江燕说。

苗小东觉得这些话有几分耳熟，老杨也说过类似的。老杨原本想要离婚，在他目睹完那场事故，安然无恙回到家后，发现妻子正在厨房里熬稀饭，他莫名感到很幸福。"幸福"是老杨的原话，当时几个人在串儿摊上喝酒，老杨对在场的人说出这番话时遭到大家的调侃。谁也没给当回事，觉得他喝多了。他说，那锅稀饭就是小米加水，再平常不过，但他还是觉得不一样，好像有什么东西改变了。

　　　　　　　　　　　　　　　　我一生的风景　｜

苗小东察觉到，自己的身体也正在经历着某种发酵。他们重新骑回到那座桥上，远处的"船"纹丝不动，始终停靠在那里。江燕没有扭头去看。她变得轻盈起来，似乎摆脱了一部分地球的万有引力，那个背影看起来年轻了二十岁都不止。

　　苗小东回忆儿子小时候，发现孩子的童年是在一堆拼图和积木里度过的。这孩子有点内向，小时候没什么朋友，养过一条狗，但是条不爱回家的狗。这狗不太认人，喜欢自由，一旦放出去，主人怎么喊都不回头。经常游食，天黑才回家。

　　终于有一天狗没回来，孩子放学回家找不到狗，很难过。大人安慰他过几天可能就回来了，但狗始终没有回来，人们怀疑它已经变成饭店里的狗肉。那是孩子唯一养过的一条狗，纯黑色的，他哭了一个黄昏。苗小东想，家里无非是多了一个孩子，或许没有想象里那么糟糕。

　　"我想到一个好名字。"苗小东说。

　　"什么好名字？"江燕说。

　　"苗一。如果生了女孩，就叫苗一。"苗小东说。

　　"你是怎么想到的？"江燕说。

　　"一代表万物，代表一切。"苗小东说。

　　江燕"喔"了一声，紧接着飞快地蹬了几下，让自行车随着惯性自觉地驶离滨河大桥。她渐渐松开车把，缓缓地抬起手臂，模仿一只鸟。苗小东出神地看着这个即将飞起来的女人，她那两条毛茸茸的手臂在皎洁的灯光下，银光闪闪。苗小东同样用力地蹬了几下自行车，这位银翼妇女——他的妻子，她会不会飞到月亮上面去？他不禁这样想。

沼　泽

1

女孩就坐在斜对面，手里是一张裁过的报纸，可能是今天的，也可能印着昨天的新闻，甚至更加久远。她正在折什么东西，桌子上有几只已经折好的动物，我猜她正在折一只青蛙，我乱猜的。她仿佛感觉到我正在看她，但又懒得理我，专注于手里的事。看了一会儿，我的海鲜炒饭好了。通常每个礼拜五，我都会是这里的第一个客人，没有人会这么早来吃中午饭。今天我来的时候，女孩已经在这里，以前没有见过她。

那双手很灵巧，一张破报纸在她的手里反复折叠，之后就变成一只动物。她的神情酷似造物主，我不敢造次，女孩很年轻，或许是我的学生。我往海鲜炒饭里倒了一丁点儿酱油。

老板说："你还没想好？"

"什么？"女孩停下来，抬起头问道。

"你在这里坐了四十分钟，还没想好要吃什么吗？"

"哦，面吧，"她瞟了一眼墙上的菜单，"我要一份牛肉面。"

田老板的拿手好戏是炒饭，他家的面条总是煮过了头，吃起来像童年的鼻涕。经常来吃饭的顾客基本不会点它，她可能是第一次来。

说完女孩继续折报纸，事实上我不知道她到底在折什么，或许是一只鹤，一只千纸鹤。我上学的时候，班里的女生经常折这类玩意儿，折九十九只，然后送给喜欢的男生。我从没有收到过类似的礼物，曾经希望有个女的也能折九十九只送给我，别说九十九只，九只我也会开心的。但现在不这么想了，况且现在的学生已经不流行这样做，她们甚至觉得这种行为很土，因为太真诚了。

这不能怪她们，我上学时挺不起眼的，现在稍微好点儿。个别女学生偶尔会发暧昧的消息问候我，这没什么，也许只是想在逃课时我能网开一面。但也会有例外，曾经有个女孩向我告白，我拒绝之后她将我告发，说我骚扰她。和学校领导解释了很长时间，为保住工作，不得不将我们的聊天记录给那个头发稀疏的女人看，她看过之后有些失望，但总算能够证明清白。这件事把我恶心透了。后来她休学了，倒不是因为我，是和同宿舍的一个女孩闹矛盾，把人家从楼梯上面推下去，我不愿意和这群学生有什么师生之外的联系。

终于折完，女孩抬起头朝四周张望。田老板从帘子后面出来，端着一碗热烫的牛肉面，面汤盛得非常满，紧贴着碗口，随时要溢出来。用余光感觉到，她的目光越过炒饭，在我身上逗留了几秒。以为她要说什么，比如让我帮忙递醋瓶之类的小事，但是没有，她把那些报纸动物往旁边推了推。

待会儿吃完饭，要去给学生们上课，是一群理工科的学生，我教他们创意写作。这对学生和我来讲都有些困难，好在每个班里总有三四个对文学感兴趣的人。今天的课程要给他们讲解如何设置故事的矛盾，为了让这些可能永远不打算写作的孩子能够理解，我借助超级玛丽这个游戏来分析小说，我跟他们讲，这个游戏说的可能是个悲剧。

这是我童年玩过的游戏，画面中小人要从这头走到另外一头，这是一个既努力又倒霉的家伙。从一开始，就给他设置了许多障碍，他必须去克服，战胜或者规避，一路上麻烦不止，随着人物的成长，这种麻烦非但没有减少，反而在不断升级。偶尔也会有所谓幸运的时候，比如吃蘑菇会长大，吃星星会得分，找到常青藤就可以抄近路，躲避一段困难，可那之后他仍要面对更多。他就走啊走，也不知道前方有什么，看起来毫无意义。快要结束时来到关底，出现一只会喷火球的怪物，在小说当中这叫高潮，我跟学生解释。费尽千辛万苦，小人终于战胜妖怪，通关后，才发现自己花了那么多努力，就是为了营救一位叫玛丽的公主，然而这位公主长得并不好看。这部分内容这周已经讲过五遍，再讲就是第六遍，我已经有些机械。有一次我问学生，这像不像我们的人生？他们大部分低着头在做其他的事情，只有少部分茫然地望着我。

　　我放下筷子，擦擦嘴，站起身准备结账。

　　女孩叫住我，她说："你有烟吗？可不可以给我一支？"

　　我摸了摸口袋，掏出一个已经被捏扁的烟盒，里面有三支，都给她。女孩犹豫地看着我，意思是我确定不给自己留一根？大概犹豫了一秒，我拿走一根，剩下两支给她。

　　她说："能麻烦再借一下你的打火机吗？"

　　女孩手腕的皮肤洁白，戴着一条极细的手链，上面有一只金色的小象。她说谢谢，我要走，她又叫住我，我问她还有什么事情？她从桌子上随便拿起一只折好的动物送给我，是一只长颈鹿。看着桌子上的其他动物，我鼓起勇气对她说，我更想要那只纸鹤，你能把它送给我吗？她想了想，决定给我。我想把手里的长颈鹿还回去，做人不能贪心，但她拒绝了。她说，嗳，这两只都给你。

2

今天是阴天，早上还下过一点儿小雨，教室里光线很暗。上课十五分钟，坐在后排的同学已经开始打瞌睡，不得不要求他们把后面的灯打开。如果不是每节课中途有人来查课，我大概会让他们就这样睡下去，我不认为这堂课比学生的睡眠更加重要。然而事实上，我会假模假式地让他们坐起来听课。

下课铃声一响，当我抬起头，那些睡觉的同学已经不见了。我关掉电脑，外面又开始下雨，这里经常下雨，这么久我依然没有习惯这种天气。

我和小田刚搬到这里时，大概有一个月都没有见过太阳，搬家那天也下雨，我们因为一些莫名的原因吵了架。最初是因为找不到剪刀，我记得带过来了，可她怎么也找不到，那个箱子封得非常结实，里面装着电饭锅。外面到处是湿漉漉的，饭店和超市都很远，我们既不愿意出门吃饭，也不愿意下楼买剪刀。

孩子手里拿着玩具在地上奔跑，很开心，小田在另一个房间擦洗柜子。很快，我听见孩子的哭声，像是被什么东西绊倒了。小田冲出来，将一个荞麦枕头砸在我的脸上，怪我没有看好孩子。她大约没有想到一个枕头的威力，我的鼻子开始流血，其实我不怎么疼，只觉得发酸。我骂了一句特别难听的脏话，然后去洗手间洗脸，小田抱着孩子在客厅里哭。

我开始有些后悔搬家的事，但搬家之前我们也争吵。

回到家里，我把从超市买来的一些东西放在桌子上，一些橘子，几根香蕉，五种口味接近的泡面，两个日记本。倒掉烟灰缸里的烟蒂，打开电脑，将昨晚没有看完的电影找出来继续观看，然后坐在沙发上抽烟。这种单曲循环的生活，大概是我离婚之后的日常。

有一次，学校让我组织学生去采风，那不过是个旅游景点，没什么可欣赏的，除了游客很多。我拒绝了上面的这种安排，我说不是这块料，他们在哪里都写不出来，就算走到世界尽头采风也没用，因此得罪一些人。不过更多是源于自身，自从那些事情发生之后，我开始喜欢一成不变的生活，我害怕发生改变，我的活动范围仅限于学校和家这段距离，这两年甚至没有去过主城，买不到的东西可以上网买。总之，这块小区域几乎能够满足我的一切基本生活需求。

没看完的是一部法国电影，叫《绿光》。夏天快要来临，戴尔芬结束了与男友的恋爱关系，约好一起度假的女友放了她鸽子，其他人似乎都在井井有条地生活，安排好各自的假期，只有她那么格格不入。像一个突然闯入世界的人，被困在时间里，神经紧张且心不在焉，始终寻不到出路。在马赛海边，有个关于"绿光"的传说：太阳落下去，谁能看见绿光，谁就能够获得幸福。戴尔芬打算放弃时，在车站里遇到一个对她微笑的男人，她做了一个大胆的决定，这一刻几乎有一种自暴自弃的美，她邀请他一起去看日落。在落日的余晖中，男人表明情意，生活向戴尔芬伸出橄榄枝，电影到最后，太阳消失的一刻，导演还是让绿光出现了。

即使这里很少有晴天，我也见过落日。

小田离开的那天，我像往常一样，按照课程表上的安排去给学生们上课。我以为她会第二天再走，至少可以一起吃一顿晚餐。我回来的时候，家里已经空荡荡，她把自己的东西都带走了，除了地上那双毛绒拖鞋。刚搬到这里时，恰好赶上降温，有段日子小田总是嚷嚷脚冷，我帮她买了这双棉拖鞋。小田很喜欢，她穿着这双拖鞋像小马驹一样在客厅里来回踱步，哒哒哒，仿佛一直如此温馨。这样的时刻曾经有过许多，我想不起来我们的感情究竟是从哪天开始变糟的。她恨这座城市，主要是恨我，我们不该搬家。

那个夜晚我没有睡着，失眠的毛病从那时患上的。我仍觉得这一切都不是真的，离开家，上课会让我好受些。那天下课，我在江边走了很久，直到路灯亮起来。小田走后第二天，很难得，是个晴天。这里虽然有过一些晴天，却是第一次认真地注意到，那只如烙铁般通红的太阳如何落下去。它先是缓慢地降落，越落越快，如同自由落体，加速度，最终"噗"地消失不见。却没有见到绿光，可能只属于马赛海边的独特景观，再或许那仅仅是侯麦导演的理想，如果不是这样，大概我真的是个不幸的人。

电影结束，整个房间恢复宁静，只有冰柜制冷的声音。雪白冰柜上印着海尔电器的LOGO，每当我坐在这里，都会看见这个小男孩，他正在乘风破浪，看起来阳光而快乐，永远充满无知的勇气。就像上面摆放着的绿色仙人掌，我不用经常浇水，它们也是生机勃勃。

下午没课，我起身去洗澡。

从浴室出来，我用潮湿的右手伸进运动衣的口袋，把女孩送给我的两只报纸动物取出来，放在我的床头柜上。由于报纸黑白的纹路，那只长颈鹿看起来更像斑马，或许它就是一只斑马也未可知。我躺在床上，脑海里是那个女孩的形象，短头发，洁白的手腕。很像我一篇小说里写到的人物，准确地说，假设世上真有这个人，就是她的样子。所有的表情和动作，仿佛来自另外一个星球，有种不被外界干扰的专注。

我期待能再见到她。

写小说就是有这点好处，你可以见到任何想见的人，却也有着坠入悬崖的危险。最近试图去见小田，当她成为我小说里的人物时，发现对自己的小说丧失了控制，无法找到更恰当和体面的方式去面对她，她的离开着实伤害到了我。我写到一半，发现前面都不对，无法再写下去。此刻的我像极了一头困兽，后肢陷进泥里，前肢抬起，却不知往何处踏。

3

周一的课是在早上，前一天晚上失眠，很晚才睡，早上险些迟到。慌慌张张跑进教室，发现 U 盘还插在家里的笔记本电脑上，没有带过来。我拿起粉笔在黑板上写下一些板书，临时决定给孩子们讲海明威，花一节课的时间分析他的中短篇小说。那些平日里打瞌睡的学生难得醒着，不知道他们是否因为看出我的窘迫，而出于同情抬起头听课。

总之我让他们知道，除了《老人与海》海明威还写过别的小说。比如《白象似的群山》，小说中女人多次眺望远处的群山，一边与男友喝酒，一边等待列车到来，同样显得心不在焉，所有谈论的事情都不是她真正关心和想说的，肚子里仿佛被塞进一颗定时炸弹。这很像海明威，他谈论一切，其实说的都是一个根本问题。"冰山原则"不单单是关于小说文本技巧的探讨，八分之一是我们肉眼所见，另外八分之七埋在水下，而且不是一座又一座冰山，这是一座巨大的冰山，我们也寄居和生活在这八分之一里的某个角落，他反复从各个角度来展示这八分之一，从而推测和追问被海水隐藏的部分。这才是他最关心的，我和学生强调，虽然不确定他们能够听懂。

我说："海明威对很多东西事实上并不感兴趣，有个巨大的问题始终缠绕着他。《乞力马扎罗的雪》和《老人与海》也是这个路子，但《老人与海》是自我博弈最高潮和激烈的部分，《乞力马扎罗的雪》则是通往《老人与海》的过程，所有那些象征都是评论家给安上的，因为所有象征都是一个东西，我也不知道那个东西到底是什么，但肯定不只是文本技巧与刻意而为，无论是白象似的群山还是乞力马扎罗的方形山顶。"

一部分学生的注意力已经转移到其他的事情上，我已经习惯了，他们能比平时多听二十分钟，我已经很知足。

我继续讲道："如果把海明威的一生比作一场战斗的话，《大双心河》属于中场休息，平静和惬意之外，通篇没有更多别人，就是一个人物做着各种真实和琐碎的事情，或许在等待下一次战斗。《一个干净明亮的地方》《一天的等待》这两篇很有意思，虽是早期作品，却看见一个最终的海明威，更像谢幕。拉上帘子之后，那个要和世界决一死战的硬汉消失了，且不论结局胜利或者失败，他都不会很开心，就是一个战斗过后，疲惫而落寞的人。"

讲完课，我走出来吃饭。以为会再次遇见那个折报纸的女孩，但是没有，接下来的一周都没有。

再次见到她，是在学校附近的咖啡馆，我坐在角落里备课，她过来与我打招呼。我们聊了几句，她问我是不是一个人，我说是。她笑着告诉我，她叫宝莲，和朋友一起来的，然后指了指靠窗户的一张桌子，坐着一个和她年纪相仿的男孩，比我的学生大不了几岁。宝莲，多么好的名字，女孩笑起来有两个梨窝，眼睛雪亮。

宝莲在我对面坐下来，问道："你不会是老师吧？"

我说："怎么了？我看起来不像吗？"

她摇了摇头，又点点头说："怎么称呼你呀？"

"我姓顾。"

"你在旁边那所大学里教书吗？那你是教什么的？"她说。

"我教写作，主要教如何写小说。"我只能教这个，别的也不会，但我没有这么说。

"感觉你很厉害，我没有上过大学。"宝莲说。在确认不是我的学生之后，稍微感到放松。

"大学没什么的，可能与你想象里的差别很大。"我说。

她被一起来的男孩叫走了，后来男孩又朝我这里看了一眼，我继续备课。大约到了下午四点钟，我起身离开咖啡馆，他们仍然在聊天，面前放着两份意大利面。经过咖啡馆的橱窗时，又看见他们，宝莲冲我挥了挥手。

回家之后我把羽绒服洗了，晾在阳台，大约需要一个星期左右才能干透。

以前经常点一家炸鸡外卖，作为他们的常客，通常会多送我几块。老板是个三十岁左右的外地女人，请我去店里吃过一次饭，试图与我交朋友，我拒绝了。她认为我一个人身处异乡一定非常孤独，我是很孤独，可那又怎样？我并不需要不相干的人进入我的生活，维持老板与顾客的关系就好了，但她不是很能理解，我也不想解释，后来没再光顾过。我点了份馄饨，这世上没有什么事情非做不可。

在等馄饨的间隙，我又看见那台雪白的冰柜，小男孩依旧勇往直前，没人知道那前方到底是什么。两年零三个月，我每天都能见到这个小男孩，小田走后，他更加成为我的精神支柱。直到最近，我开始害怕打开它，似乎它总在反复提醒着我的无能和软弱。之所以会想到这个词，是我和小田最后一次吵架时她给我的评价，虽是气话，也道出几分真实，她说我活在过去，无法面对已经发生的事实。但也可能不是这样，关于这一点我还没有想明白。

艰难地打开冰柜门，冷气扑面，让我想到最后一次遇见小田。那时她已经离开有半年，在商场见到她与一个男人在一起，年龄似乎比我们都老，她看起来很开心。后来，我再也没有见过

　　　　　　　　　　　　　我一生的风景　｜

她。除了小田，没有人知道这台冰柜里面是什么，那些每天听我讲课的学生，他们难以想象自己的老师冰柜里藏着一个怎样的秘密。

小铃铛看起来像睡着了一样，安静地躺在里面，冷气包裹着他，铁青的小脸有些变形，一只耳朵腐烂掉，我粘了一只假的给他。使用一些特殊的手段来保存小铃铛，为此查阅过许多关于尸体保鲜的资料，虽然这些都无法让他真正活过来，不能对我微笑，不能背着我给他买的小熊书包在地上跑来跑去，但在很长一段时间内，这么做让我感到踏实。在我看来，他永远是我的孩子。

在他小的时候我也时常像这样看着他，他很怕做噩梦，不敢独自睡——小铃铛的性格像女孩，我曾一度担忧他的未来能否承受住生活。每天晚上我给他念故事书，直到他睡着我才会离开，他是那么乖巧懂事。而现在我的担忧停止了，他永远不会再长大。

如今，这么做已经无法再安慰我，我的精神处于漂浮状态。外人看起来，我犹如行尸走肉，且具有攻击性。正处于两脚悬空的尴尬之境，宝莲出现了，让我感受到一点生活的重力，勉强算是新的安慰。睡前，瞧见床头柜上的两只小动物，看上去它们有些死气沉沉。长颈鹿的身体上印着征婚广告，属于报纸夹缝中的内容。千纸鹤上面是一则未完的新闻，一位孕妇自杀了，新闻只报道了事实，没人知道为什么。抽动它的尾巴和头部，两只翅膀就会上下翻飞。

我的直觉出了差错，后来几周，宝莲没有再出现。

生活在一个狭小的空间内无限循环，我甚至怀疑自己是否真的遇见过她。写小说容易出现这类幻觉，有时会把自己笔下的人物与真实的人混淆。假设宝莲后来一直没有出现，那或许真是我的某种错觉。

有一天我走在校园里，经过操场，看见一个背影很像宝莲的，她穿着一件白色的羽绒服，正在踢地上的易拉罐。我追上去，发现自己认错人，女孩受到惊吓，我感到既抱歉又失落。宝莲像是我坐在飞机里看见的云，太阳照耀着那些蓬松柔软的雾气，淡蓝色镶嵌在丝丝缕缕的金边中，如果有偏光眼镜，隔着窗户的某个角度，有时还可以看见彩虹。总之，宝莲像真的，也像假的。

4

宝莲再次出现。

还是一次礼拜五，上课前我照例去田老板那里吃饭，发现宝莲正坐在里面吃东西，和我打招呼。出于惊喜，我表现得过于热切，而她天真从容，大概她不像我期待遇见她那样想要遇见我，这又让我感到某种不自然。

"顾老师。"宝莲笑眯眯地打招呼。

"可以拼桌，我们还能聊聊天。"她邀请我时非常自然，仿佛我们真的认识很久了。

宝莲拯救了我的不自然，我努力控制自己的情绪，逐渐恢复正常，变成老朋友见面的平常喜悦。我把包放在旁边的椅子上，坐下来。

"你脸上的表情像刚刚跑完一千米。"宝莲说。

"可能是吧，万一是马拉松也说不定呢。"我说。

宝莲咯咯咯地笑起来，她笑起来的样子叫人心情愉快。

"你下课了吗？"她问我。

"我刚从家里过来，吃完饭准备去上课，上到十一点四十五。你呢？"我说。

"我住在我姑姑家里，她今天去主城了，我一个人出来找东西吃。"

"你可以叫外卖。"

"不想吃外卖，我想出来走走，家里很冷。"

"是，这边的天气就是这样，外面要稍微暖和一些。"我看了一眼窗外，一个女人拎着一大兜蔬果经过。

"我对这里不熟，也不知道该去哪里，待会儿可以跟你一起吗？"

我没太听明白，不知道她指的一起是什么意思。

"我可以去听你的课吗？假装是你的学生。"她很期待地望着我，希望我同意，"坐在最后一排，保证不会影响你，我从来没有进过大学的课堂，想看看什么样子。"

"你会失望的。"我说，不太愿意让她看见我课堂的样子，那很糟糕。

"没关系，总比一个人在外面瞎逛要强。"她坚持说道。

如果再拒绝显得太小气了，我只好同意。推荐她吃了这里最好吃的炒饭，宝莲惊讶地说道："早知道我上次点炒饭了，我以前不爱吃炒饭，但他做得很不一样。有什么秘诀吗？"

"大概有吧。"我问过田老板，但听起来和所有炒饭没什么不同，反正我做不出这个味道来。也可能属于商业秘密，田老板没有全部说出。

吃完饭，宝莲跟我一起去上课，一路上她显得很兴奋，这让我倍感压力。她问了好多问题，关于学生的，关于学校，宝莲很聪明，不打听我的个人隐私。但我却忍不住问道："上次那个很瘦的男孩是你的男朋友吗？"

她扑哧笑了，我从来没见过像宝莲这么爱笑的女孩。小田是我见过最爱哭的，我们搬家之后，她真正开心的日子似乎更少了。

宝莲回答："是一个新认识的朋友，我没有男朋友。"

我们从后门走进教室，宝莲找到一个角落的位置坐下，这些学生关心的事都在自己的手机里，没人注意到她。这节课讲的是关于小说结构的内容，抬头听课的永远是那几张熟悉的面孔，宝莲可能是整堂课里面最认真的学生了。她的认真使我感到有些难为情，我只配给那些低头睡觉的学生讲课，我们才是最佳搭档。

　　下课后，我没敢询问宝莲关于课堂的反馈，她只是一直在问我小说应该怎样写。她说自己以前也写过一点，但感觉没有这方面的天赋，就放弃了。我问她写了什么，她说是一个很土的爱情故事，大致讲了讲，确实比较土。当然，我很快也被她嘲笑了。

　　"你上课和下课是两种状态。"她说。

　　"有什么不同吗？"我说。

　　"你上课的样子看起来很倒霉，显得不安，样子蠢极了。"宝莲心直口快，说完又笑了，我知道她没有恶意。

　　我忽然想到，那些学生大概也是这样认为的，因此他们睡觉也变得可以理解了，没有人喜欢看一个倒霉的家伙在那里滔滔不绝。

　　穿过一条很宽的马路，拐了几道弯，来到江边。她有些惊讶地说，原来这附近还有一条江啊，我都不知道。宝莲是北方人，见到水很高兴，趴在栏杆上欢呼，我担心她要掉下去了。与宝莲待在一起，我能够暂时忘记很多不愉快，她是个有魔力的女孩。

　　我们沿着江边走，她要求休息一会儿，我们在大树下面的长椅上坐下来。这个地方很少有风，江面平静，远处的大桥上有很多车。从早到晚这里都是阴天，难以区别上午和下午，时间在这座城市变得极其暧昧，小田曾经抱怨过这一点。如果没有表的话，人们大概会彻底丧失时间的概念。一个少年滑着滑板从我们的面前经过，戴一顶帽子，斜挎着书包，装扮是当下年轻人流行的。少年滑过去之后，眼前又成了那片灰蒙蒙的江水。宝莲打了个喷嚏，可能坐久了不动有些冷，我们又重新站起来，沿着江边走。

前方有一座巨大的恐龙雕像，周围是一圈喷泉，这个季节喷泉已经关闭。绿色的恐龙张开大嘴，眼神热烈而不怀好意。我想起以前带小铃铛来这里玩，如今这一切看起来都有些失真，仿佛我们生活在一个大型游乐场，或者侏罗纪公园里。宝莲还想约我一起去喝杯啤酒，我推辞了。

"你没事吧？"宝莲有些担忧地看着我。

"没事，我只是想改天再喝。"我说。

留下联系方式，我们往回走，在一个十字路口分开。再回头去看宝莲，她被一辆贴满广告的面包车挡住，等车开过去，宝莲已经不见了。

回到家，看见乘风破浪的小男孩，我重新获得安全。打开取暖灯，走进浴室，把脱掉的衣物扔进洗衣机里。很快，淋浴的热水将寒冷赶出我的体内，一股热流涌出眼睛。仿佛听见小铃铛的声音，他拿着玩具在客厅里玩，接着突然大哭起来。他说，爸爸，我很害怕。

小铃铛出事那天，我正好在上晚课，小田给我打电话。学校有规定，上课期间不可以打电话，她一连打了三个，我都没有接。下课忘记回小田电话，回家发现小田不在，我才想起来。拨过去，小田在哭，歇斯底里地问我为什么不接她的电话，我说发生了什么，她告诉她在医院。我愣在那里，听她的语气我有种不好的预感，小田说："你知不知道，我们的小铃铛快不行了。"我问她"不行"是什么意思，她说孩子下午回家后一直说肚子疼，起初没当回事，后来便开始抽搐和呕吐，现在在重症监护。小田打电话给幼儿园的老师，老师说孩子在学校的时候一直都挺好，小田以为是食物中毒，但被医生否定了，说小铃铛腹腔大量出

沼泽 157

血。上学好好的怎么会腹腔出血呢？小田只好又给老师打电话，她只是想知道孩子在幼儿园期间到底发生了什么，而对方支支吾吾说不清楚。

孩子出门时一切都还好好的，是我把他送进幼儿园的。走到大门口的时候，他说什么也不肯撒手，我蹲下来安慰他半天，小铃铛是个懂事的孩子，我看出他那天是真的不想去，但还是跟着阿姨走了，一边走一边回头看我，我挥挥手，鼓励他。但或许我应该听他的，说不定能躲过一劫。孩子危在旦夕，第二天我请假，和小田一起去找幼儿园。接待我们的是另外一位老师，幼儿园的负责人，她给我们讲了一遍孩子在幼儿园时情况，听起来没什么异常，这才是最诡异的。直到我们反复逼问，老师才说小铃铛摔过一跤。

第三天，小铃铛还是走了。他们不情愿地赔偿了一笔少得可怜的钱，说孩子跑着玩自己摔倒了，但我看到孩子的背上有淤青，我怀疑有人推了小铃铛，或者打了他。我和小田花钱请了律师，想要给小铃铛一个公道，不能让这孩子不明不白地走。但由于证据不足，我们无法告赢对方。小铃铛的老师突然辞职，其他老师见了我们犹如见到瘟神，幼儿园的态度很恶劣，不肯配合我们寻找证据。为了继续寻找证据，我们特地买了一台冰柜，用来保存小铃铛的尸体，等待真相大白的那天。

因为孩子的事情，小田后来把工作也丢了，那些三番五次被我们打扰的孩子家长也有些烦了，有些家长开始还很热情，主动帮助我们，后来就不再愿意接我们的电话。小田每天哭，她说孩子活着的时候没好好享福，死后还被不断地折腾，小田想放弃，她说我们告不赢的，或许孩子真的是自己摔倒了。

5

周六睡到中午才醒，我起床加热了一块隔夜的三明治，回到卧室看英国人拍的电视剧。以前小田很不喜欢我这么随便地对付午饭，更不喜欢我在床上吃东西，现在我可以肆无忌惮地吃了，不会再有人来约束我。很自由，但不觉得有多开心，当然，约束我同样不开心。问题不在约束。

三明治中间夹着一块硕大的鸡肉，我咬了一口，鸡肉没扶牢，滚落出来。沙拉酱和油渍弄在被子上，擦了半天，我只好下地去吃，过低的室温让三明治迅速凉了。客厅的壁橱后是一面镜子，我很少照镜子，陡然看见自己像看见另外一个人，两年的时间，我老了许多。

橱柜最高一层摆着几瓶朗姆酒，表面蒙了一层灰，自从我厌倦喝酒之后，也就无法再借酒浇愁。我要更锐利的东西，我的感受似乎比常人迟钝和幽深，不需要再靠它来麻痹或者狂欢，那只会使我更难跨越自己的情感。可是这些酒老这么放着，也怪可惜，我突然想到自己还欠宝莲一顿酒。

宝莲上次给我留了电话号码，看着这个从来没有拨过的陌生号码，我坐在沙发上给宝莲发了一条短信。我说，家里有酒，你可以来喝。

消息发出去，等于把自己的命运交到别人手里，我很怕宝莲会拒绝我。有些焦灼，我起身去阳台上吸烟，手机如一潭死水般平静。抽完烟回到卧室，关掉电脑后我坐在床边，盯着床头柜上的两只动物发呆，后来睡着了。

我是被宝莲的短信吵醒的，准确地说，是被她的三条短信吵醒的。宝莲给我回消息了，一共三条。第一条她说，好呀。第二条她问我，你住在哪里？第三条短信，隔着屏幕和文字我已经听见宝莲的笑声。她说，嘻嘻，你不用微信吗？

我把地址发给宝莲，洗完脸换了一身衣裳，把很久没扫过的房间借此机会简单收拾了一下。找到两只酒杯，搬家时带过来的，基本没用过。大约三点半的时候，门铃响起。猫眼里什么都看不见，黑乎乎一片，后来发现是宝莲靠得太近，猫眼被她的帽子挡住。开门的时候，我差点拍到她。

宝莲将身体缩进自己的羽绒服里，站在客厅，旋转着脑袋打量四周，毛线帽子上的两只绒球在胸前晃来荡去。然后突然在原地打了个寒战说："好冷啊，怎么会这么冷？比北方都冷。"

我去开客厅的空调，宝莲在沙发上坐下来，继续说："这让我想起上中学的时候，每天早上醒来都很痛苦，感觉像卖火柴的小女孩一样又冷又饿。"

"北方不是有暖气吗？"我说。

"那也够冷的，哎呀，其实也不太冷，我只是把现在的冷和当时的冷关联起来，就觉得在冬天早起是一件很残酷的事情。所谓，将来影响了过去。"

这倒是，如果早上第一节有课的话，起床的确会比较折磨人。我说："你这个思维应该去写小说。"

"真的吗？你的意思是我还算有天赋的？"

宝莲大概重新回忆起自己写小说那段儿，我忘记这茬，也就那么随口一说，聊天一般不都是这样吗。

"我开玩笑的。"我说。

"你很讨厌。"宝莲娇嗔地说道，然后又笑嘻嘻的样子，也不在乎。

我们开了一瓶朗姆酒，宝莲不尽兴，于是又开了两瓶比利时小啤酒。小啤酒我只喝了半瓶，宝莲喝了剩下的一瓶半。窗外的天色看不出时间的变化，空调让室内逐渐变得温暖起来，宝莲的脸颊和耳朵浮现出红晕,眼神很开心。她脱掉羽绒服,枣红色高领毛衣衬得她的脸更红了。

"你家空调真好啊,我姑家里的那台只能制冷,你说好不好笑?"宝莲脱了鞋,蹲在沙发上问我。她这个人清醒的时候就不太认生,在陌生环境里不犯怵,喝完酒彻底缴械了,我们像老朋友,或者一家人那样。我没说话,宝莲的小腿肚子一软,一屁股坐在沙发上,抓起一把葵花子,歪着脖子靠在抱枕上说:"不知道他们怎么想的。"

"你是怎么想的?"我说。

"什么?"宝莲没听明白。

"你要一直待在你姑姑家里?"

"这怎么可能啊,我现在纯属是赖在别人家里,这么说其实没有权利抱怨空调了,我随时有可能离开。"她说。

"那你为什么赖在别人家里?"

"我是从家里跑出来的,不好意思就这么回去,我爸总说我一事无成,大年三十那天,他和我后妈,还有几个亲戚在家里打麻将,我说我出去走走,他们以为我只是想下楼走走,结果我跑上火车。然后到处流浪,换过几份工作,什么都做不好。大概真像我爸说的那样:我就是个一事无成的人。"

"你想证明自己?"

"我不知道,我只是不甘心。"

我不知道应当对此说些什么,这方面她倒是叫人省心,自己安慰道:"一事无成就一事无成吧。"很快,宝莲意识到问题所在,身体坐直说道:"别总聊我的事,顾老师呢,一个人吗?我是说你不会还没结婚吧。"

"结过,但是离了。"我喝了一口酒说。

"为什么?"

"不为什么，过不下去自然就离了。"我说。

过了半天，宝莲见我没有继续往下说的意思，很聪明地举起酒杯敬我，我跟她碰了碰杯子。出于礼貌和公平，我也不再询问关于她的事情。宝莲说她想跳舞，让我帮她放音乐。我打开手机放了一首，她不太满意，问有没有其他的，我又放了一首，宝莲摆摆手说："不跳了，不跳了。"我耸耸肩膀，宝莲扑哧笑了，说我听的歌和她有次元壁。我说那你平时都听些什么，她随便放了几首。在这方面，我也觉得和她有次元壁，索性我们不再探讨音乐的话题。

又喝了一会儿酒，宝莲还想喝，我制止了，我说再喝你就走不了啦。她突然深情地望着我，我有些不适应，已经习惯了她的玩世不恭。她说："你不会只是为了喝酒才叫我来的吧？"

"不然呢？"我问她。

说完，宝莲的头已经靠在我的肩膀上了，她说："你的心在跳啊。"然后模仿我的心跳频率，嘴里发出"怦、怦、怦"的口技。也想过别的，但我没打算实施，就只是单纯想想而已。

她又乐不可支，等心情稍微平复之后，我抱了抱她。我让宝莲抬起头，她的嘴巴里呼出淡淡的酒气，身体中间隔着一只龙猫抱枕。她把它扔开，两条洁白的胳膊挂在我的脖子上，可爱极了。在商场的玩偶店里见过一只毛绒猴子，也是这样的姿势。宝莲凉飕飕的嘴唇，紧贴着我的脖子，我的汗毛都竖起来。

在这个阴冷潮湿的冬天，宝莲千里迢迢来到我的面前，给了生活一点救赎的可能。宝莲还想继续做点什么时，我制止了她。

我走进洗手间，打开水龙头，洗了脸，希望自己冷静一点。

"我要回家了！"宝莲有些生气地说。

我没说话，过了一会儿听见外面有窸窸窣窣的响动，或许宝莲是个小偷？可是她能偷我什么东西呢，我一无所有。时间一分一秒过去，忽然，宝莲惨叫一声，她的哭泣让我感到不妙。我出来时，宝莲穿好衣服，戴上帽子，站在客厅中央像个无家可归的孩子，鼻子红扑扑的，挂着泪珠。

宝莲指着打开的冰柜，语无伦次地说道："尸体……里面有个小孩。"

"对，是个小孩。"我不知道该怎么向她解释。

"我以为里面会有雪糕。"

"里面没有雪糕。"

宝莲哭得更加凶，我说对不起，不知是在为没有雪糕而感到抱歉，还是为别的。我递纸巾给宝莲，她惊恐地避开，然后从我的身旁逃走。宝莲的出现，使我的生活溅起巨大的水花，而她大概再也不会出现了。

<h1 style="text-align:center">6</h1>

宝莲的离开，让我想起小田的离开。

小田离开之前我们大吵了一架，小田希望把孩子的尸体处理掉，她说孩子虽然没了，但我们的生活还要继续，甚至可以再生一个，我说这对小铃铛来说不公平。小田无法继续忍受这样的生活，她认为我活在过去，现在想想，我只是不相信孩子是自己摔倒的，总觉得孩子是受了什么委屈。

在警察找到我之前，我正在准备学期末的最后一堂课，印刷考试卷，一切按部就班。有一天，我靠在床上看书，发现长颈鹿不见了，放下书找了半天，没有寻找到半点踪迹。有些不安，很难说清楚一只报纸折成的动物，为什么比宝莲消失更能牵动我的心。看着床头柜上的另外一只，把它关在抽屉里，或许能安全些。每隔一会儿，我便要打开看看它是否还在，它依然死气沉沉。

剧烈的不安重新袭来，有天夜里我惊醒，梦见许多只鹤呆立在水边，没有眼睛，盲目地扑棱着翅膀。仿佛两年来所有的痛苦在一个夜晚集中爆发，心中一万头猛兽呼之欲出，我突然间崩溃了。或许，我应该让它飞才对。我找来一支笔，一支黑色的碳素笔，笔芯 0.5mm，笔管上的字迹已经磨掉。那只印着自杀新闻的纸鹤躺在我的手心，我在眼睛的位置画了两只饱满漆黑的圆点，神奇的是，它当真栩栩如生起来。某一刻我产生幻觉，两块肩胛骨感到一阵奇痒与刺痛。那头想象中后脚陷进泥里的困兽，后来又在梦中出现，它不再需要别人的救赎，泥泞的后背生出一对火红的翅膀。它扇动着翅膀，奋力扇动着，渐渐升起，即将飞越碧绿的沼泽。

从派出所出来时，太阳正在被一层朦胧的雾气笼罩，一个亮红的光斑，它渐渐隐没在另一座山后。他们见到小铃铛后，那个年轻的警察让我把过程讲了一遍，另外一位老警察我见过，当时小铃铛出事后我们报警，他也参与处理了这件事。他劝我想开点，确实没有足够的证据能证明他们打了孩子，他说这场官司肯定打不赢。他说他能理解我，但我知道他并不能真的体会。

我在派出所见到宝莲，她的状态不太好，从那天起她一定把我当成是变态杀人凶手了，大概这两天都没有睡好。我想和宝莲打声招呼，但她一直没有抬起头看我，我并不怪她，毕竟是她让我看到生活的另一种可能。

送小铃铛离开是在早上，外面是令人感到意外的晴天，只要太阳出来，这座城市就会暖和很多。与小铃铛父子一场，再送他最后一程，这孩子在人间受了许多苦，希望下辈子他能是个幸运的人。看着小铃铛被推进火化炉，仿佛将我的一段生活也一起推了进去，噼啪作响，但愿他会长出一对火红的翅膀，飞越沼泽人间。

我一生的风景 |

我从学校里辞职，决定离开这座多雨的城市，赶在下一个雨季到来之前。宝莲回老家前给我打过一个电话，她说她要回去了，那是我们最后一次联络。我没有说话，只听见宝莲在电话那头哭泣，她哭了很久，后来停下来。她问我："如果我们不要总想让生活变得更好，生活是不是就不会更糟？"

油麻地老虎

第一部分：姐姐

1

空姐经过 56K 时，陈思佳抬起手臂看了看表，12 点 25 分，飞机舱门已经关上，她还要在这把座椅上待四个小时。空姐露出职业式甜美空洞的微笑，提醒 55G 座位上的乘客系好安全带。飞机刚起飞不久，旁边的男人把眼罩戴好，开始睡觉。陈思佳感到有些无聊，一时半会儿又睡不着。飞行平稳之后，笑容甜美空洞的空姐再次经过 56K，陈思佳向她询问如何使用前排座椅靠背上的电视荧幕，她找不到耳机的插孔。空姐示范操作，陈思佳尝试了一下，并没有想象中复杂。电视里有最新的外国电影，有很多套电视节目，陈思佳不再为如何打发剩下的三个半小时感到焦虑。

舷窗外面是雪白的云和刺眼的光，显示器被照得漆黑一片，什么也看不清，她将灰白色的遮光板拉下。空姐推着餐车，开始给每一位乘客逐一分发食物和饮料，陈思佳要了一杯橙汁，餐盒里有小份的蔬菜沙拉，但是太难吃了，让她感到意外的是，飞机上提供免费的哈根达斯冰激凌。

我一生的风景 ┃

陈思佳看了一部豆瓣评分很高的动画片，讲梦想和亲情，有几次她差点哭出来，但都忍住了。由于气压影响，耳内感到拥堵，陈思佳摘下耳机时，旁边的男人睡醒来，开始吃空姐给的食物，眼罩一直卡在男人的脑门上，样子有几分幼稚可笑。陈思佳一边这样觉得，一边盯住自己的膝盖，困意涌起。她做了一个梦，一个十分破碎的梦。梦到小时候和妹妹一起走在一条路上，妹妹突然开始跑，把她甩在后面，越甩越远。梦境突然开始摇晃，越来越剧烈，她心里着急，想追上去，结果不小心摔倒，看着妹妹渐渐跑远，自己手里的冰棒掉在地上，后来梦里是一片哭声……她在一阵气流的颠簸当中醒来，飞机正在下降，预计将在二十分钟后抵达香港机场。

陈思佳拖着行李箱走出机场大厅，按照指示牌指示，找到车站，等待开往铜锣湾的巴士。身体被一股热浪包裹，香港的四月比想象中炎热，她穿得有点多，套头针织衫显得笨重又多余。一起等车的是一对老夫妇和一位衬衫发皱背着灰色双肩包的男士，还有两个穿热裤的年轻女孩，其中一个女孩的脚踝上文了一只蓝色的海豚。老夫妇始终沉默，男人看样子似乎是香港人，在用粤语打电话，他说自己已经下飞机，很快就能到家。两个女孩的年龄大概比妹妹稍微小一点，口音像北京人，她们互相挽着手臂，不停地说着话，时不时发出一阵笑声。或许是一对姐妹？陈思佳不确定，她们长得并不像，但事实上她和陈思琪长得也不像。

陈思佳拽了拽自个儿身上那件不合时宜的针织衫，对于眼前这座陌生的城市，她感到新鲜和羞怯。这是她第一次来到香港，陈思佳希望自己不会搭错车，不要闹笑话，不惹麻烦。这是家庭教育以及遗传基因带给她的习惯，什么事情都要在自己的掌控之中。心里祈祷可以顺利抵达预订好的酒店，其实也不能叫酒店，图片看上去只是一家环境糟糕的小旅馆。同时，她有些担心在机场兑换的港币不够交这几日的房租，即使足够也不会剩下太多。这样一来，其他消费又会成为问题。这里不像在内地，微信或者支付宝就能搞定一切，她需要留意兑换货币的地方，找机会再多换些现金出来。在把今晚安排妥当之前，她很难真正放松下来欣赏这座国际大都市。

大巴有两层，陈思佳把行李箱放好，走上二层。二楼空着许多座位，她在四个韩国男孩的身后坐下来，他们用自己国家的语言小声地交流。空调吹着冷气，之前一起等车的女孩在旁边补妆，手里举着一面粉红色的小镜子。滚动屏幕上显示着繁体字，那是即将到达的车站的名称。大巴车经过一座桥，远处是码头，无数集装箱整齐码放，远远地望过去，像无数彩色的冰块。陈思佳感到一阵恍惚，她渐渐意识到，自己确确实实已经来到一个全新的环境，与自己的生活有着千差万别。

她想，妹妹刚到这里的时候，应该也感受到了这种恍惚，或许她就是为了这种恍惚才来的。陈思琪当年离开家的时候走得很决绝，仿佛决心要与过去的生活和旧的自己一刀两断。在行驶的过程中，天色一点点暗下去，乘客们昏昏欲睡，中途停下来几次，有一些人下车，包括那四个韩国男孩。陈思佳把头靠在车窗上，玻璃里面是眼睛的倒影，她看着自己逐渐开进夜晚——也是这座城市最魔幻的时刻。

到站后，市区内已经灯火通明，她在铜锣湾下车。扑面而来的是对面 LED 屏幕上的苹果手机广告，两张巨大的笑脸，充满活力。先前一起等车的两个女孩，也在这个地方下车，笑着拥入人流。陈思佳想象妹妹陈思琪第一次站在这样的街头，各种肤色各种语言在眼前和耳边穿梭，一定和她的感受一样，也被吓住了，人生从此来到新的天地。这是她们的母亲一辈子都没见过的场景，她代替母亲来看望妹妹，她希望母亲也能来，但这永远都不可能了。

一辆高耸的叮叮车像个蓝色小巨人，停在陈思佳的面前，吐出一些乘客，然后支棱着触角再次离开。置身于座座高楼之间，如同来到巨人国，周围的一切令她眼花缭乱，什么都很新鲜，什么都值得一看。但她必须先找到旅馆才行，这样一想，发现自己完全不知道具体该往哪里走。手机快要没电了，街道复杂，地图导航的显示又不十分确定，她只能试着寻找。转来转去，穿过几条街道，差不多已经走到导航结束的位置，但并没有看见那家旅馆。就在手机马上没电的时候，她抬起头，看见二楼伸出的一块破旧招牌，写着旅馆的名称。招牌上的霓虹灯坏掉，如果不仔细看很难轻易发现。

通过狭窄的楼梯，陈思佳来到二楼，看见一个穿白色二股筋背心的中年男人，一边吹着风扇，一边正坐在前台记录什么东西。陈思佳说自己是来住店的，在网上预约过，男人说这里已经没有房间了，让她稍微等一下，随后打了个电话。过了会儿，一位叫阿玲的姑娘从楼梯下面走上来，穿了条有些过时的连衣裙，头发随便扎在一起，皮肤黝黑，看起来又单纯又转。

男人用粤语对阿玲讲："小芳那里还剩几间客房，你带客人过去登记一下。"

姑娘的声音听起来有些冷冰冰，她说："你跟我来吧。"然后直接转身下楼，也不看陈思佳一眼，她只好跟上去。

陈思佳的脖子、胸罩里面都是汗，这一路找过来很不容易，她又穿得有些多，此刻只想尽快办理好入住手续，能够回到宾馆洗个澡。本来以为就在隔壁，谁想姑娘一直在前面走，走了好几条街。对方甚至头都不回，走得飞快，像条热带鱼一样在人流里面穿来穿去，也不担心后头的客人跟丢。陈思佳一来觉得奇怪，二来觉得这种满不在乎的态度有意思，仿佛跟丢便跟丢了。眼看走回到最初下车的位置，她跟在后面忍不住问道："还有多远？"姑娘这才恍然大悟似的，反应过来后面还有个人，不好意思地笑着说："快了，快了，就在前面。"

在百德新街，她们走进一座楼里，阿玲姑娘带她上电梯，十层。陈思佳很担心每次出门回来还能不能找到这个地方，她想把刚才的路在心里过一遍，但好像压根儿没记住。阿玲姑娘看出来她的心思，用酷似撒娇的港式普通话说道："你放心好啦，这里很好找的。记住这座大厦，实在找不到的话，你给我们打电话，待会儿登记的时候给你一张名片。"

来到前台，这位站着的姑娘应该就是先前电话里的小芳。小芳看起来和阿玲的年纪差不多大，短头发，有两颗虎牙。陈思佳出示港澳通行证，交了三天的住宿费，比网上定价贵一点，但在这个寸土寸金的地方算是很便宜的旅馆了。每晚二百八十港币，押金一百港币。阿玲完成任务后，在旁边的沙发上坐下，抱起一只黑白纹路的猫，人和猫的表情都很漠然。

办理完手续，陈思佳那颗悬着的心，逐渐放松下来。

2

豆腐块大小的旅馆房间，倒是比图片里看起来整洁许多，墙角摆了两张窄细的单人床，墙壁上挂着一台迷你液晶电视，电视右上角贴了一块口香糖大小的海贼王贴纸，是前房客留下的。陈思佳打开风扇，拉上窗帘后，把潮湿笨重的套头衫脱下来，她此刻最关心的还是洗手间里的淋浴能不能用。

卫生间虽然狭窄，但除此之外，水流充足，一切都还算满意。调节好水温，陈思佳把身上黏湿的汗液用热水冲掉，卫生间的墙面和镜子迅速被水蒸气占领。她来香港的事没有提前告诉陈思琪，在机场吃海南鸡饭的时候，才临时告知要来，她想给陈思琪一个惊喜。但直到现在，陈思琪都没有回消息。或许陈思琪平时太忙，没有看到，也可能只是不想见她。但很快，陈思佳将第二个念头打消，毕竟是亲姐妹，哪有不见的道理。她转念又想，即使这回姐妹俩未能相见，权当是一次旅行和放松。

陈思琪经常在微信朋友圈晒自己的香港生活，谈了一个男朋友，但从来不和陈思佳谈论她的感情状态。前阵子陈思琪去了迪士尼乐园，在朋友圈一连发了六张照片：头上戴着米老鼠发卡的自拍，小火车，手里的棉花糖特写，喷泉，另外两张是与卡通朋友的合影，唐老鸭和一只名叫高飞的狗。陈思佳没去过迪士尼，不过她已经对这样的乐园兴趣不大了，看见妹妹能如此开心，她也挺开心，可心里却又有种说不出的酸楚。

母亲去世后，不知道是否由于情绪过度悲伤，陈思佳肚子里的小孩最终没能保住，流产后与相恋三年的男友分手，他们差一点就要结婚了。从去年开始，接二连三的倒霉事发生在她的身上，人生走到三十岁的路口，这些遭遇让陈思佳对前面的人生产生了强烈的怀疑，突然意识到自己可能活错了。可如何才是正确呢？她并不知道，至少妹妹看起来比自己生活幸福，即使她们失去了同一个母亲。上个月，陈思佳从那家毕业起就一直工作的电视台里辞职，中途从未跳过槽。每年有多少人挤破脑袋想要进到里面去，她也是咬着牙做了两年贫穷的实习生才勉强留下来，但转正后工资依旧少得可怜。其间给人当牛做马任凭使唤，很多时候是打碎牙往肚子里咽，也曾一度为自己的坚强感到自豪。但现在，这种自豪和坚强让她产生了严重的不适和怀疑。有段时间走在大街上，陈思佳总感觉自己摇摇欲坠，时常有种快要撑不动这副人肉皮囊的感觉，不得不给人生按下暂停键。此时此刻，她站在白花花的雾气中、陌生城市的旅馆里，得到短暂的缓解。

从卫生间出来，陈思佳坐在床边用毛巾擦拭头发上的水，打开电视机，里面正在播放他们当地的综艺节目。手机震动了一下，如同一只熟睡中的猫突然翻身，陈思佳屏住呼吸。屏幕上显示有一条未读微信，正在擦拭头发的手停顿住，紧接着对方又发来一条消息，她放下毛巾。不确定是不是妹妹发来的消息，如果不是，这几天她要如何安排，很有可能哪里都不去，只是在附近逛一逛。

陈思琪的头像是一只假的老虎，参加某次装置艺术展览时拍摄的，装置艺术的主题是关于现代人处境的探讨，照片上一只逼真的老虎站在一群现代化的建筑之间，不知所措。发来的第一条消息中只有一个字：哦。第二条消息陈思琪责问陈思佳，为什么来香港不提前说，她说今天要加班，可能要等到明天下班之后才会有一点时间来陪陈思佳，而且周末很有可能会出差。陈思佳察觉到妹妹语气里的埋怨。那只老虎的面前是一条斑马线，那条斑马线伸向很远的地方，或许它正在犹豫要不要到对面去，可是对面有什么呢？

陈思琪十九岁独自来到香港读大学，本科期间开始在一些文学杂志上发表文章，大四快毕业的时候得了一个什么青年文学奖，奖项的名字很长，陈思佳记不清了，总之母亲一直以此为骄傲，读书期间还拿到过一次奖学金，毕业后顺利留在香港工作。但从小到大，陈思佳才是家里最听话懂事的那一个，报哪所大学，从事什么工作，都是按照母亲的意愿选择，甚至男朋友都是在母亲安排的相亲会上认识的。到头来，妹妹的人生似乎越走越宽阔，自己的却越来越窄，她不明白为什么自己的运气始终不如妹妹。

妹妹没有因为她的突然到来而有什么热烈的反应，这让陈思佳不知道如何回应，她意识到自己的造访对妹妹而言可能是种打扰，她只是想给对方一个惊喜。她只好告诉妹妹没关系，自己已经查好攻略，这几日的行程都已经安排好，让陈思琪好好工作，不用担心她。陈思佳换上行李箱里的白色海鸥短袖，打算下楼去吃点东西，妹妹正好发来一张长图，上面有一些香港特色的美食推荐。陈思佳没说话，对方正在输入了一会儿，也并没有发过来任何消息。

街上的行人很多，两个大陆游客拎着旅行箱走进药店，香港的药店似乎特别多。冷饮店门口挤满年轻人，一对情侣正在广告牌下拍拖，马路边排着一列很长的队伍等车，连衣裙女孩与一位粉色的短发少女手拉手，站在人群的末尾。几个玩滑板的男孩从马路对面过来，用粤语开着玩笑，眼神明亮。陈思佳感觉自己就像那只老虎一样，站在一种不同的文化氛围当中，感到既激动又彷徨。但一想到自己遭遇的现实，心情又变得有些沉重，那些失去了的不可能回来，也不可能在她的人生中毫无痕迹，她要与这些痕迹一起度过余生。她意识到，自己不再是曾经那个白纸似的少女，许多事情并没有那么容易重新来过。

她走进一家港式餐厅，一楼已经坐满客人，她来到二楼。点了一份鱼丸河粉，在窗户前面的位置坐下来，等餐的间隙，陈思佳想起一些小时候的事。

有一年元宵节特别冷，母亲带着姐妹俩去市里看灯，妹妹的脸冻得通红，她不停地用搓热的手去焐妹妹的脸，同时也焐一焐自己的脸，希望能够暖和一些。她记得那天晚上一直在下雪，家乡有一句俗语叫"正月十五雪打灯"，地面迅速白了一层，枣红色的绒绒鞋上也飘了一层薄薄的雪花。猪八戒形状的彩灯被人们围起来，看的人最多，那盏熄灭的孙悟空在广场的角落独自立着，相隔不远，仿佛人间孤独两种。

母亲让她不要乱跑，陈思佳乖乖回到母亲的身边。母亲一只手领着八岁的妹妹，另一只手拎着一个巨大的布袋，她们混迹在节日的气氛和人群之中，从广场的一侧穿越到另外一侧。妹妹看见有人在卖糖葫芦，突然嚷着要吃糖葫芦，母亲说糖葫芦不卫生。陈思琪眼看吃不到糖葫芦，开始在寒风中号啕大哭，母亲听见哭声一时心急，把陈思琪揍了一顿，然后强行拖着离开。妹妹一边小声啜泣一边小跑跟着，母亲看见这么小的人大正月哭得惨兮兮，怪可怜，心里过意不去，只好又掉头回去，给姐妹俩一人买了一串山楂糖葫芦，妹妹的哭声才得以止住。

母亲说："拿着，一会儿上车再吃，当心吸一肚子冷风。"

陈思佳问母亲："我们为什么要坐车？"

母亲说："去另一个地方。"

"我们去哪里？"

"别问了。"

"爸爸为什么不和我们一起走？"

母亲没有再回答，火车站就在前方。

3

第二天中午，陈思琪发来一条微信。她说，晚上我们一起吃饭吧？然后发了一个可爱的猫脸表情。

陈思佳醒来时已经快十一点，早上七点钟醒来过一次，去了趟卫生间，回来再次睡着。最近几天她的睡眠都不是很好，来到香港第一天竟然睡了不错的一觉，这让她感到有些欣慰。只是夜里做了梦，还是老样子，最近半年常常梦到过去老房子里的许多场景。矿上那间总是漏雨的房子，每年到了雨水旺盛的季节，总能听见厨房里滴滴答答的落雨声。逢此时，母亲都会用一只脸盆放在漏雨的位置，接落下的雨水，用来浇花或者冲厕所。那种滴答声穿过她的童年，甚至在三十岁的时候，依然在她的梦里回荡。

她梦见自己和妹妹躺在凉席上，母亲在最外面，妹妹在中间，自己在最里面。屋子里非常闷热，她贴住凉飕飕的墙壁——这样睡很容易着凉，也因此经常被母亲数落——窗户开着，外面的雨早就停了，厨房里的滴答声持续不断。扭过头来，陈思佳发现妈妈和妹妹都不见了，心里无比恐惧，每次梦到这里便会醒来。

她从床上坐起来，给妹妹发了定位，她说自己住在这里。看见妹妹的猫脸表情，她的心情开阔起来，替昨天那个不太热情的妹妹在心里开脱，想想她一个人在这边打拼一定很辛苦，只是太忙了，自己又确实来得唐突，应该与她提前商量。陈思佳洗漱完毕，在附近随便逛了下，吃了些东西。她想找能兑换货币的地方，但是没有找到，身上的现金大概只够撑完今天。

第二部分：妹妹

1

陈思琪下班后，来到距离公司最近的地铁口，搭乘去往铜锣湾的地铁，陈思佳已经提前坐在商场顶楼的餐厅里等她。陈思琪感觉到疲惫，昨天晚上加完班回去之后开始发烧，退烧药让她今天一整天都没有精神，整个脑袋昏昏沉沉。陈思琪握住扶手，看到车窗上自己的倒影，想着一会儿下了地铁最好能找间洗手间补补妆，她不希望姐姐见到自己这副没精打采的状态。原本想回家换身衣服再出门，但想想算了，来回折腾要花费不少时间，让远道而来的姐姐一直等待不太好。

扫一眼车厢，这会儿仍能神采奕奕的多数是游客。陈思琪的前方坐着两个北京来的女孩，她们靠在一起，欣赏下午在皇后大道拍摄的照片，一边说笑。听她们聊天，应该是昨天刚来，住在铜锣湾附近，她们的眼神很兴奋。这让陈思琪回想起自己刚

来香港时的情形，对这里的一切感到好奇，对不确定的未来充满
期待。

从小拼命努力学习，陈思琪一直希望能通过求学这条路改变
自己的命运，本科时来到香港，以为毕业后或许可以过上稍微体
面些的生活，但发现比上学时更加窘迫。当时因为学费的问题，
母亲顶住压力支持她，希望她能好好读书，最好能再继续读研究
生。研究生没考上，母亲鼓励她再试一次，然而她已经非常累
了，不想再考。她想靠自己赚钱，想有更独立的生活。陈思琪不
希望继续花家里的钱，同时不希望再像小时候一样什么事情都听
从母亲的安排，她希望是个可以自己说了算的大人，但作为大人
要承担的也就变多了。

毕业后，认识的许多大陆同学都回到内地找工作，她属于
留下来死磕的，希望能得到永久居留权。如今和另一个女孩挤在
不足十平方米的房间里，过着逼仄的生活，人与人贴得如此之
近，经常会产生矛盾和摩擦，但谁也不愿意率先提出离开，在这
里想找到一间价格便宜、相对舒适的房子太困难了。许多过去认
为了不起的事情，现在看来似乎也没有多么了不起，维系基本的
生活，已经让她竭尽全力。陈思琪越来越不明白自己到底想要什
么，过去希望自己能和十九岁以前的生活彻底分割，就在她以为
分割了的时候，过去那段生活里的某些部分仿佛已经与自己融为
一体。

距离上次她们见面已经过去一年，上次见面还是在母亲的葬
礼上。快过年那阵子两个人在电话里吵了一架，那是母亲去世后
的第一个春节。出来这几年，每年春节陈思琪都尽量回家，但是
母亲不在了，也没有人会再打电话叫她回家。姐姐和男朋友一起
住，何况姐妹俩当时刚吵完架，便没有回去过节。

陈思琪先看到姐姐，陈思佳坐在角落里，穿了一件白色的海

我一生的风景 ｜

鸥短袖。陈思琪知道，姐姐对自己有怨言不是一天两天的事，自从自己来到香港之后，陈思佳的心里一直都不太舒服。有时陈思佳会在她的朋友圈下面评论，言语间偶尔透出一股酸溜溜的味道，她不明白姐姐为什么总要把自己的人生失意都怪罪在她的头上。陈思琪希望自己能尽量保持平静，就是好好把饭吃完，别再提那些不愉快的事情，她不希望因此再和姐姐闹别扭。

直到靠近时，陈思佳才发现陈思琪，她的头发变短了，在迪士尼发朋友圈时头发还比现在的长。比起上次她们见面，陈思琪看起来更加干练，她挥了挥手。陈思琪一路上走得比较快，坐在座位上仍然有些喘。她说："不好意思，提前走了一会儿，还是来晚了。"

"剪头发了吗？"陈思佳看着陈思琪的新发型说。

"是啊，不好看吗？"陈思琪说。

"好看，不过印象中你好像还从来没有剪过这么短的头发。"陈思佳的眼睛向斜上方瞟了一下，似乎是在回忆。

"我想尝试一下，过去没有勇气，很怕剪短了之后不好看，而且……妈妈希望我留长一点。"

"是，妈妈的观念里女孩子就应该留长长的头发才好。"

"姐姐来点菜吧，我吃什么都可以，香港的食物都差不多。"陈思琪看了看菜单，推到陈思佳的面前。

陈思佳犹豫了一下，想要说什么，最后拿起菜单，勾选了几个图片上看起来还不错的菜。她给陈思琪念了一遍自己点的，确保她没有意见。

"怎么突然有时间来香港呢？"对于陈思佳的到来，陈思琪感到好奇。毕竟姐姐工作的那家电视台比资本家的嘴脸还难看，他们给员工极少的薪水，然后无限使唤，提各种要求，几乎没有个人时间和尊严。过去经常听母亲在电话里面抱怨，但通常抱怨完她又会话锋一转，其实也不错啦，好歹是一份电视台里的工作，说起来也比较体面。"体面"是母亲嘴里常说的一个词，在母亲的眼里考上公务员就是体面，找一个好对象是体面，考研究生体面，离婚不体面，家庭不和睦不体面。总之，母亲有一套自己的逻辑和判断，或者说是他们那辈人的集体逻辑。

"我辞职了。"陈思佳的声音听起来轻描淡写，但这并非一件微不足道的事。

陈思琪有些惊讶，辞职这种事情不像是姐姐会做出来的，她的记忆中陈思佳从小到大一直都是那类活得十分正确的人。小时候自己经常把各种东西弄丢，钥匙、铅笔盒、自行车，没少因此挨揍，而姐姐的性格却总是小心翼翼，避免出现任何差错，也的确很少出错，她继承了母亲的一部分性格。曾经有一段时间，由于姐姐的"完美"，使她对自己的性格产生过强烈的怀疑。她说："你考虑好了吗？"她想说的是，如果母亲在世，一定不会同意。

"考虑不好也没有办法，我已经把工作辞掉了，就是因为很多事情我都没有考虑好，我需要很多时间来想清楚，但如果一直做下去，我大概永远没有时间想清楚了。"陈思佳说这番话时，有几分自嘲的意味。

点的菜陆续端上来，陈思佳第一次吃香港的桂花糕，和在内地吃过的不一样，这里的晶莹透明，咬起来像果冻。她们还点了份凉菜，番茄牛腩和芝士猪扒。陈思琪注意到，除了桂花糕，姐姐点的都是一些在哪里都能吃到的食物。这是陈思佳保险起见的做法，尝试新事物会让她丧失安全感。不过很显然这里的牛腩做失败了，陈思琪觉得不好吃，但也没有必要说了。

"罗明没有跟你一起来吗？他那个人还挺好的，上次妈妈的事他帮了很多忙。"陈思琪说道。

罗明是陈思佳的男朋友，母亲得病以及去世后的许多大事小事，罗明在中间帮了不少忙。陈思佳犹豫半天，决定不提起男友出轨的事情，最后只是敷衍几句，很快将话题的中心转向陈思琪。她说："你谈恋爱这么久，也不听你谈起男朋友是做什么的。"

"他在一家广告公司做事，"陈思琪很含糊地说了一句，她有些后悔聊起这个话题，"谈恋爱这种事情也没什么好与别人讲的啊。"

"我怎么能是别人呢，我是姐姐，自然要关心这些事"陈思佳说，"看好人了吗？不要被人家骗，现在到处是骗子，你要小心。如果是将来打算结婚的对象，一定要看清楚。"

"暂时还没考虑过结婚，也并不着急啦，等工作几年以后再想这些事情，我现在没有能力谈结婚。他是很老实的人，相处过一段时间，对我也蛮好。"陈思琪说。

"看清楚"这个说法很有意思，陈思琪想，一个人怎么可能把另一个人彻底看清楚？就算今天看清楚了，明天又如何确保不会变化？她连自己都没太看清楚，别人又如何能轻易看清楚。陈思琪很怕姐姐继续追问下去，怕她提出让他们一起吃饭的建议，她觉得三个人坐在一起吃饭，场面一定十分尴尬。姐姐会像检阅士兵那样检阅自己的男友，然后挑出许多问题，告诉她他们不合适，大学时候的初恋就是这样夭折的。更让陈思琪感到害怕的是，姐姐的话总是很有道理，但再有道理也不是陈思琪的价值观和立场。即使她们来自同一个母亲，但确实是两个不同的人。姐姐的这种过度关心令陈思琪感到压力很大，她一直都在与这种压力搏斗，而亲情有时又很难用道理讲通。

陈思佳没有继续追问下去，她说："一会儿吃完饭，我们去外面走走吧，这里的空调实在太冷了。"

"是，香港的冷气总是开得特别足。"陈思琪想出去买一杯饮料，最好能是带气泡的那种，刚才来的路上特别想喝。

陈思琪去上洗手间，回来时路过吧台，想顺便把账结了。但是吧台的人告诉她，那桌已经结过账，就在她刚才去洗手间的间隙。她回到座位上，谁也没有提结账的事情，这一刻显得无比默契，在共同的成长环境和家庭教育下，姐妹俩都成长为自尊心很强的人。

从餐厅下楼时，陈思琪突然说道："以前我一直想成为别的什么人，只要不是自己就好，可到头来发现，除了自己，我好像谁都成为不了。"

她感觉姐姐的脚步停顿了一下，说："我们去买杯饮料喝吧。"

2

陈思琪没找到想要的带气泡的饮料，买了一杯普通的百香果加冰。

"你说的带气泡的饮料是什么？"

"就是有一次喝到过一种荔枝汽水，其实没有多好喝，我也很少会想起它，就在刚才来的路上突然非常想喝。"

"荔枝汽水？"

"是，有一次妈妈带我们出远门，如果没记错的话那天是元宵节。我们三个人挤在一间很小的旅馆里，旅馆楼下有个小饭馆，东北人开的，就是在那儿喝到的汽水。妈妈给你买了一瓶，我尝了几口，当时不觉得那玩意儿有多好喝，但是特别解渴。妈妈说太凉，不让你给我喝，我当时正在咳嗽。"

"你记得这件事？我以为你那么小根本记不住这些。"陈思佳说。

"那次妈妈带着我们在外面待了三天，我以为我们再也不会回去，结果第四天我们就坐车回家了。"

"你怎么会有这样的感觉？"

我一生的风景 |

"你们总以为小孩子什么都不懂，小孩子心灵着呢，就算不知道是怎么回事，可也不是一无所知。"

"有一天晚上你哭着要糖葫芦还记得吗，后来又吵着让妈带你去动物园。"

"小时候我怎么那么讨厌。"陈思琪不好意思地笑着说。

"就是说，老天对你这种讨厌的家伙总是很偏爱，我沾了你的光，那次不仅吃到糖葫芦，还去了动物园。"陈思佳说。

说到偏爱，陈思琪无法否认。当年矿上老房子拆迁，母亲把棚户区分到的新房卖掉，换成一间又旧又小的房子，剩下的钱都用来给她支付高昂的学费。母亲把对人生的希望都寄托在陈思琪的身上，读书这几年，她花掉家里不少钱，她们不是有钱人家，生活压力非常大。姐姐工作有收入之后，偶尔也会拿出一些来贴补家里，母亲把这些钱有时也会攒下来偷偷塞给陈思琪。知道这些"内幕"后，陈思琪非常抗拒继续问家里伸手要钱，想尽快独立起来，否则这样对姐姐很不公平。她们上次就是因为这些事吵起来，陈思佳早就发现母亲偷偷给妹妹钱，但一直没有点破。母亲去世后，她们的心情都不好，话赶话地提起卖房子交学费的事情，以及姐姐这些年来的委屈，都在那个电话里爆发了。

"那天太阳不错，但还是很冷，动物园里没什么人，动物都藏在窝里不肯出来。我站在外面叫小熊猫，有一只滚出来，很快又爬回去，"陈思琪说，"我们那次算离家出走吗？"

"妈始终不承认，她的说法是散心。我偷偷看过妈的那只布袋子，里面装了所有最重要的东西，如果不是当时我们开学，可能不会那么快就回去。"陈思佳说，"老虎，我们那天看到一头老虎。"

"我不记得我们见过一头老虎。"

"我们看到了，我非常确定。"

油麻地老虎

"我不记得了，"陈思琪想了想说，"你说咱妈爱过咱爸吗？"

"爱？我不知道，他俩是通过媒人介绍认识。小时候我问过妈这个问题，她说哪有什么爱不爱的，都是过日子，我觉得她们那辈人的婚姻里好像没有爱情，或许即使有也十分短暂。爸爸这个人很奇怪，仿佛脑子里没有关心别人这根弦。"

"我有时觉得爸爸很自私，他总是认为别人所有的付出都是应该的，而且，那些流言不都是假的。妈一直不敢离婚，自己过得很不舒服，又怕被别人说。有时候我不明白，她怎么就那么在意别人的看法，为什么不能为自己的幸福去争取一下？"

"那时候我们太小，妈怕我们过不好，怕我们受罪，才迟迟不愿意离婚。"

"即使这样，最后还是没有过下去，只不过他能净身出户我挺惊讶的。爸爸准备搬回奶奶家住的那天中午，全家人最后一次聚在一起吃午饭，我记得妈中途去盛饭盛了好久，回来的时候眼睛有些红。我以为爸完全不在意这件事，那天中午他拼命调节气氛，讲了好多笑话，但一点都不好笑。"

"妈住院的时候，爸来过，妈不愿意见他，我就让他回去了。其实我觉得爸爸也挺可怜的，我们从来不了解他。"

"是他不想让我们了解，有一次听见他俩吵架，爸爸说妈是同性恋，你说这是真的吗？你见过爸爸的那些女朋友吗？"陈思琪小心地问道。

陈思佳沉默了很久，说："他俩经常吵架，我很少见他们有亲密的时刻。"

"我想起来了，我们真的没有看见过一头老虎，我还问管理员老虎去哪了，是你记错了。"

"哦。"

外面开始下雨，她们都没有带伞，站在商场的屋檐下面避了会儿雨。陈思佳住的旅馆距离这里不算远，雨势减弱时，她提议她们一起跑回去。陈思琪看了看脚上的鞋，有些为难。她原本打算打车回家，或者等雨停了之后坐地铁回去，但也没有拒绝姐姐的建议。

"可是老虎去哪里了？"陈思佳说。

第三部分：姐妹

1

跑回旅馆的时候，她们的头发和衣服都被淋湿。擦干头发，陈思琪躺在床上，想起小时候家里经常漏雨，每逢大雨，屋顶就会像筛子一样，外面的雨落进屋里。她们想象自己生活在热带雨林，既恐惧又兴奋，偷偷移开地上的脸盆，用脚去踩湿漉漉的地板，浸湿的黏软墙皮滴在脑门和衣服上，母亲发现后总会责骂。这是童年时的隐秘乐趣，属于她和姐姐的。

陈思琪脱下淋湿的裙子，洗完澡，换上陈思佳的T恤，上面有被太阳晒过后留下的好闻味道。她扒开窗帘看了一眼，外面仍在下雨。心想可能要在这里过夜了，给舍友发消息说自己不回去，让她自己把门锁好——那间不到十平米的房间的门。她和男朋友早就商量好搬出来住，对方目前和父母住在一起，一直找各种理由不愿意另外搬出来租房子。其实陈思琪知道，更深层的原因在于男朋友的妈妈，她并不喜欢这个从大陆来的女孩，她希望他们分开。

"有时我很想回到过去。"陈思佳望着天花板说。

"但过去并不像回忆起来那样美好，当时有许多苦恼的地方，我记得以前家里总是漏雨，我很担心我们会被一阵风吹走。"

"尽管如此，我还是认为小时候更好，至少那时有许多无知的快乐，有很多乐趣。况且，踩水很开心。"

"现在倒是有很多无知的痛苦、迷惘，想明白又想不明白。也开心过吧，踩水能化解被风吹走的恐惧。"陈思琪苦笑着说道。

"小时候我也会恐惧。"

"你恐惧什么？"

"我经常做同一个噩梦，梦见妈妈带着你走了，把我一个人留下来。"

"怎么会做这样的梦呢？要走也是大家一起走，妈不可能不要你，我也不可能丢下你。小时候我一直很羡慕姐姐，觉得你什么都好，是大人眼里标准的好孩子。每次我们一起做了错事，妈总会认为是我出的主意，批评我会更严厉。"

"如今不要讽刺我了，我根本不想做什么好孩子，我只想做我自己。我们总是容易被别人的赞美和看法蒙蔽内心，把一些根本不是自己的标准套在自己身上。人是很可悲的动物对不对，不能够独自活着，那么需要别人的爱与支持？"

"可即便反抗，未必就能获得自己想要的东西。我一直希望能和原生家庭拉开距离，但挣扎来挣扎去，我好像越来越像他们（父母）的结合体。或许还是升级版？"

陈思佳去走道里使用公共吹风机，陈思琪说了一句什么话，被吹风机巨大的声音盖过去。一只黑白纹路的猫从楼道里穿过去，尾巴蹭到了陈思佳的小腿，它跑得太快，一眨眼便不见了。大概刚才是藏在某个角落里睡觉，被突然响起的吹风机惊吓到，才跑出来。

陈思佳吹完头发，从外面回来。

"我刚才在走廊看见一只猫。"陈思佳说。

"这里还有猫？"

"应该是前台女孩养的，一个叫阿玲的姑娘，很有意思，不爱讨好客人，走起路来不会左顾右盼，令人印象深刻。"

"我一直很想养猫，和我一起住的女孩不喜欢猫，我不知道她喜欢什么，大概什么都不喜欢。可话说回来，我养活自己都很不容易，更不要说现在养猫的开销比人都大，真叫人泄气。"

"认识一个朋友，去年养了只扁脸的加菲，特别爱生病，花了很多钱看病和买罐头。"陈思佳盯着手机说，"你知道重庆大厦在哪吗？网上说那里可以换港币，我没有现金了，明天可以陪我去换些现金吗？"

"其他的地方也可以换，不一定非要去重庆大厦。里面有些印度人会一直盯着你看，我不知道他们看人的方式是不是天生如此，让人很不舒服。"

"以前看王家卫的电影，总觉得重庆大厦很酷，像是进入另外一种生活的冒险。"

冒险？姐姐什么时候开始喜欢上冒险？陈思琪想自己没有听错吧，曾经那么循规蹈矩的一个人，如今想要冒险，虽然那并不是什么真正的冒险。

"好吧，重庆大厦的咖喱饭很好吃。"她说。

关灯后，陈思琪把窗户打开，新鲜的空气涌进来，窗外的雨声格外清晰。她躺在床上回忆自己当年刚来香港，何止是简单的文化震惊，那是一个生命体从精神到肉体漫长的脱胎换骨，这不是年纪尚小的她可以把握和理解的，这种脱胎换骨是粗暴的、无法讨价还价的，其带来的痛苦让她一度迷失自我，有几次险些喘不过气来。她没办法和姐姐或者妈妈诉苦，是她一门心思选择来这里的，她只能咬牙坚持，努力在这个完全陌生的地方生存下去。那艰难的日子虽然过去，而更难的或许还在后面，好在她的承受能力也在随之变强。

她想起有一次和男朋友看装置艺术展，艺术家是个五十二岁的福建人，旅居香港十年，装置作品的主题是关于现代人的处境问题，生命个体被裹挟进一个巨大的秩序当中。艺术家强调，自己酝酿、准备这些作品花了四年时间，关心的并不是冷冰冰的秩序，他想要借此展示那些"小小个体"身在秩序之中的挣扎与哀愁。八十一头用羊皮缝制、体内塞满稻草和金属线的老虎，置身在展览馆这座仿真城市的各个角落，被先进的科学技术与现代文明包围，既没有坚固可靠的笼子，又没有真正的旷野，看似有许多自由和选择，而觅食的难度却是空前的。

听见陈思佳翻身的声音，陈思琪问道："姐姐还没有睡？"

陈思佳没有吭声。

陈思琪继续说："有一次爸爸单位的李叔喝多了，他开玩笑说爸爸有许多女朋友。"

过了一会儿，陈思佳说道："既然是玩笑话，你怎么当真呢。"

"我觉得那不是玩笑话，我们都是大人了。我见过爸爸的一个女朋友，开照相馆的小飞阿姨，你应该也见过。妈妈很讨厌她，有一次撞见爸爸和小飞阿姨从照相馆里出来，我感觉妈妈其实什么都知道，但她没有拆穿。念初中有一次忘记带作业，回家去取，发现门口有一双蓝色的高跟鞋，我可以保证那不是妈妈的，妈妈不穿蓝色的高跟鞋。当时我有种很坏的预感，里屋的门锁着，我听见里面有动静，但是他们突然安静下来。我当时一分钟都不想再待下去，很怕会撞见什么，拿上作业就离开了，这件事我没敢告诉任何人。难道你从来都不怀疑那些说法的真实性吗，比如妈妈可能喜欢女孩子，而爸爸有很多女朋友？"

"爸爸确实有一个关系不错的女朋友，但并不像李叔说的那样。小飞阿姨是爸爸的初中同学，妈像是默认了他们一样，以前我也想不明白。"

　　　　　　　　　　　我一生的风景　|

"你觉得爸爸算是坏人吗?"陈思琪继续追问。

"我不认为爸爸是坏人,毕竟什么是好人什么又是坏人呢?"陈思佳说。

"很怕活成妈妈的样子,在这个世界上有太多像妈妈一样的人了,这套社会秩序很容易让人活成那样。大概活得十分压抑,她才会生病的。"

"你不要胡思乱想,虽然我们是她的孩子,但也确实是另外的个体,一个人怎么可能完全活成另外一个人的样子?"

"我时常害怕我们的人生将会彻底完蛋,活成一团糟。"陈思琪说。

"不会的。"陈思佳说。

"难道我们一辈子都要像这样忍耐和克制?"

"忍耐和克制才是永恒。"

2

其实陈思佳的心里也害怕,母亲没了,工作没了,孩子没了,爱情没了,她觉得人生马上就要完蛋,或者在世俗意义里已经完蛋了。可那又怎样呢,她想,有理想的人才会害怕完蛋,像陈思琪这种有目标的反而容易迷茫,毕竟已经完蛋的还害怕什么?从来都活在迷茫之中的人,压根儿就不知道什么是人生方向。只是香港之行狠狠撞击了陈思佳,她发现自己是一口从来没发出过声音的钟,这一撞使她意识到自己或许也可以发出一些别的音色,这种撞击后的震荡,大概要在离开香港之后仍要回荡很久。

她们坐着天星小轮过了海,像陈思琪说的那样,重庆大厦门口有许多大眼睛的印度人,他们盯着进出的客人,陈思佳略显紧张地一直用手护住身前的包,里面装着刚刚兑换好的港币。出来之后她对陈思琪说:"我以前一直以为重庆大厦在重庆,有一次我去了重庆才知道，重庆大厦在香港。"

"你以后可以经常来香港玩，下次再来可能你都做了妈妈，我就是小姨了。不过你记得提前告诉我一声，我能多陪陪你。"陈思琪摸了摸陈思佳的肚子，仿佛触摸到的是她们的未来，也可能是海市蜃楼。

"如果妈妈还在就好了，我觉得她会喜欢这个地方。"陈思佳有些遗憾地说道。

"所有骨子里虚荣的人都爱香港，但仅止于旅游，长期生活是另外一回事，这里超出了我曾经对生活的想象，无论是好的一面，还是坏的一面。任何想要往上爬又没什么钱的外地人活在这里就是自我折磨，永远有人比你过得更好，而我们一开始就输了。"

"你不要那样说妈妈，人和人之间有巨大的差异。"

"不是差异，是鸿沟，一条看不见的鸿沟，要有怎样的奇迹才可以逾越？如果有一天我生了小孩，我不确定自己可以比妈妈做得更好，可我仍然希望能从起点上有所改善。"

"你相信奇迹吗？"

"如果不相信，又怎么会留下来？"

"我有位朋友在北京闯荡，很不容易，和男朋友挤在一间狭小的卧室。有时很佩服这样的人，至少他们敢于尝试，我一直保险地活着，情况却不见得比他们更好。我不再相信奇迹，小概率的心想事成，成了之后呢？"

"可活着总要做点什么，尚且不至于混吃等死，我们还这么年轻。只是这里要更残酷一些，它没有你现在看到的这么光鲜有趣，虽然它确实也很有趣，但在这里生活的话，可就不只有有趣了。"陈思琪把一块口香糖放进嘴里，这些年承受的委屈与压力，也只是被这样一句话轻轻地带过去。刚毕业的时候，陈思琪曾担心自己有可能撑不下去，但如今撑下来了，她不打算再回到内地去，她心里很清楚。

陈思佳从超市里出来，买了一瓶冰咖啡，瓶身的水汽把她的手掌弄湿了。太阳照在陈思佳的额头上，她突然觉得自己有些累，并非刻意想要隐瞒什么，只是做人的挫败感正在粉碎她的最后一点自尊心。她很怕自己会在妹妹面前崩溃，但最终还是忍住不在这一刻将某些话说出口，仿佛只要忍住，一切就不会彻底失败。

弥敦道有一家日本拉面店，此刻既过了午饭时间，距离吃晚饭又尚且有些距离，里面没什么客人，只有一对情侣。她们点了两碗不同口味的面条，陈思佳觉得这有点像某种隐喻，她们虽说是姐妹，但从小到大喜欢的东西却很不同，总是冥冥中走向两条不同的路。吃到一半，服务生非常抱歉地提醒她们店里晚上闭餐，他们要举办员工联欢会，并非什么特殊节日，陈思佳不明白为什么要开联欢会。但也没办法，对方很有礼貌，一直在解释和道歉，她们只好快点吃完剩下的面条。

陈思琪把账结了，走在路上问道："姐姐回去打算做什么？"

"我还没想好，先休息一段时间吧，"陈思佳说，"你明天要出差？"

"嗯，我要去深圳，剩下几天没办法陪你，明天你可以在中环附近逛逛，那里有些好玩的。"

陈思佳买了两盒蜂蜜面膜，算起来比内地淘宝都便宜，在香港的街道上，像这样的小商店有不少。陈思琪说："你要不要再买些其他东西带回去？大陆游客很多都带着行李箱过来，专门购物的。"

陈思佳想了想，没有特别想买的东西，如果母亲仍在世，她或许会买一条紫色印花的丝巾，到了冬天可以搭配母亲那件黑色的呢子大衣。有一年冬天母亲一直说想要一条丝巾，但这个愿望似乎被所有人忽略掉了，包括母亲自己。此刻除了妹妹，没有人再可以记挂，和父亲的关系一直都不算好，妹妹是她最亲近的人。想到这里，陈思佳快走了几步，试图缩小她和妹妹之间的距离，陈思琪也稍微有所停顿，等她跟上来。

庙街有著名的夜市，和所有夜市一样，主要售卖一些廉价商品。那些东西不是什么好质量的玩意儿，细究起来价格远高于品质，并不划算。天黑下来，前面拐过去是"算命一条街"，顾名思义，一条街都是占卜算卦，一群前程未卜的年轻人排队等候预测自己人生的运势。一位胖胖的女塔罗师正在支起红色的伞棚，伞棚外贴着塔罗师与一位年轻女孩的合影，塔罗师曾经成功预测她将赢得那一届港姐的亚军。

"我们要不要去算一下？"陈思琪说。

"还是不要去了。"陈思佳说，她害怕他们真的洞察了她人生。

"你不相信命运的存在？"陈思琪问道。

"我只是不相信别人能把握我的命运，而且我怕他们会说一些不好的话，即使不信，还是会忍不住去想。"母亲生病以前，有个人帮陈思佳算过，说她在二十九岁到三十岁之间会有一个大坎，如果能迈过这个坎，后面的人生会好走一些。

站在路口，陈思琪觉得自己和姐姐就像两只在油麻地游荡的老虎，身体里塞满稻草和金属线，不知道接下来去往何方，无家可归，她们曾经的热带雨林早已崩塌于时间之中。

"昨天晚上，你有梦见什么东西吗？"陈思佳犹豫了很久，终于决定问问妹妹。

"我最近经常会梦见妈妈，梦里她变老了许多，头发都白了，而我们还是那么小。"陈思琪说。

"哦。"陈思佳很轻地回应了一声，害怕惊扰那个在梦中哭泣的人——那是一个让她感到陌生的陈思琪。

"妈妈和我们都不是这个世界的宠儿。"陈思琪说。

"忘记宠儿这回事，我们也不是这个世界上最不幸的。"陈思佳说。

"今年过年，我想回去看看爸爸，我似乎有些理解他了。"过了很久，陈思琪说道。

"爸爸也老了。"陈思佳的手在口袋里面攥了攥，像是代表某种决心，但很快又松开，路口的灯变绿了。

我一生的风景

1

过道里挤满了人，车窗上方贴着欢度国庆的红色标语，整节车厢弥漫着热烘烘的气味和各种人的声音，嘈杂中始终伴随着列车滚过铁轨时有规律的低沉震动。

灰白色小桌上放着半瓶可口可乐，还有一个粉红色的塑料袋，里面装满零食，不锈钢盘子里堆起一座由瓜子皮和塑料包装袋组成的小山。对面的胖女孩一路上都在不停地吃零食，从北京站上车时，袋子还是鼓的，现在已经瘪下去一半。她和旁边的男人仿佛有说不完的话，话题始终围绕公司里复杂的人际和琐碎的不愉快。但女孩说话的时候似乎又很愉快，总是时而发出阵阵笑声，时而沉默。

上了年纪的女人光脚踩在我旁边的座椅上，想把行李架上的箱子取下来，她伸手够了半天，行李箱又大又沉，如果掉下来，足够把她和下面的人都砸晕，而我正好坐在行李架下面。一个皮肤黝黑的瘦男孩主动过来帮忙，女人才成功取下她的箱子。男孩一路上站着，靠在其他人的座椅旁看网剧，音量开得很响，我也是抢了很久才买到这张坐票。他的皮肤像是被曝晒过一整个夏天才会那么黑，也可能天生如此，年纪看起来和我差不多大，就在不久前，我刚过完二十六岁生日，或许他比我还要小一点。

我感到一阵烦闷，想要挤入人群去抽一支烟，但必须穿过漫长而拥挤的走廊，只好忍住，尽管后来又有过几次想要站起来的冲动。我靠车窗外快速闪过的风景打发无休止的时间：远处有一座灰绿色的山脉，还有一些稀稀拉拉的树和低矮的房屋。荒凉的旷野中，一位老人赶着一群毛色浑浊的羊，羊正在吃草，整片空地上只有他一个人。这些北方的枯燥单一的风景，容易使人感到厌倦。

这些风景我看了很多年，仿佛一直走在同一条路上。但过去我一直天真地以为，人的一生可以迈入不同的几条河流。

回想起高三艺考结束，我和父母一起坐在开往云中市的火车上。我与母亲坐在下铺的床上，父亲和我们的行李在对面另一张床上。那趟火车很慢，开了将近十一个小时，是比现在更煎熬的十一个小时，那是我唯一一次渴望回家，而更多时候我几乎只想出去。那整整半个月我都在考试，母亲每天在宾馆里苦心研究，让我报考哪所学校胜算会大些，她比我更辛苦。而我早就心不在焉，我厌倦在别人面前不断地展示自己。我不算刻苦，但仍然很辛苦地和一群茫然的学生在一个个冰冷的房间里比拼才艺。我们裹着军大衣或羽绒服，在走廊里排队候考、抽签，大衣里穿着表演用的裙子或西装，小腿和膝盖经常冻得发青。中途在走廊换衣服时，我还弄丢一条灰色的打底裤。那些考官多半是冷漠地看着我进来，又冷漠地看着我离开。偶尔被人问起我的梦想，当我兴致勃勃地谈论起梦想时，考官们又总是带着一种善意而复杂的微笑，那是我在很多年后才能理解的微笑。

学校老师经常跟我们说，每天必须做大量的练习才能在考试中胜出。同样在很多年后我才明白，这世上没人胜出了，只有输了的和还没输的，或者知道自己输了和不知道自己输了的。

我一生的风景

记忆中，母亲给我剥了一颗雪白的鸡蛋，她比我更担忧我的前程。十七岁的我，对于未来并没有太多具体的概念。关于艺考，母亲什么也没有说，只是用行动鼓励我，好让我能够安心回家过年，认真准备六月份的文化课考试。父亲跟我讲起他年轻时候的事情，以及一些关于煤矿的见闻，或许是希望我们的话题能更轻松些。父亲是国营煤矿的一名普通工人，与煤块打了半辈子交道，可对我而言，和煤有关的一切，实在不能算作轻松的话题。

父亲对我似乎并不担忧，他是那种随遇而安的人，还有很多像他这样甘愿在煤矿干一辈子的人，他是我们这座城市里最寻常的人。但从父亲的脸上，还是能够看出他对我的期待。我的未来就像只没有破壳的鸡蛋，没人知道它是否能孵出一只毛茸茸的活泼可爱的小鸡，但存在这种可能。未来多么诱人，很长时间以来，我都被这种对未来的期待和迷茫所折磨。

母亲犹豫地说道："你要是能考上老家的大学，其实也不错，不用非要去很远的城市，这样我们还能照应你。如果你一定想出去，我和你爸爸，我们也会支持你的……"母亲语气里的情感有些复杂。她既希望我出去，那意味着我的成绩还不错，事实上，她心里也认为能走出这个"煤炭之乡"是一种能耐。然而，她又不希望我离家太远，离她太远。

"毕业后可以考第二学位，想办法找份云中煤矿集团的营生，或者继续考研究生，出来之后当老师。"父亲接着母亲的话说。

"女孩子当老师挺好，你姑姑就是老师，她希望你将来也能干这行。又体面，风吹不着雨淋不着，还受人尊敬。况且和孩子们打交道，人际关系相对单纯些。"母亲说。

姑姑是父亲家族里唯一的知识分子，她通过自己的努力，摆脱了成为一位煤矿工人的命运。尽管成为云煤的正式员工，是很多人渴求的事情。我的爷爷、我的父亲，他们这辈子把健康的肺和蓬勃的青春，都献给那堆黑漆漆的煤块了。爷爷说这是光荣，但姑姑和我一样，我们厌倦透了。

"我一定要出去！我不要像无能之辈一样，永远待在同一个地方，不想过那种一眼就能望到头的生活。"我斩钉截铁地说，语气里带着某种年轻的恶狠狠。

母亲欲言又止。父亲的脸抽动了一下，神情里拂过一丝不自然。

"现在工作都很难找，强强毕业那么多年，去年才找到一份稳定的工作。在马脊梁矿做文化宣传员，有五险一金，"父亲说，"只是工资很低，扣完五险一金，每个月到手不到两千块。"

强强是父亲同事的儿子，比我大几岁，小时候他经常带我和另外几个小孩，去父亲单位后面的那座山上寻找"酸溜溜"，后来知道那种东西叫沙棘，一种小颗粒的橘红色果实。我们都曾经无忧无虑过。

"不过你是女孩，求个安稳，工资低点没关系的，将来……"父亲没有继续说下去。

我已经能够预见，如果考不上大学，将来不靠自己在外面打拼出一番天地，以我的性格，待在老家会拥有怎样的人生。

"我怕我什么都考不上……"我突然像只泄了气的皮球一样低下头，眼泪滚落下来，落在我的手背上。

"不会的。"父亲轻轻拍了拍我放在膝盖上的右手。

我抬起头，窗外仍在不停闪过一些新的单一的风景。对面的胖女孩安静下来，她歪着头睡着了，粉红色袋子里几乎变得空荡。随着火车越来越往北，车厢里不再继续闷热。我站起身，穿过沉睡的人群，以及蹲在地上玩手机的人，走向17号车厢末端的卫生间。

火车停靠在倒数第二站时，下去很多人，车厢里瞬间空旷许多，甚至能够感受到明显的凉意。旁边的女人从箱子里取出一件开衫外套，披在身上。云中就快要到了，人们开始窸窸窣窣地收拾各自的东西，夫妻之间、父母和孩子间互相叮咛着，嘱咐彼此拿好东西。

车速一点点降下来，窗外的天色更加晦暗，远处亮起星星点点的灯光，回乡的火车即将进站。

2

十几辆出租车排成一列，停靠在马路边。一位矮个子却很健壮的司机伸出胳膊，粗鲁地拦住我，问我要不要打车。我摇了摇头。他们仿佛随时要把路过的人拉上车，如果是第一次来这里的单身女性，很可能会被他们吓到。这些司机专门在火车站拉客，通常都是一口价，比打表贵。而且他们很少接市区的活儿，认为路途太短，不值得。

等过了马路，我拖着行李箱又走出一段路，才站在路边拦下一辆出租车。副驾驶上坐着另外一位乘客，是个有些激进的老人，司机沉默地开车，偶尔不咸不淡地回应他几句。

我坐在后座上给母亲发微信，告诉她我已经下火车，正在回家的路上。已经一年多没有回过家，毕业三年，我都在适应社会和工作，时间突然变得稀有起来。而每次回家都要坐很久的火车，实际上在家里待不了几天，就又得赶回去。我厌倦这种奔波，因此母亲总抱怨我太久不回家，但每次与她商量要不要回去，她又总是出于心疼我说："那就下次再回吧……下次回来多住两天……"我听得出母亲话语里的失落，以及她在努力掩饰这种失落。

马路两旁换了新的路灯，金色的立柱，高高伫立着。行道树上缠满色彩缤纷的小灯，忽闪忽闪，变换颜色。每个小区门口都悬挂两个火红的灯笼，颜色真像是两团崭新的、带着希望的火焰。一路上，时不时能看到一些相似的广告招牌，上面写着：富强、民主、文明、和谐。

　　老人的每句话几乎都带着脏字，但他没有恶意，他只是想表示情绪激烈，或者仅仅说明他很痛苦。老人讲述自己看病的经历，他说三年前肚子里像是钻进去一只虫，经常让他又痒又难受。去三家医院做检查，得出三个不同的检查结果，买了很多没用的药。

　　"换作是你们，会相信谁？"老人说，"三个月后还没好，大夫让我开刀，说取出来看看，看了才知道是不是癌。你们说说看，这叫人话吗？那些人以为我的肚子里装的是棉花吗？这帮庸医，难道真要等他们取出来告诉我没问题，再给我塞回去？"

　　"的确不像话！"司机附和道。

　　"后来我不想折腾了，索性自己回家等死。但你们猜怎么着？"

　　我和司机都没说话。

　　"结果一直活到现在，能吃能睡，比没病时还健康。"老人得意地笑起来，"你们这些年轻人，等活到我这把岁数就会知道，相信自己的命运比相信别人的科学重要。"说完，老人冷哼了一声，从嘴角挤出来一个脏字。

　　老人比我提前下车，拿出一百块给司机，司机指了指玻璃窗上的二维码，建议他用手机支付。老人说："我用不来这些年轻人的玩意儿，现在怎么到处都不收现金了！"司机解释说："我真给您找不开，要不您找个地儿，换下零钱？"老人骂骂咧咧地从四个口袋里来回翻找，最后找出一张皱巴巴的二十元现金。

　　隔着车窗，老人的身影看起来远比他的那些粗口显得孱弱，他步履蹒跚地走进一条没有路灯的小巷，渐渐隐没在昏暗的巷子里。

大概又经过两个红绿灯，我也下车了。马路对面站着一个身材高大的女孩，头发乱蓬蓬的，腿边放着行李箱，像是在等人。大概我也如她这般，看起来有些涣散和疲惫，我拉着行李箱往小区大门走去。

云中市每年到了冬天，都会非常冷，最冷的时候零下三十摄氏度。我不知道一个人性格里的坚毅，和故乡的这种冷究竟有多少关系。看着眼前这条走过无数回的街道，想起高中时候每次下雪，天还没亮，我就推着自行车从厚厚的雪地里穿过。自行车在冰上反倒会比在雪地里好骑，只要足够小心就不会摔倒。如果刚下完一场雪，雪融化后结成冰，这时又下起另外一场雪，这种情况是最麻烦的。薄雪覆盖着坚冰，就只好走路去上学，通常这种情形要花费一个钟头才能走到学校。漫长而苦涩的求学之路，每次遇到这类恶劣天气，我总要向母亲抱怨一通："我什么时候才能不用去上学啊？"她总是回答我说："再忍一忍。"

或者偶尔，她会帮我跟老师请一天假，好让我躲过一次恶劣的天气。那个时候我总觉得，从长远来看，中国学生的付出和回报不成正比。

到家的时候，母亲正在厨房里做饭，父亲在沙发上看电视。开门后，母亲听到声音，系着一条紫色的围裙，从厨房里跑出来迎我。母亲今年明显老了许多，大量的发根露出白色。为迎接我回家，她很早就开始收拾房间并且忙于各种采购，没有时间给自己染发。母亲见到我很开心，却不再像小时候那样数落我变丑了或是瘦了，认为我没把自己照顾好，用这种方式来表达她的关心。这几年工作对我的磨砺，可能让他们明显感觉到我成熟了，能够为自己遮风挡雨了。

父亲走到玄关，手里握着半把莲花豆，手指上沾着透明的盐粒，他比过去消瘦了许多。最近一年，父亲的身体不太好，总是很容易感到累。他不再下井，调到井上做一些简单的工作。直到一个月前，医生在他的肺里发现了肿瘤，他才不再去矿里，彻底在家休息。

　　幼年的记忆中，父亲总是黑色的，我中学时还曾写过一篇散文《黑色的父亲》，匿名投给了一本杂志，竟被奇迹般地刊登出来，署名是我随手编的名字。父亲上完夜班，如果没在单位洗澡，早上直接从井下回来，他的眉毛、脸颊、蓝色的工作服，统统都会沾满黑色的煤屑，连嘴唇都是黑的。笑起来，只有牙齿是白色，而父亲的眼白则因为一宿没合眼，布满鲜红的血丝。尽管戴着工作手套，但两只手还是会被染黑，指甲缝和手纹中藏着煤屑，有一些是水也洗不掉的。父亲人生中的很大一部分时间，都是在幽深的巷道里度过，看不见外面的草地和蓝天。在父亲的肺里，应该也有许多这样的煤屑，它们仿佛成为他生命的底色，和无法抹去的一部分。

　　有时他下班回来，正巧遇见我出门去上学，性格一向严肃木讷的父亲，也会做些恶作剧。他用蜷起来的食指和中指用力夹我的鼻子，在我的鼻翼两侧留下两片黑乎乎的印迹。过去不理解父亲的这种幽默和他表达感情的方式，经常发脾气指责他，而父亲每次都会显得有些窘迫或者难堪。这些飘散在时间中、过去我觉得不重要或不美好的回忆，如今却都散发出温暖。我上小学六年级时，父亲因为一次操作失误导致右手食指被砸断，尽管最终保住了手指，但那根食指却再也使不上力气。从那之后，他再也没用那只沾满煤灰的手捏过我的鼻子。

　　母亲看起来有些拘谨，实际上却更加激动一些，以至于她的眼睛看起来十分湿润。我们还没有适应新的彼此，又都是内向不善言辞的人，彼此沉默了一会儿。我换上母亲新买的薄荷色棉拖鞋，三个人站在玄关，被一种熟悉的温暖笼罩，厨房里飘出小鸡炖蘑菇的香味。我变得审慎起来，因为担心说错某句话，或者触碰到某个开关，眼前的温馨就轰然垮塌，我知道他们也在小心翼翼并且努力地维护这种如履薄冰的幸福。而我不愿意再像小时候那样，为了一些如今看来不重要的东西和他们争执，我也能感觉到，他们希望用崭新的方式对待我。

吃晚饭的时候，电视里播放新闻，画面中是客流量巨大的火车站，记者正在随机采访候车大厅里的旅客。母亲撩了一只鸡腿，放进我的碗里："明年回家就不用这么辛苦了，北京到云中的动车很快就修好了，到时候两个小时就能回来。"

"早就听说政府在修这趟动车，终于要修好了。"父亲说。

"开通以后，人们回家或者出去都方便。"母亲说。

父亲感慨地说："小时候进趟城都觉得很远，谁能想到有一天两个小时就能到北京？我和你妈蜜月旅行去北京时，坐的还是以前的那种绿皮火车。"说完，父亲突然显得有些失落。

"有了动车，你以后随时想回家都可以。"母亲对我说。

"你妈的意思是，你要常回家看看，"父亲说，"你妈说你现在长大了，连家门在哪都快忘记了。"

母亲反驳道："我什么时候说过这样的话？我是那种不明事理的家长吗？"

"好好好，你没说，没说过。"父亲冲我挤挤眼睛，他努力想让我们聊天的气氛能再轻松些。

母亲说："孩子大了，在外面自然有很多事情要做，我怎么会不知道。"

我突然想起来给父亲买的老花镜，起身回卧室去拿。父亲生病不上班之后，没什么事情做，有时候想看看报纸或者在手机里刷刷新闻，一个月前和母亲打电话，她说父亲现在眼神越来越不好了，手机里的很多字都看不清。

我把眼镜放在餐桌上，找来一张报纸，让父亲戴上试试。看得出，父亲很高兴，但他不善于表达这类情感。

"如果戴着不合适，我可以拿回去换一副，或者先用着，等春节回来时我再买副更好的。"只是想为父亲做点什么，但显然我也不善于表达。说完有些后悔，父亲和母亲脸上都露出一丝尴尬，我突然意识到这句话的愚蠢，因为谁都无法确定，父亲那时还能像现在一样坐在我们身边。

"不用了，这个就行，字都放得很大，看得很清楚。"母亲也戴上试了试，但很快她就摘下来，我注意到母亲的眼睛有些红。她小心翼翼地把眼镜放回盒子，又将眼镜盒放进书柜下面的最后一只抽屉里。

"你还年轻，我是支持你出去闯一下的，只是你妈怕你一个人北漂太辛苦。"父亲说。

"我现在挺好的，工作渐渐捋顺，基本的生活也都能满足。"我说。

"在北京如果遇到难处就跟家里说，不想干了，你就回来。"父亲说。

"过去，我一直以为你不希望我出去。"我说。

"我从来没有反对过，"父亲咳嗽了几声说，"吃饭吧。"

3

上午十点醒来。有那么一会儿，我不知道自己身在何处，像是从十年前的某一天里突然醒过来，心里有股强烈的无助和不安，如同溺水，耳边是隆隆的火车声。我挣扎了一阵子，才逐渐回到当下的现实，然而现实是一片更大的沼泽。

在这间曾经的卧室里，有很多关于青春的回忆。过去，有个男孩经常会来到这扇窗户下面，骑着一辆橘色的自行车，约我出去玩。有一次，男孩驮着我去东城的生态公园，我们去看黑天鹅，我坐在自行车的后座上，钻石一样的阳光在头顶闪烁。那条路很长，我们对自己的未来一无所知，迷茫而幸福。那年新闻里说，有黑天鹅来到这座城市栖息。于是我一直渴望见到黑天鹅，仅仅是因为从来没在现实里见过这种鸟，觉得很新鲜。但到头来，我们只看见一些灰扑扑的鲤鱼和野鸭，一只天鹅也没有。我有些沮丧，他安慰我说，它们只是藏起来了。由于太过于专注寻找黑天鹅，没有留意我们的自行车，后来自行车不知道被谁偷走了。我们站在滚烫的马路边挥手，一辆出租车也没拦到，只好沿来时的大路往回走。记忆中，那天走了很久，我被晒得非常黑。黑天鹅和自行车没了，加上炎热和疲惫，对年轻的我来说，那是一种挫折。可如今看来，倒希望那条路能再长一些。

母亲在厨房里蒸茴香包子，食物的香味从虚掩的门缝钻出。自从毕业，很少能再吃到母亲做的饭，过去每天都吃，竟不觉得这是一件幸福的事。父亲吃完早饭去小区里的老年活动中心了，他生病前，常和一帮退休的老人下棋。现在坐不了那么久，就在旁边看一会儿人家下，过过眼瘾再回来。

"爸应该好好在家里休息。"我说。

"他不愿意一直待在家，前几天睡醒午觉，他说看见有人藏在卧室的门后面，问我是不是领他'走'的人来了。他知道自己这个病好不了，但不想这么快。"母亲有些哽咽，"出去和人待会儿也好，他能稍微转移点注意力。"

母亲从一个带锁的抽屉里，取出一张有些发皱的纸给我，是医院的诊断证明。母亲嘱咐我看完赶紧收好，别让父亲看见。

"'不建议住院治疗'是什么意思？"我说。

"癌细胞扩散，治不好了。"母亲说。

我突然意识到，每个人的身体里都装了一个倒计时的东西，我们不知道上面的时间还剩下多少，但父亲的不多了。一个月前，母亲在电话里告诉我，父亲得了不太好的病，但我那时并不知道，父亲可能等不到下一个春天了。

"爸知道吗？"我问。

母亲点了点头。

客厅的电视里正在直播国庆阅兵，威严的坦克车从屏幕上开过，主持人铿锵有力地介绍，乐队演奏着鼓舞人心的军乐。

"感觉今年的阅兵很壮观。"母亲说。

整个青春期，我和自己、和外部世界的冲突都表现得格外剧烈，身边的一切使我感到沮丧和愤怒。性格孤僻不顺从，想法和同龄人格格不入，爷爷坚信我无法成为一个对社会有用的人了。在爷爷的认知里，只有帮祖国挖煤才能算是有用的人，往小了说，一个男人必须养家糊口才行，而那座矿山里的男人们几乎都是靠此为生。对一个女人来说，则是要伺候好家里挖煤的男人。在那座矿山里，我们所能做的也只有挖煤或者与此相关的事情。我十分鄙视和痛恨煤矿，我不明白那堆黑漆漆的玩意儿和我的人生有什么关系，而我凭什么要把自己献给它们？那时，由于学习成绩也比较一般，除了我的父母仍对我抱有期待之外，其他人都觉得我能不误入歧途就不错了。

"我下午出去一趟。"我对着厨房那扇黄色的木门说道。

"去哪？"母亲问。

"去见一个同学。"我说。

"高中的吗？"母亲好奇地探出半个身子问道。

"初中的。"我说。

我一生的风景

"我以为你和初中同学都不联系了。"母亲说。

实际上，我与崔明远的确已经很久没有往来，能再联系上，我也感到有些意外。有一天我在办公室清理邮件，无意中发现垃圾箱里有一封未读邮件，落款为"崔明远"。看到这封邮件时我有些恍惚。

娅婷：

你还好吗？上周翻看毕业照片，想起很多以前的事情。

两年前我给你打过一次电话，接电话的是一个陌生人，的确，都过了这么久了。我也向几个同学打听起你，大家都说联系不上。不知道这个邮箱你是否还在用，我也不确定你能收到这封邮件，但还是想试一下。

关于那件事情，一直不敢问你那天为什么没有来，或许只是因为我没勇气面对你。我承认自己怪怨过你，但那都过去了，有时回想起来，也觉得当年的自己十分幼稚。

我在云中，你如今生活得怎么样？希望没有打扰你。

崔明远

下方是我当年写给他的邮件，看到自己写的信，一些回忆苏醒过来，关于这个叫崔明远的人，我想起很多。我的那封邮件里只有一句话：

两本书都看完了，我很喜欢。周一还给你。

那是我第一次读川端康成的书，也是第一次发邮件给崔明远。我还摘抄了书里的很多句子，其中有一句话，曾被我用作个性签名很多年：

> 即使和幽灵同处地狱，也能心安理得；随便什么时候都能拔腿而去。这就是我，一个天涯孤客心底所拥有的自由。

整个初一，我和崔明远几乎都没有说过话，甚至没有做过同桌。他在我后两排的位置，沉默寡言，成绩中等，是个不容易被大家记住的人。初二刚开学的一节政治课，他被老师抓到读课外书，我才开始注意到他。他当时正在读一本介绍李叔同的书，为此，一向沉默腼腆的他和老师顶撞起来，认为老师的课枯燥乏味，对真实的人生没有任何帮助。老师罚他在楼道站了一节课，并当着全班同学把那本书撕成两半，警告大家这是偷看课外书的下场。那节课结束后，我对崔明远有了几分好感，觉得他和别人不太一样。

有一次崔明远打电话来问我数学作业，我很意外他怎么会有我的电话。他说初一刚开学的时候，他请很多同学写同学录，也让我写了，我在上面留了电话。但这件事我完全没有印象。

后来，他经常打电话问我作业，有一次我终于不耐烦，斥责他为什么总是忘记作业留了什么。他在电话里沉默了一会儿，原本以为我的话伤到他，他却突然问我平时喜欢读哪类书。第二天，崔明远带来两本书放在我的课桌上，一本是川端康成的散文集，一本是《雪国》。他要送给我，因为作业的事情总是打扰我，他感到很抱歉。我也为自己电话里粗鲁的态度，感到有些不好意思。或许是为了表达歉意，我接受了他的书，但坚持只是借来读一下，读完之后还他。从那之后，崔明远经常带一些书来给我

我一生的风景

读。他姑姑是开书店的，他说我想读什么书都尽管告诉他，很多书都可以帮我借到。再后来，他开始在周末约我出去。我隐约知道，他的父亲也是一位矿工，但他并不知道我曾经也住在矿区，我不希望这是我们的共同话题。

有一次，他骑车驮着我去看黑天鹅，结果没有见到黑天鹅，我却被晒得非常黑。我们把自行车弄丢了，走了很远的路才回到市区。回去的路上，我问他："有时我们拼命追寻一个事物，是因为不了解，还是因为喜欢？"他没有回答我，更让我感到意外的是，他突然牵住了我的手，而我的手心里都是汗。等回过神时，后知后觉的我才意识到，我和崔明远之间的关系，不仅仅是聊得来的朋友而已。

再次见到崔明远，是在百盛楼下新开的星巴克。我走进咖啡馆时，他已经等在里面了，坐在落地窗靠近角落的位置。我在微信里告诉他，我穿了一件樱桃小丸子的卫衣。崔明远准确无误地认出我的小丸子卫衣，他从座位上站起来，远远地向我打招呼。他看起来比我成熟，也不像上学时那么腼腆。

他走到吧台前，向服务生要了一杯美式和一份甜品，我点了一杯榛果拿铁。

此刻的崔明远，与我想象中差别很大，从落地窗前经过时，我没有认出他。我以为他会是那种戴着眼镜很斯文的作家，或者是有些理想主义的激进青年。但事实上，他看起来比大部分这个年纪的人都更加稳重踏实。穿了一身运动衣和一双银灰色的运动鞋，鞋底边缘擦得雪白。崔明远告诉我，念完高中之后他去当兵了，回到云中后进入云煤工作，但不用下井，在办公室帮领导写材料。

"工作内容不算复杂，工资也还行，除了比较无聊以外。"崔明远说。

我记得他以前和我一样，非常不喜欢云煤的工作，不想当一个"云煤人"。

"没想到你会来见我，"他说，"这么多年过去了，你看起来依然纯真无邪。"

我有些后悔穿这件卫衣来约会，但又觉得其实没什么。我笑了笑说："我知道你是在讽刺我。"

"你误会了，我的意思是你不像我们这些被世俗浸淫的人。"

"你的变化确实很大，其实刚才从这里经过时我看到你了，但我不知道是你。"我说。

"同学们都这么说，"崔明远笑着说，"我现在的样子，和小时候梦想中的人生差距太大了。"

"时间是魔术师。"我说。

"不，时间是女巫，"他说，"她会让一些事情彻底发生改变。"

"让王子变成青蛙吗？"我突然意识到这个玩笑非常有歧义。

"如果真是这样，女巫还不算恶毒，青蛙总比癞蛤蟆强吧。"他自嘲地说。

"这些年，你难道一直都在云中吗？"我试探地问。

"基本上都在，除了有几年待在新疆当兵。"他有意停顿了一下，"我高中毕业的时候去过北京，你一直都在北京吗？"

"我来北京只是最近两年的事，"我说，"高中毕业，考上省内的大学，所以想着工作的话一定要去大城市。"

他一只手握住光滑的咖啡杯，我注意到那枚无名指上的铂金戒指。之前微信聊天时，他并没有提起自己已经结婚，当然，他没有义务告诉我。我们谈论的话题，都尽量避开了彼此的私人生活，更多是在回忆过去，同样我们也避开了那件事。但我还是有些惊讶，他这么年轻就结婚了。

"你的头像很有趣，"他说，"是一部电影里面的剧照？"

"七个神经病。"

"什么？"

"《七个神经病》，我很喜欢的一部电影。"

"我没看过，讲了什么？"

"七个伤心的人和一只狮子狗的故事。"我有些走神，回忆起我们最后一次见面的情景。过去我常回想起来，每次想起来都会有些愧疚，后来刻意练习不去想，渐渐地也就真的不再想起，我以为永远不必再想起来了。

但现在，崔明远就坐在对面，活生生的，却像是另外一个人。而记忆里的他，还是青涩少年，一个疯狂渴望外面世界的少年，我仍旧记得那双天真而坚定的眼睛。那双眼睛对我说："我们走吧，一起离开这里，去看看那个更大的世界。"我甚至不知道那个更大的世界在哪儿，起初以为，只要离开脚下这片充满煤矿的土地，就能去更大的世界。

决定逃离的前一天晚上，我和父亲吵了一架，马上要升高中了，他嫌我整个假期都不用功。他说我如果再不努力，以后就得一直待在云中。我不服气，这让原本犹豫的我，突然变得坚定起来。我想证明给父亲看，不一定非要成绩好才能离开云中。

出逃的那天早上下着雨，我拿着自己所有的积蓄（只有五百块）从家里跑出来，坐上出租车直奔火车站。我在车里看见崔明远，他背着一个橙色的登山包，站在火车站前面的广场上等我。"姑娘，你到底下不下车啊？我还得拉活呢。"司机一直在催促我下车。可我再次犹豫起来，突然不想下车了，我承认自己有些害怕，甚至有些想家。他站在细雨中四处张望，给我打了两次电话，我没有接。我不知道该怎样和他解释那一刻心里所有的感受，甚至不想面对。

看着那个橙色的登山包消失在进站检票口，我突然哭起来，是因为我难过自己竟然有种松了一口气的感觉。那一刻，我突然伤心地发现，自己和崔明远是那么不同，而我是个多么无情和自私的人啊。我们唯一的共同话题只有阅读，甚至连我们渴望的那个更大的世界，也不是同一个世界。那之后，我们没有再见过面，崔明远也没有联系过我，我曾一度以为他从此去了一个更大的世界。

放在崔明远面前的巧克力莓果蛋糕完好如初，他也注意到这块无人问津的蛋糕，把它推到我的面前："这是给你点的。"

这时，我注意到蛋糕的外观造型看起来像一块老树根，外围是巧克力卷，模仿树皮的样子，蛋糕表面铺了一层可可粉做的年轮。

"你同桌梁婧，你们还有联系吗？"我问，"初三时，我俩曾经被分在一个值日小组，她总是笑嘻嘻的，对我这样冷冰冰的人，也从来都很温柔。我记得那时梁婧的梦想好像是当空姐，快毕业的时候，她被北京的一家什么模特培训学校选中。"

"她后来回到云中，她父母不放心让她那么小年纪独自去北京。梁婧现在在一家售楼处做销售。因为形象气质出众，为人亲和，卖房子比别人更有优势。虽然没能当上空姐和模特，可她有别的好运气，上班没多久，就做到销冠，真让人吃惊。"接着，他自嘲地说道，"我们这些人里，只有你离梦想最近，大家都做了现实的走狗。我当年还梦想当作家呢，现在却整天给领导写一些牛头不对马嘴的材料。"

"比起实现梦想，能在生活中找到自己的一席之地，同样很重要。命运有时很神奇，想不到梁婧有销售的才能。不过想想，如果我是顾客，也会愿意和她多说几句话的。"我看着玻璃窗上的倒影，在脑海中捕捉那些闪烁的回忆。

"你现在每天过着我曾经梦想的生活，看书，写字，真叫人嫉妒。"崔明远说。

我没有告诉他，我的生活其实也并不如意，长大这件事远不像我们曾经想象的那么简单，那个"更大的世界"也不是那么回事。

"你姑姑的书店现在还开着吗？"我问他。

崔明远没有料到我会突然问他这件事，他愣怔片刻，显得有些尴尬。他说："对不起，我欺骗了你。我的确有一个姑姑，但她并不是开书店的，而是在煤矿文工团上班。"

我非常惊讶，惊讶的不是他骗了我，而是我从来没有怀疑过。我一直以为他有一个开书店的姑姑，甚至对此坚信不疑，还有几分羡慕。"可那些书是怎么回事？"我问。

他说："书是我从图书馆里借来的，曾为此专门办了一张借阅卡。不过我不是有意想骗你，只是担心告诉你真相后，你会拒绝那些书。"

我有种被欺骗的感觉，奇怪的是，这种感觉反而让我有些感动。

见我久久不说话，崔明远说："那时为了帮你借书、还书，我几乎每个星期都要去图书馆，风雨无阻。也因此，读了很多你喜欢的书。有一天，我拿着《麦田里的守望者》走在路上，甚至想，这样的日子如果能一直持续下去该有多好。"

"其实你不必为我这样做。"我有些惭愧地说。一想到自己读的那么多书，是别人风雨无阻借来的，感到很抱歉。

"是我自己愿意，我一直都很怀念那段借书的时光，你不用觉得不好意思。以前讨厌上学，现在回想起来，上学的日子竟成了最美好的记忆。"崔明远说。

从星巴克出来后，我拒绝了崔明远共进晚餐的提议，但想和他一块儿去桥上走走。到了晚上，桥上的灯都会亮起来，从远处看就像一道彩虹，而我们正在徒步穿过这道宽敞的彩虹。

"那天我去了火车站。"我说。

"你去了火车站？"他很惊讶地说。

"是的，我看见你了。"

"你看见我了？"他脸上的欣喜让我仿佛再次看见曾经的那个少年，他像是在确认一个期待已久的答案。

"你背着一个橙色的登山包。"

"哦。"他像是得到安慰，但又有些失落。"其实，你完全可以当面告诉我你不想走的，我们可以一起留下来。"

"我不知道怎么面对你，我实在说不出口。更要命的是，我不能确切地知道那一刻我所有的感受，所以不知道如何告诉你。"我说。

"那天，我也只坐了两站地就下车了，在一个陌生的县城里漫无目的地逗留了三天，又坐着火车回到云中。每次想起这件事，我都觉得自己很蠢。你知道那三天我都做了什么吗？"他像是在嘲笑那个更年轻的自己，"我住在一个很破的旅馆，楼下有一家游戏厅，因为是暑假，所以有很多小孩，我和一群小学生打了两天《街头霸王》。身上的钱不多了，我想省着花，于是每天只吃一顿西红柿鸡蛋炒面。我躺在旅馆的床上，看着外面的阳光，有种自由的幻觉，但这种感觉到第三天就没了。我的钱快花光了，什么都做不了，那里也没有我想做的事。我以为只要走出去，不管去哪，只要离开这里，就可以拥有崭新的人生。当我坐上火车的时候，却比过去更加迷茫。我开始想念爷爷，想念我自己的那张单人床，想念家。在那之前，我从来没觉得家人温暖过，甚至以为自己一无所有。"

"我一直以为你去北京了。"我说。

"你难道不想知道，我当时为什么那么想出去吗？"他扭过脸问我。

"为什么？"我还真的没有想过，我以为他就是单纯不想念书了而已。

"毕业后有一天，我爸妈突然告诉我他们其实已经离婚，但为了不影响我中考，一直忍到毕业才告诉我。而我的中考成绩也不理想，那时不会处理生活中这种连续的打击，能想到的只有一个办法：那就是不去面对，从这里逃出去。我妈走了，我爸工作忙，也没时间管我。我回去之后，爷爷问我去哪了，我说去同学家了，然后就再也没有人问过这件事了。那时，我把所有的坏情绪都怪在你头上，觉得连你也放弃我了，所以一直没和你联络。等我想明白了，又没脸再联系你，那件事情让我觉得很丢脸，本来就不该让你和我一起走。"他有些释怀地说，"不过，这些都过去了。"

"以前我对很多事情都不关心，我以为自己了解你，但其实我并不了解。"我说。

"那时你的确像活在另外一个世界，总是独来独往，仿佛学校、考试、同学……眼前的一切都与你无关。我一直很想靠近你，走进你的世界去看一看，却始终没有找到这样一条路。"崔明远看着护城河说，"以前总认为，人无论如何都应该去往更大的世界。但有一天我意识到，人如果看不清自己，不能和真正爱的人在一起，那个更大的世界和我有什么关系？"崔明远的眼睛里闪现出光芒，但这种光芒很快又暗淡下去。

崔明远始终没有提起他自己的婚姻，而且似乎也并不打算提起，这越发让我有些好奇他的妻子是个什么样的人。但我仿佛可以看到他未来的生活，以及我未来的生活，那是两条不会相交的河流，我们只能站在自己的河床，等待有一天能汇入大海，而有些河流，可能注定不会流入大海。

"我记得你问过我，我们拼命追寻一个事物，究竟是因为不了解，还是因为喜欢？这个问题我想了好久。"

我想，我们大概都找到了自己的答案。

他继续说："这世上不了解的人和事那么多，为什么我们偏偏想要了解某一个人、某一件事？难道仅仅是因为她不同吗？"

我以为自己知道答案了，但一时间，竟然再次陷入困惑。

"虽然现在已经很少会读书，但那两本川端康成的书，我一直珍藏着。"他说。

"那是很好的书，值得珍藏。"我说。一样是活着，有人却看见如此温柔的世界，并把它们呈现出来，真是了不起。

眼前的崔明远，仿佛让我看见了年轻时代的父亲。父亲二十二岁时，也曾离家出走过，为了不继续待在云中，他和爷爷差一点断绝关系。有一次看中央九台的纪录片，讲地球生态的，父亲突然对我说："一条河流是无法理解另一条河流的，除非成为大海的一部分。但即使这样，世界上也仍然存在无数湖泊和沟渠是大海所不能理解的。"有时候走了很远的路，穿越重重阻碍，仅仅是为了理解一条河。但作为人，能真正理解另一个人的时候，可能已经花掉半生甚至一生的时间。父亲年轻的时候喜欢读书，尽管整日待在幽深的矿井，可他对于井上的事情，始终有着自己的理解。

"不，"他说，"只是因为你读过，而它能让我想起那段日子。"

河水在灯光的照射下显得波光粼粼，映照着这座正在日新月异的多彩的城市，这条河流曾是京杭大运河的一段，见证了时光的流逝。很多城市如今都已经看不到星星了，然而这几年，云中的天空却始终那么晴朗明澈。

自从上一任市长下令关掉那些私人煤窑，实行全面绿化后，这座城市就逐渐变得不再像人们想象中灰头土脸的"煤都"了。

我记得初中有一阵子，全城都在修路和拆迁，每次遇上下雨，我家门前那条路都会十分泥泞，等走到学校时，鞋底总会沾满砖红色的胶泥，甚至在半路，两只脚就会沉得走不动道，如同穿上一双巨大的泥塑脚套。必须一边走，一边用树枝把脚上的泥刮掉，于是会出现很有趣的一幕，人们手里都握着一截树枝，为了能更轻盈地走到他们的终点，必须不断刮掉那些沾在自己脚上的淤泥。

崔明远开车送我回家，一路上，城市广播在播送各种路况信息和广告。介绍完路况后，开始放许美静那首《城里的月光》，后来又放了几首别的流行歌曲。

我再次感受到火车隆隆的震动。

"你能听见火车的声音吗？"我问。

他把广播的音量调小，它们变成一种细小的嗡嗡声，像是从我们的脚下发出来。

"没有，"他说，"这里哪来的火车？"

"我或许患上耳鸣了。"我说。

快到我家附近时，他突然停下车，我感觉到空气中的异样，以及我的脸在发烫。崔明远的手握着方向盘，后来又把手放在胸前，仿佛在他的意识海洋里摸索、整理什么。他显得有些焦灼，欲言又止。我想起他第一次打电话问我作业时的情景，也像现在这样，沉默了很久。他像是不知道如何开口，电话那头有遥远微弱的声音在问他要不要吃饭，一旦开口，又紧张到语无伦次。

电话突然在这时响起来，才打破这种古怪又暧昧的气氛。我无意中瞥到来电显示，是一位叫"雨佳"的人，这分明是一个女人的小名或者昵称。电话铃响了一会儿，他始终没有接，也不肯挂掉，可能是怕对方误会，或者仅仅是不愿意在我面前接起、在这一刻接起。我们就这样静静地听着，刺耳的电话铃声在有限的

我一生的风景 |

空间内乱撞，我们等待着，耐心等待着这一切结束。直到对方放弃，我们都松了一口气。我又一次注意到那枚亮闪闪的铂金戒指，突然感到有些不太舒服，那种巨大的失落感再次笼罩了我。我们曾经那么憧憬的未来，却像一只跛了脚的鬣狗一样，狼狈而蹒跚地朝我们走来，而我必须拥抱和接受它。

"明远，你害怕死亡吗？"我说。

"以前不害怕，那时太年轻了，什么都不懂。直到爷爷去世时，虽然难过，但我仍有些懵懵懂懂。死亡的威力是在日后一点点显现的，我开始意识到失去一个爱你的人意味着什么。伴随他的离去，我慢慢发现生活里开始出现一个个小孔，当风吹来的时候，你会感受到一种无处可躲的冷，那一丝丝风甚至能吹进你的梦里。你才会知道，曾经有人替你挡住了这些孔。我想，'死亡'大概就是我们再也没有庇护，所有墙都消失了，而你将彻底站在寒风中。永远。"

我突然觉得人生很有意思，从出生起，便有一个终点在等着你。一个人如果能够从自己的终点学会些什么，就会比过去变得更谦逊，更脚踏实地，也更智慧。过去，我只知道不想要什么，至于未来则是一片朦胧。现在，我渐渐明白自己想要的是什么了。我想起有一次在中学地理课上，曾在作业本的背面写过一句话：

你必须一次次死去，又一次次活过来。

"你怎么哭了？"他问我。

我摇了摇头，决定提前下车了。

下车前，崔明远再次诚恳地对我说道："很高兴你今天来见我，虽然不知道下次再见面是什么时候。"

"谢谢你，帮我重新回忆起很多以前的事情。"我跳下车。关上车门的瞬间，我犹豫了一会儿，说道，"请早点回家吧，路上注意安全！"

随后，我走进自己的长夜，这只属于我的黑夜，万籁俱寂的黑夜。

4

母亲一早醒来，把东西收拾妥当。

地板上放着几个塑料袋，里面分别装着两条新鲜的海带鱼和一些当季水果，椅子上的牛皮纸袋里是我给小外甥买的玩偶和衣服。我们打算在今天去一趟恒瑞新区，姑姑住在那里。去年年底，堂姐莫琳生了小孩，我还是第一次去看这个家里唯一的小小孩。

几年前，云煤集团实施"两区"改造工程，对那些矿区里的平房和煤矿采空区进行了大规模的人口迁移。人们搬离原本的住所后，被统一安置在恒瑞新区，截至二〇一三年，这里的居住人口超过三十万。但爷爷不愿意离开燕子山，他说他的兄弟姊妹都曾经生活在这里，也是在这里落叶归根，所以他死也要死在这片土地上。很多人劝他，告诉他新区的生活有多好，但他总是把劝他的人骂走："我活了一辈子，用不着别人告诉我什么样的生活更好！"但山上的房子要拆，爷爷只好从过去的平房搬到姑姑原来的楼房里，姑姑一家搬到新区去住。爷爷虽然仍旧生活在空气污浊、物质贫乏的矿区，但住上楼房之后，不必亲自在寒冷的冬天烧煤炉，我们也不用总是担心他一氧化碳中毒了。

坐了大约三十分钟出租车，我们来到恒瑞新区。

宽阔的马路，横冲直撞的电瓶车，乱糟糟的集市和叫卖声，五颜六色的水果摊，还有很多没有售出的商铺用红色卷闸门覆盖着。母亲瞅了一眼身旁的水果摊，转过头来，小声并且骄傲地对我说:"他们的桃子没有我买的好。"我笑着冲母亲眨了眨眼睛。我们一起穿过热闹的集市,走到马路对面。

进入姑姑所在的小区,一只棕黄色的小土狗跑出来,看到我的父亲、母亲,它从很远的地方就开始摇尾巴。然后欢快地跑向我们,贴着我父亲的步伐奔跑,有时跑快了它还要往回折返几步,或是停下来等一会儿,始终与我们保持相对固定的距离。在确认我们的目的地后,它率先跑进楼道,在前面为我们带路,小尾巴始终摇晃着。早就听母亲在电话里说起过,这是一只非常聪明的小狗,是奶奶从路上捡回来的。

奶奶今年七十一岁,身体还十分硬朗,虽然很瘦,但饭量一直很好。平常都是她自己出门去买菜,两个月前,在菜市场偶遇这只几个月大的小狗。从买芹菜的时候它就跟着我的奶奶,直到奶奶买完鸡蛋要回去,小狗一直跟着,怎么撵也不走,一直厚着脸皮跟到楼下。奶奶停住不走了,小狗也不走了,乖乖地卧在脚边。菜市场里那么多人,可它偏偏认准一个人。奶奶觉得和这只小狗有缘分,就把它抱回家,后来实在没有精力照顾它,只好送给姑姑养。

到了三层,小狗汪汪叫了四五声,然后抬起两条前腿扒在门上,开始抓门。门打开后,它欢快地跑进家。姑姑看见门外的我们,有些惊讶地说:"我以为你们要更晚一些才能到。"

"我们想着能早点过来帮帮忙什么的。"母亲说。

"快进来吧,进屋说。"姑姑把门敞开。

"是小不点带我们上来的。"我说。

"它最近长大了,刚来的时候比现在还小。"姑姑用抹布给它擦了擦四只脚底的土。

小狗好像知道别人在说它,冲着我们叫了两声,然后摇着尾巴去捡电视机下面的塑料球。

我一生的风景

"婷婷，你'五一'怎么没回来？"姑姑问。

"假期太短了，来回路上就要两天，只剩下一天可以休息，所以没回。"

"动车修好就方便了，我们都盼着你能回来，莫琳老想让你来家里住几天。"姑姑说。

姑姑看上去也老了许多，穿着沾满油污的家居服，整日围在锅台和外孙的身边，时不时还要上一趟燕子山，帮爷爷奶奶做些家务。这一年，她比退休前还要辛苦，要照顾一大家人。

"莫琳呢？"我换上拖鞋说。

"她身体不太舒服，在屋里睡觉，孩子这几天晚上总哭，我们都睡不好。莫琳老得半夜醒来几次，给孩子喂奶时估计有些受凉，感冒了。"

"这是给毛豆的衣服和玩具。"我突然想起自己手里拎着的袋子。

"你自己一个人在北京也不容易，孩子的衣服其实挺多的，我和你姑夫经常给他买。你能有空回来，姑姑就很高兴了。"嘴上虽然这么说，姑姑还是挺高兴的。

孩子坐在沙发上玩自己的脚丫，他姥爷在旁边逗他。姑姑把袋子放在沙发上，取出一件印有小飞象的连体衣给他看："你看，小姨姨给你买的新衣裳，快谢谢小姨姨！"孩子还不会说话，对衣服上的动物图案很感兴趣，放开自己的脚丫，停下来看了一会儿他奶奶手里的衣服，然后咿咿呀呀地说着婴儿的语言，仿佛能听懂我们的意思。

"衣服好像有点大了。"我说，孩子看起来比我想象中的婴儿还小。

"没事，孩子长得快，和大人不一样，衣服就要稍大点儿才好。"母亲说。

"莫琳还好吗？"我指的是莫琳离婚的事情。

莫琳怀孕期间，我姐夫和别的女人搞在一起，莫琳生完孩子在娘家坐月子，有一天回家拿衣服，恰好撞见。她说，如果那天没有回去拿衣服就好了，也不是非穿不可的衣服，这样就什么都不会知道了，日子还能稀里糊涂地继续往下过，但看见了就是另外一回事了。那女人长得一点都不好看，瘦得像只猴子，莫琳补充说。

"不太好，才办完离婚手续，一时半会儿可能很难缓过来。"姑姑说，"你有空多跟她聊聊，你说话她愿意听。"

看着眼前这个小小的男孩，我有种很奇妙的感觉，自从这个孩子降生，我突然成为长辈时，这种奇妙的感觉就越发清晰。在他到来之前，我尚且把自己当成一个孩子，只不过是个大一点的孩子而已。直到这个更小的孩子降临，我才意识到，人都是这样一代一代长大，然后变老的。也许正是因为我的到来，才使我的父亲和母亲老去。有一天，我会变得和父亲母亲一样老，也会和我的爷爷奶奶一样老。

孩子瞪着一双黑珍珠似的眼睛，好奇而天真地望着我，张着淡粉色的小嘴，嘴唇湿漉漉的，嘴角微小的唾液泡鼓起很快又破碎。他还不知道自己的生活发生了怎样的变化，他尚且不明白成人世界的残酷。更残酷的是，他总有一天会明白。

我轻手轻脚地走进莫琳的房间，她正在睡觉，身上裹着一条天蓝色的毛毯，扎辫子的皮筋脱落，头发散乱在枕头的四周。床头柜上随意摊着两本翻开的童书，只有图片没有文字，阳光照在木地板上。自从生完孩子，莫琳的身体臃肿了许多，还没有恢复。从体态上来看，她已经从原来的少女身形变成了一位母亲，离婚又使她成为一位单身母亲。莫琳的状态，让我对生育突然产生了一种抵触和恐惧。我想起小时候我们经常挤在一张床上，刷完牙后躲在被子里偷吃干脆面，分享彼此的故事和秘密，房间里充满欢声笑语和干脆面的碎渣。我们无限憧憬那个尚未到来的未来，但这样的日子早已离我们远去。

我上高中以后，自从莫琳没有考上大学，我们的关系就逐渐变得有些疏远和微妙。再往后，等我考上大学离开云中，彼此的价值观更加南辕北辙。莫琳结婚后，成了我眼里爱占小便宜、庸俗世故的人，为了几毛钱会跟卖菜的老板讨价还价、锱铢必较。而我呢，成了莫琳眼里冷漠又不切实际的人，整天读些没用的书。我想起崔明远的比喻，时间或许真的是个女巫，她可以彻底改变一个人。

莫琳翻了个身，面朝门的这一边睁开眼睛，那双眼睛有些红肿。我想她也许并没有睡着，也可能是我们刚才进门的声音把她吵醒了，她的神情看起来很疲惫。

"你来啦。"莫琳拖着重重的鼻音说。她蠕动着身体坐起来，将枕头靠在身后。

"姑姑说你最近休息不好。"我说。

"这孩子总哭，"她说，"婴儿像是另一种生物，不会讲话，却总想表达什么。"

我们都是从一种生物成长为另一种生物的，婴儿时期的记忆被遗忘在时间的谷底，如果没有参照，人会忘记自己曾经历过这样一个时期，无助的、脆弱的。听我姑姑说，莫琳小时候也很爱哭，而我相对来说比较皮实。有一次从很高的铁床上掉下来，眼睛摔黑了，只简单哭了几声就自己爬起来。父亲觉得我很坚强，母亲则认为我只是摔傻了。

"哭是他的语言，这点倒很像你。"我说。

"他还是不要像我比较好，男孩爱哭不是什么光彩的事。"莫琳拽了拽身上的毯子，把脚缩进去。她说："你什么时候走？"

"后天。"

"印象中，你每次回来都很匆忙，想留你住几天都不行。"

"我今天不回去，我们明天再走，可以住一晚。"我说。

莫琳看起来很高兴，我们至少有五六年没有在一个房间里过夜了。她突然想起来什么事情，掀开毯子的一侧，从床上下来。莫琳打开衣柜，翻了一会儿，从里面拿出两件胸罩，银灰色和粉白色。上面的标签还没有剪掉，她在自己身上比画了一下，仿佛怕我不知道它们是用来干吗的一样，然后把它们扔到床上。

"我现在戴不了这种了，按照怀孕之前的尺码买的，"莫琳说，"或许你可以，我没戴过，新的。"

"我有胸罩。"我说。

"买来没人戴怪可惜的，你的胸围应该和我之前的差不多。"

"一定要现在试吗？"我说，"晚上吧。"

"你怎么还害羞了？"

"我不是害羞。"我说。两个很久没见面的人，一见面就脱衣服袒胸露乳，这感觉很奇怪。

"我们都是女人，怕什么？又不是没看过，试一下嘛！"莫琳说完，甚至想要走过来帮我。她就是这样，总是有些热情过头。

"好吧，我自己来。"我把房门反锁上，脱掉上衣，有些难为情地换上她给我的胸罩。

她看着我点点头说："灰色适合你。"

我又换上另一件，莫琳把我推到镜子前，镜子里白花花的身体显得有些拘谨，像这个不太合身的胸罩一样。胸罩扣有些紧，我必须吸气，才能够稍微好受一些。粉白色和纯棉质量，都让我看起来像个刚发育的小女孩。而一旁只比我大三岁的莫琳已经是一位母亲了，她丰满的身体，更衬托出我的幼稚。

我从镜子前躲开："这件不合适，那件灰色的还好。"

"那你把灰色的拿走吧，"她说，"你怎么总是这么紧张兮兮的。"

"我不喜欢照镜子而已。"

"你是不喜欢面对很多真实的东西，从小就是，整天沉浸在自己的幻想当中。"

"幻想有什么不好的？"我把衣服穿好。

客厅里突然传来孩子的哭声，大概是饿了，姑姑把孩子抱进来："你俩怎么把门锁上了？"

"婷婷试内衣来着。"莫琳把孩子抱过来，孩子认生，将湿润的小脸埋进他母亲的怀里，不敢正眼瞧我。孩子撕扯着他母亲的衣服，寻觅摸索一只乳房。

"你要过来抱抱他吗？"莫琳问我。

"我不会抱小孩。"我说。

"没关系，一只手搂着他的腰，另一只手托住他的屁股就好。你要试试吗？"莫琳似乎在努力寻找一种共同话题，我们很久没有共同话题了，彼此的生活内容早已截然不同。

她尝试着把宝宝放入我的怀里。那感觉就像抱着一大块布丁一样，柔软而富有弹性，浑身散发着奶香味。原本停止哭泣的他，离开母亲的怀抱后，再次号啕大哭起来。莫琳只好重新把他抱回去："他饿了。现在我知道做母亲有多么不容易了，我小时候可能比他还不好带。"看得出来，莫琳这段时间应该累得够呛。

莫琳解开胸前的紫色纽扣，那是一种专门为了方便哺乳而设计的衣服。卧室的门半开着，她很自然地袒露出一只雪白的乳房，将褐色的乳头塞到孩子的嘴里，一边轻轻拍打孩子的后背。这在我看来有些不可思议，女人一旦有了小孩，对自己身体的看法可能会改变。莫琳小学五年级的时候，都不好意思挺胸走路，那时刚刚开始发育，她显得格外害羞。

"你怎么那副表情？"莫琳问我，"像个受气包。"

"你怎么当着这么多人公开喂奶呢？至少要把门关上。"我忍不住说。

莫琳听完，突然大笑起来，像是我说了一个很好笑的笑话。"你怎么还像个小姑娘一样，不然我应该怎样喂奶？你来教我？"

说完，我的脸唰地红了，我知道莫琳是在故意拿我寻开心。

晚上，我和莫琳睡在一个房间，还有孩子。姑姑担心我受不了孩子哭闹，半夜会被吵醒，但我觉得没关系。莫琳给孩子喂完奶，孩子在婴儿床里睡着了，我们留下一盏橘色的小夜灯，小声地聊天。孩子温柔的呼吸声，唤起一种亲密的感觉，仿佛使我们也回到童年，回到在矿区生活的那些岁月。

我们隐约可以听见姑姑和母亲在隔壁聊天的声音，她们在聊我父亲的病，还有莫琳失败的婚姻。这段时间家里发生了很多事情，姑姑的身体也快有些吃不消了，她担心自己的身体如果再垮掉，这个家就要完了。隔壁传来断断续续的哭泣声，不知道是姑姑还是我母亲发出的。后来，她们不再谈论父亲，将话题指向莫琳以后的生活。

莫琳沉默不语，她一定也听见了。

姑姑拼命逃离煤矿这块乌云对她人生的笼罩，莫琳却偏偏嫁给一位矿工。姑姑不太满意这桩婚事，她对煤矿有种天然的反感，她觉得井下作业既危险又不健康，一辈子待在幽深潮湿的巷道，和一堆黑乎乎的玩意儿待在一起，是对人的摧残。姑姑回想起小时候奶奶是如何担心爷爷的，每次爷爷下井，奶奶都害怕他再也回不来，更看不了煤矿事故的新闻，姑姑不希望莫琳也整天提心吊胆地过日子。但姑父和爷爷都觉得那个小伙子不错，又是熟人介绍，知根知底，城里还有套房子，是个合适的结婚人选，对方也愿意娶莫琳。姑父说，现在都使用高科技了，又不是私人煤窑，安全性很高。

莫琳的这段恋爱大概谈了半年多，他们就结婚了。家里长辈觉得莫琳自身条件不够优秀，如果年纪再大些，怕是找不到比这更好的结婚对象。莫琳不讨厌那个人，也就默认了这桩婚事。姑姑也不再反对，她觉得自己的哥哥和父亲都是矿工，而且都是踏实的好人，那个人应该也会是个踏实的好人。我姐夫外表看起来的确呆头呆脑的，莫琳当初也是看中他比较踏实这一点。但我们都忽略了一点，我的爷爷和父亲原本就是踏实负责任的好人，和他们做什么工作没关系。

"等孩子断奶后，我打算出去找份工作。"莫琳说。

"你打算做什么工作？"我问。

"我不知道，还没有想好。但以我目前的条件来看，很难找到一份满意的工作。我的学历不够，也不会什么特殊的技能，很多不要求学历的工作，他们都愿意找更年轻的人来做，认为那些人更有精力、也更好使唤。我现在有小孩了，会比以前更麻烦。"

"你不是会做手工玩偶和钱包吗？可以试着做一些 DIY，然后拿到淘宝上去卖。现在 DIY 很火的。"我帮着莫琳规划未来，虽然不一定可行。

"我会做针织的动物帽子和手套，可我不懂开店经营这些，如果你能来帮我就好了。不过我做的那些东西自己用还行，真要拿出来，怕是不会有人来买吧。"说到擅长的事情，莫琳的语气显得有些兴奋，但热情很快又被现实扑灭。

"其实我也不懂，不过可以试试，"我说，"如果你愿意，我们可以一起想想办法。"

"好，但总要先把眼前的日子过下去再说，我回头找一份临时工作。或者去楼下的超市，我看他们在招收银员，休息时还能抽空回来看看孩子。"莫琳说，"如果当初像你一样考上大学就

　　　　　　　　　　　　　我一生的风景　|

好了。"

　　我突然回想起在举行婚礼前的一个月，莫琳曾给我打过一个电话。我那时刚毕业不久，自己的很多事情也都焦头烂额，因此对莫琳的电话显得不够关心，我甚至有些敷衍。我在电话里努力辨认莫琳的语气，或许她当时哭了，但我没有及时发现。她的声音像一根纤弱的蛛丝，稍不留神，就会被周围的噪音淹没。莫琳说她不想结婚了，可是请柬已经发出去，她不知道该怎么办。她说："我觉得自己好像并不爱他，像这样没有爱情的婚姻会幸福吗？"

　　我没有意识到莫琳是在向我"求助"，而我那时什么都不懂。我把这理解成结婚前的正常焦虑，或者只是倾诉而已，不需要真的解决什么。于是我自以为是地安慰她："你只是还不太适应这件事情，或许结了婚就会慢慢习惯，毕竟婚姻不是纯粹的爱情。"莫琳也将信将疑地说："是这样吗？我心里七上八下的。"

　　橘色的小夜灯散发出的光，使房间看起来像刚下完暴雨的黄昏。莫琳背对着我，她此刻仍在人生的风雨中挣扎，而我什么也做不了。我很后悔当初那番看似成熟的安慰，愚蠢极了，也幼稚极了，我几乎连生活是什么都没搞清楚。

　　"你会解梦吗？"莫琳说，"最近一个月，我连续两次做到同一个梦。"

　　"什么梦？"我问。

　　"我梦见自己坐在一列行驶的火车上，车厢里到处都是煤，我的脚被淹没了。除了我，车内一个活人也没有，即使喊破喉咙都没人回应我。车窗外是雪白的陆地，远处有雪山，但天空中没有鸟，也没有云。外面的风景很美，美得有点儿吓人，我想下车，可是脚却动不了。那列火车就一直开啊开啊，仿佛永远也不会停下来。那种孤独感，就好像人类从来没有诞生过。我甚至记得车里的每一处细节，还有雪山被阳光照射发出的微蓝。在无助、绝望的时候，突然传来婴儿的哭声，然后我就醒了，我觉得这孩子是来救我的。"莫琳说完，朝白色的婴儿床里看了一眼。

我感受到某种强烈的无力感，不知道说什么，我轻轻握住莫琳放在胯上的手臂。这时，火车行进的声音再次从地板砖的缝隙里钻出来。

"你说，这趟车会开向哪里？"莫琳面对着虚无的空气问道。而我知道，她不是在问我。

我们都在各自的火车上，它们将一直开啊开啊，从不停歇。

5

第二天上午，我们在姑姑家里吃完早饭，和莫琳告别后，坐上去燕子山的大巴车。

我已经很久没有回过燕子山，父亲和爷爷的关系不太好，所以我们很少回来，除了过年的时候。该怎样形容那个地方呢？它和我童年记忆中的样子不太一样了，尽管很多建筑和道路仍保持原来的模样，但是我变了。我一直不知道它为什么有这样一个名字，不过小时候爷爷家的屋檐下的确住着一窝小燕子，每年春天都会回来。自从有一年被几只麻雀占领巢穴后，它们就再没来过我们家，爷爷一气之下把几只麻雀全都赶走了。

九岁以前，我一直都生活在这里。直到大学毕业以后才知道，我童年的脚下曾经是一个每年原煤产量四百万吨的全国特大型矿井。而这些数据和我的日常生活没什么关系，我只知道父亲那时每天要去井下挖煤，以及周围的邻居、同学的父亲，很多都是矿工，这就是我们的日常生活，我也不知道那些父亲辛苦挖来的煤最后都运到哪儿去了。矿工的子女长大之后，子承父业的比

　　　　　　　　　　　　　　　我一生的风景　|

较多，多数都做了矿工。其他人还有几种职业可以选：教师、照相的、挤奶工、小商贩、办公楼里的技术员，最常见的就是矿工。技术员熬几年，多半也会搬到城里去住。学校操场的跑道上都是黑色的煤渣，孩子们就在那片充满煤渣的土地上念书、玩耍。记得小学一年级时，我的同桌是个脑袋很圆的小男孩，人中上有一条永远擦不干净的鼻涕，喜欢咬铅笔，他家院子里养了三头奶牛，那时放学，母亲每天领我去他们家打一斤半两牛奶。院子里十分泥泞，他的父亲总是穿着一双黑色的雨鞋，蹲在一头母牛身边，花母牛摇曳的乳房下放着一个银灰色的铁皮桶。我和母亲站在铁门外排队，男孩的母亲负责收钱并接过我们手里的容器。九岁以前，我认为这是一种再正常不过的生活了，甚至以为世上其他地方也如此。

而矿区生活给我留下印象，还有另外一种风景。冬天的时候，姑姑经常用小火炉烤红薯给我和莫琳吃，红薯稍微带一点点硬芯的时候最好吃。我们围着炉子坐在一起，看着布满冰花的窗户，吃着温暖的红薯。如果是夏天，雨过天晴，我们一家人会一起出动，去更高的山上捡地皮菜。我们闻着湿润的青草味和泥土味，一路上说说笑笑。那时，我把这理解为郊游，郊游过后还可以吃到热腾腾的地皮菜包子。运气好，还能抓到几只蚂蚱，放在废弃的玻璃罐里养。而我也曾因为好奇心，做过一些很不好的事情。比如，用捡来的一次性针管吸满水，注入那些蚂蚱的肚子里，或者拆掉它们的腿。那是一种残忍的乐趣。懂事以后，我做过许多关于蚂蚱的噩梦。在梦里，无数只圆滚滚的没有腿的蚂蚱朝我拥来，向我索要它们的腿。以至于至今见到蚂蚱，我依然心有余悸。

转学之后，当我闯入别种生活时，开始隐约感觉到自己和别人是多么不同。城里的孩子喜欢吃肯德基、穿阿迪达斯，而我根本不知道肯德基和阿迪达斯是什么。后来，我极少愿意谈论这段矿区生活，更不会主动对别人说起。因为我逐渐意识到，当你说出自己的来处，就意味着你和一些东西永远撇不清关系了，比如"井下""肮脏""没见过世面"……尽管有些标签与事实相去甚远，但我仍然希望自己一出生就是城里人，而不是中途转学。

有一段时间，我很害怕父亲去开家长会，尤其害怕他那双过分粗糙、被井下岁月染黑的手，暴露在我崭新的生活面前。到了青春期，我更是极力回避父亲的工作，以及自己过去的生活。那时的我，渴望走进另外一种生活，总是希望能成为别的什么人，而不是自己。父亲或许感觉到了，往后几年的家长会几乎都是由母亲出席，父亲总是因为各种原因"恰好"有事。

从大巴车上下来，还有很长一段路要走。我们必须穿越一条废弃的铁轨，爬上一个巨大的水泥斜坡，才能到爷爷家。中午的阳光格外刺眼，大街上没什么人。几个开黑摩的的司机戴着头盔，跨坐在各自的摩托车上吸烟，还有一个人蹲在树荫底下吃盒饭，我扫了一眼，白色的饭盒里面是西红柿鸡蛋和过油肉。小时候我也坐过摩的，但母亲觉得不安全，后来就不再让我坐了。其中一位司机突然唱起山西民歌，我们走出很远了，仍能听见他唱："黑油油的头发白灵灵的牙，毛呼噜噜的眼眼你叫哥哥咋……樱桃好吃树难栽，有那些心思口难开。"

爬上水泥斜坡，我们终于来到那栋矮小破旧的单元楼，曾经是姑姑住过的地方，现在住着我的爷爷奶奶。

爷爷的耳朵有些背，电视的声音经常开得非常响，我们走到四楼，隔着门就听到他在看戏曲频道。奶奶出来开门，头发虽然全白了，也有些稀疏，但脸上仍然神采奕奕，仿佛依然能看到她年轻时的风采。奶奶年轻时是个美人，据说那时矿上的许多男人都被她给迷住。还有个人曾经为了奶奶寻死觅活过，那个人就是我的爷爷，他用百折不挠的精神打动了奶奶的芳心。就是在矿工宿舍后面的那座山上，奶奶答应爷爷的求婚，于是有了父亲。二十三年后，父亲又和母亲有了我。

桌子上摆满丰盛的饭菜，他们没有动筷子，一直在等我们回来。

爷爷看见我们进来，继续听他的京剧，但我知道他的心思早就不在电视上。奶奶对我嘘寒问暖的时候，爷爷也假装没听见，他总是希望别人能先跟他打招呼。奶奶戴上老花眼镜，从抽屉里翻出一把绿色的卷尺，要给我量身高，她说我看起来又长高了一些。我有些不好意思地说："奶奶，我都二十五了。"

"我们给你带了酒。"父亲对爷爷说。

爷爷仍然没有理睬我们，他像是在跟电视里的人说话："我还以为你们嫌路太远，不过来了，"他看了一眼墙上的表，"这都快一点了。"

爷爷嫌我们来晚了，他对父亲有气。父亲年轻时和爷爷的关系一直很糟，最近几年才稍微有所缓和，父亲和爷爷的自尊心都很强，脾气上谁也不愿意屈服于谁。爷爷是个好人，尽管他总是把好话也能说得很难听。每次面对爷爷时，父亲都像个不知所措的少年。小时候，爷爷从来没抱过我，他不太喜欢女孩，有一次还指责父亲给我买了一个价格不菲的洋娃娃。爷爷说："花那么多钱买这么个鬈发玩意儿做什么？你们这代人不知道生活的苦，我和你妈那时候多么勤俭克制，才把你们兄妹几个拉扯大。"

"刚才路上堵车了。"父亲说。

"没错，这些年这条路净堵车了。"爷爷说。

"我几个月前不是才来过吗？"父亲说。

"几个月？"爷爷哼了一声，"你那叫串门，不是回家，待了不到一小时就走了。我的耳朵虽然不好了，可我心里明白着呢。"

我一生的风景

"孩子们才刚进门，别净说这些没用的，你一辈子就喜欢让别人扫兴。"奶奶斥责爷爷。

"既然都不爱听我这糟老头子说话，那就吃饭吧，菜都凉了。"爷爷用筷子敲了敲碗。

如果放在过去，父亲可能早就和爷爷吵起来了，他不喜欢爷爷这种阴阳怪气的说话方式。父亲年轻时和爷爷的冲突很严重，父亲想离开燕子山，离开云中，但爷爷觉得父亲这是不孝的表现，作为家里唯一的儿子，爷爷坚决不许父亲离开。据奶奶回忆，父亲问爷爷："我为什么就不能去外面的世界看看？"爷爷则说："外面的世界究竟有什么勾着你，让你连家都不想回？"爷爷说完，把一只碗摔在地上。父亲把另一只碗也摔在地上。

父亲二十二岁那年，带着我的母亲离家出走，一起跑到陕西——另一座煤矿。父亲故意和爷爷赌气，他说自己就算是当一名煤矿工人，也不在云中。

第二年，爷爷生了一场病，父亲才不得已回到云中，等爷爷病好后，默许他出去，父亲却又不肯了。直到上次回来，才从奶奶的口中得知父亲留下来的另一个原因，是因为当时我母亲怀孕了。母亲想在云中生下这个孩子，父亲才同意留在云中做一名矿工，然后等待我出生。而我过去一直认为，父亲生下来就是随遇而安的人。

"婷婷，你找男朋友了没？"奶奶突然问我。

"还没呢。"我说。

"像你这么大的时候，我都生下两个孩子了。你用不用我们帮你介绍对象？"奶奶说。

"不着急奶奶，现在的年轻人结婚都比较晚。"我说。

"女孩子不能再拖啦，得赶紧找对象，你跑到那么远的地方去，我们想帮你都帮不到。"奶奶说。

"没关系，您不用担心她，让她自己去找吧。"父亲说。

"我们老了，对你们没有什么要求，就是希望你们都能平安、幸福。你是家里唯一的男孩，年轻时对你的约束有点多，指望你能在这个家里撑起门户。过去意识不到，我们的经验对你，或者婷婷这些更年轻的人来说，可能不太管用。但你爸也没有别的意思，他那时只是想着如何能让你们少走点弯路。"奶奶往我的碗里放了一只鸡腿，对父亲说。

爷爷不说话，自己在旁边吃菜，也不知道他是耳背没听见，还是装作没听见。

"他一辈子都这样了，我都没能改变他，你们也不要指望他改变了。你随你爸，婷婷又随你，你们都太要强。他现在年纪大了，就是想让你们多回来陪陪他，自己又不好意思说。"

"我可没这个意思，回不回是他们的事。"爷爷这句倒是听得很清楚。

"你别嘴硬了，昨天还催着我赶紧给他们打电话呢。"奶奶瞥了爷爷一眼。

"我是怕他们突然不来，饭菜白准备，两个老人又吃不了那么多。"爷爷说。

"你不这样讲话，我们兴许能回来得更勤快些。"父亲说。

"吃饭吧。"母亲提醒父亲，我们都意识到，爷爷的小火山随时有可能爆发。

"难道说错了吗？"父亲放下筷子说，"这么多年，他什么时候跟别人好好说过一句话？我估计到死也听不到他的一句好话了。"

爷爷喝了一口酒，突然吐掉说："这是什么劣质酒！你们在来的路上随便买的吗？喝到嘴里是酸的。"

父亲忍着没说话。

我一生的风景   231

爷爷把酒杯里剩下的酒都倒进垃圾桶："老子不中用，喝不到好酒，还得听儿子的训斥。"

"你这辈子只关心自己，从没关心过别人的死活。从小到大没听到一句你的肯定，被同学欺负了，如果被你知道了，就只能换来一通讽刺。"

"别再说了。"奶奶说。

"你让他把话说完。"爷爷说。

"你认为你自己配当老子吗？"

父亲说完，爷爷气得浑身发抖，突然把手里的碗摔在地上，爷爷这辈子摔过无数只碗。爷爷说："你要是实在不满意给这个家当儿子，明年就不用回来了。"

"都给我住嘴。"奶奶发火后，大家都安静下来。

母亲坐在沙发的角落里一言不发，父亲叫我去穿衣服，这种场景在我童年的记忆里经常发生，但这一次似乎显得格外不同。

爷爷说："要是走了，就永远别进这个门。"

爷爷以前也经常这么说，但父亲这次没说话。母亲仍旧坐在沙发上，没有要离开的意思。父亲让母亲快点穿衣服，父亲的脾气一旦上来，别人很难阻拦。父亲咳嗽起来，母亲见状，只好起身去穿外套。

我们离开的时候，爷爷在另一个房间里，关着门。父亲把外面的门重重关上，像是告诉爷爷，他再也不会打开这扇门了一样。

走出去时，发现外面起风了，乌云让时间提前进入傍晚，冷雨横着吹到我的脸上，像刀子一样。父亲没把生病的事情告诉爷爷奶奶，他来之前嘱咐过母亲，如果他哪天撑不下去先走了，不要让爷爷奶奶知道，就告诉他们，他又一次离家出走了。

我们只带了一把雨伞，父亲试着去撑伞，但风太大，雨伞刚撑开就被吹折了，风小一点的时候，再次把雨伞撑起来，父亲坚

　　　　　　　　　　　　　　我一生的风景 ｜

持把伞留给我们，他自己走在前面，用外套顶在头上。雨伞下，我搂着母亲的肩膀，我们一路小跑。这时我才注意到，母亲的脚步有些打晃，她的肩膀比想象中更加温暖而瘦弱。小时候，母亲也曾像这样搂着我，就是这具小小的身躯把我带到这个世界上，又将我养育成人。我突然意识到，自己的臂膀也可以开始保护母亲了。

等过了铁轨，我们打到一辆出租车。父亲浑身湿透，他的脸上都是水，眼睛是红的。我和母亲都看出来父亲哭过，但我们都十分默契地假装没看到。一路上父亲没有说话，他看着路的前方，我不知道他的心里在想什么。我紧紧握住母亲的手。

"前方的路还很长吗？"父亲突然问道。

"还很长呢。"司机答。

6

离开时，父亲坚持要送我一程。一路上，他帮我拎着行李箱，中途几次停下来休息。我看了心里难受，却又害怕伤害父亲的自尊心，只好让他拎着。父亲的背影看起来比过去苍老了许多，他以前还有一个浑圆的啤酒肚，如今却瘦得像个弱不禁风的孩子。回想起出租车上遇见的老人，如果再过二十年，我的父亲大概也会像他一样老。

"快进去吧。"父亲对我说。

我站在进站口，迟迟不肯离开。

父亲笑着冲我挥了挥手，安慰我说："去了好好干工作，等明年动车开了，我和你妈去北京看你。"

我含着眼泪点了点头，转身走进火车站，心里却十分明白，父亲可能等不到那趟动车了。

我一生的风景　　　　　　　　　　　　　　　233

这时，一个推着彩色箱子的女孩从我身边跑过去，大约十七八岁的样子，我的手被那只箱子狠狠地撞了一下。她歪戴着一顶鸭舌帽，书包上画着哆啦A梦，看起来非常阳光。我原本有些生气，但这个冒冒失失的背影，突然让我感到似曾相识。回忆起父亲第一次送我去上大学，我也推着一只类似的彩色箱子，背着一个哆啦A梦的书包横冲直撞，甚至顾不上和父亲说再见，就独自跑进车站。那时，我对未来充满了希望，带着残酷的纯真，只渴望能从这里走出去。渴望离身后的土地远一些，离父母远一些，再远一些。

十点零八分，离乡的火车开动。火车渐渐驶离车站，那些熟悉单一的风景再次出现在车窗外：灰绿色的山脉向后飞驰，骑电瓶车的男人消失在蜿蜒的小路上，赶羊群的老人只留下一个模糊的背影……它们显得如此生动、急切，这是我过去从未有过的体验。我知道，这一次不是去往别处，不是去往那个令所有人，包括曾经的我所意乱神迷的未来。我比过去任何时候都清楚，自己与一些人的生命紧紧相连，与身后的这片土地紧紧相连。这一刻，我和父亲母亲不是被爱，而是被奔驰而去的火车联系在一起。在我的脚下，闪过的仿佛不是铁轨，更像是沉重的时间。

这将是我一生的风景。

7

"到站了啊，大家准备下车。"随着列车员一声洪亮的提醒，我从一年前的回忆中突然回过神来，但仍感觉到有些恍惚。

车速一点点降下来，窗外的天色更加晦暗，远处亮起星星点点的灯光，回乡的火车进站了。

图书在版编目（CIP）数据

我一生的风景／顾拜妮著. -- 北京：作家出版社，2021.8

（21 世纪文学之星丛书·2020 年卷）

ISBN 978 – 7 – 5212 – 1468 – 0

Ⅰ.①我…　Ⅱ.①顾…　Ⅲ.①短篇小说 – 小说集 – 中国 – 当代　Ⅳ.①I247.7

中国版本图书馆 CIP 数据核字（2021）第 126166 号

我一生的风景

作　　者：顾拜妮

责任编辑：史佳丽　李亚梓

特约编辑：赵　蓉

装帧设计：守义盛创·段领君

出版发行：作家出版社有限公司

社　　址：北京农展馆南里 10 号　　　邮　　编：100125

电话传真：86 – 10 – 65067186（发行中心及邮购部）

　　　　　86 – 10 – 65004079（总编室）

E – mail: zuojia@zuojia. net. cn

http: // www. zuojiachubanshe. com

印　　刷：唐山玺诚印务有限公司

成品尺寸：142 × 210

字　　数：186 千

印　　张：7.75

版　　次：2021 年 9 月第 1 版

印　　次：2021 年 9 月第 1 次印刷

ISBN 978 – 7 – 5212 – 1468 – 0

定　　价：45.00 元